KB032788

깃들면서
길들여지지
않는

indwelt but untamed......

깃들면서
길들여지지 않는

초판 1쇄 찍은 날 | 2016년 2월 18일
초판 1쇄 펴낸 날 | 2016년 2월 24일

지은이 | 다미레
펴낸이 | 예경원

편집 | 유경화 · 안유진

펴낸곳 | 예원북스
등록번호 | 제396-2012-000132호
등록일자 | 2012. 7. 25
YRN | 제1-0132호

주소 | 경기도 고양시 일산동구 호수로 646-24 위너스21-Ⅱ 206A호 (우) 10401
전화 | 031-819-9431 팩스 | 031-817-9432
http://cafe.naver.com/yewonromance
E-mail | yewonbooks@naver.com

ⓒ 다미레, 2016

ISBN 979-11-5845-077-9 03810

깃들면서
길들여지지
않는

indwelt but untamed......

YEWONBOOKS ROMANCE STORY

다미레 장편 소설

C · O · N · T · E · N · T · S

프롤로그 · 7

1부. 초속 5센티미터 · 12

2부. 1마일, 너와 나의 거리 · 39

3부. 여행은 불치병이라죠. 사랑은 난치병이래요 · 104

4부. 어쩌면 너와 나 · 148

5부. 당신 때문에 눈이 매운 나 · 191

6부. 교차로 & 플랫폼 · 246

7부. 빈티지 영화처럼 · 283

8부. 우리가 머물고 싶은 만큼 · 317

9부. 깃들면서 길들여지지 않는 · 365

에필로그 · 377 │ 작가 후기 · 383

프롤로그

"일단 한번 보시죠."

하루는 기획자가 건네준 감독의 프로필과 그동안 연출한 저예산 독립 영화, 그 영화들을 보는 평론가들과 기자의 서평, 리뷰서 등, 나이와 경력에 비해 대단한 필모그래피를 증명하는 서류를 보며 맨 첫 장에 올려진 서류 속 사진에서 눈을 떼지 못했다.

화살처럼 곧게 이어진 시선이 마르고 서늘한 지면 위에서 서걱거리며 만났다.

"대표님이 걱정하는 게 뭔지는 알지만 그럼에도 불구하고 이 프로듀서랑 제가 고집하는 감독은 남궁환입니다."

"……."

"남궁환 감독, 세 편의 단편이 전부긴 하지만 갖은 재능과 시나리오 작가로서나 각색가로 갈고닦은 실력은 총무로 전체가 인정하는 핫한 능력자입니다. 우려하시는 것처럼 성격과 성향이 일반적이지 않고, 유명 배우들한테 제 할 말 다 한다는 단점 아닌 단점이 있긴 하지만 현장 연출부 팀들은 전부 다 좋아해요. 그들의 노력과 고단함을 누구보다 잘 알고 꼼꼼히 챙겨주는 감독이라고. 그러니까…….”

“알겠어요, 정 부장님 뜻은.”

하루는 짧지 않은 시간 남궁환 감독을 추천하는 기획자의 주례사 칭찬에도 굳은 얼굴 표정이 풀리지 않았다.

“아시다시피 이번 영화, 우리 창 영화사 창사 20주년 영화입니다. 또한 다른 장르도 아니고 국내에서는 첫 시도인 오컬트고요. 그런데 장편에 대한 감이나 연출 경력이 없는 신인감독으로 간다는 건 엄청난 모험이에요. 더 솔직히 말하면 이 영화를 하기로 한 것만큼이나 리스키(risky)한 일입니다.”

이번 영화의 기획을 맡은 정경환 부장은 현실적인 말들을 언급하는 하루의 시선을 피하지 않고 직시했다.

그 모습은 마치 더 해보려면 해보라는 공손하고도 공격적인 자세였다.

“이번 영화가 미국 마블사나 여타 다른 영화사가 표방하는, 안타고니스트(적대자)를 세우고 가는 영웅 영화도 아니고, 도통 믿어지지도 않고 까닥 잘못하면 유치하다고 할 수 있는 생소한 악령과 싸우는 영화예요. 완성도와 성과도 장담할 수 없는 상황에서 아무리 능력이 출중하다 해도 장편 연출 경험도 없고, 성격 난해하고 난감한 감독은 무리수일 가능성이 큽니다."

하루는 5년 전 지금의 영화사 창에 스카우트돼 짧지 않은 시간 손대는 것마다 평균을 상위한 성공한 기획자로, 또 현재는 영화사 창의 대표로 경험치가 어느 정도 담보된 자신의 소신과 계산을 밝혔다.

"장담하건대 이번 영화는 분명 캐스팅. 티켓 파워가 있는 배우와 함께해야 흥행할 수 있는 것처럼 감독도 그 정도의 어드밴티지는 얻고 가야 한다는 겁니다."

기획자로서의 정확하고도 명분 있는 지적에 정 부장과 그 옆에 앉은 베테랑 프로듀서의 눈빛은 처음보다 많이 무거워 보였다. 하루는 그들의 진중하고도 복잡한 시선을 지나 서류 속 남자의 얼굴을 응시했다.

사진으로도 충분히 느껴지는, 결코 무난한 성격과 성정일 수 없는 차갑고 이지적인 외모.

어느 대회에 입상한 미인보다 선이 고운 얼굴선과 유난히 높고 날렵한 콧날. 얇은 듯하지만 선이 분명한 입술 선. 그 모든 미묘한 미모를 완성하는 분명한 눈빛의 짝눈.

서늘한 외모라는 게 정확한 평가인 남궁환 감독은 지면 속에서 우아하게 긴 눈초리를 하고 하루를 노려보고 있었다.

분명 그런 일은 없다는 걸 알면서도 하루의 기분은, 느껴지는 감정은 그랬다.

"대표님 말씀 전부 다 수긍하고 맞는 말이지만 그렇다 해도 저희 두 사람은 저희들의 오랜 경력과 감을 믿고 남궁환 감독을 추천합니다. 젊은 친구지만 영화를 보는 눈이 예리하고 이론적인 건 물론이요 무엇보다 감각이랑 현장감이 타고난 감독입니다. 그러니까 믿어보세요."

하루가 믿지 못하는 건 베테랑 기획자와 프로듀서가 아니라 그녀 자신이었다.

"이번 영화 이 감독한테 맡기면 손익분기점은 확실하게 넘길 겁니다. 사실 시나리오도 이 감독 단편 영화를 기본으로 한 장편이고, 무엇보다 참신하고 독창적인, 그러면서도 상업적인 시퀀스와 미장센을 놓치지 않고 감각적으로 다가갈 게 분명합니다."

"네, 우리 창 영화사의 의도를 백분 다 살려낼 감독입니다."

안 프로듀서가 정 부장의 말을 받아 이었다.

"그리고 알아보니 공교롭게도 대학 때부터 오컬트 광이라고 하더라고요. 대표님이랑 같은 학교 같은 과 출신이니 잘 아실 거 같은데……."

어느 누구보다 잘 알았다.

남궁환의 성격. 실력. 취향. 추구하는 영화 세계. 감독으로서의 타고난 재능까지.

잘 알기에 더욱더 피하고 싶었다.

이 남자의 매서운 눈빛과 상대의 이면과 내면 전부를 꿰뚫어 보는 듯한 곧은 시선. 그 시선에 늘 감정이 차오르다 결국엔 전패당했던 자신을 너무도 잘 알고 익숙하기에 같은 공간에 서는 게 지금까지도 긴장됐다.

숨이 막힐 정도로 하루를 매섭게 공격하고 온몸과 정신을 무섭게 침공하던 싸늘한 기운과 막강한 존재감. 그 앞에서 어김없이 위축되고 한없이 작아질 자신이 눈앞에 선하게 그려졌다. 그 여전할 것 같으면서도 굳건한 기운이 사진으로도 충분히 느껴졌다.

남궁환은 그런 남자였다.

끓어오르는 분노를 냉정함으로 전환하고, 난립하는 거칠고 거센 감정을 차가운 이성으로 찍어 누르며, 결코 타인에게 자신의 감정을 소비하지 않는 남자.

끝이 뻔한 분노에 잠식당하지 않는 유연한 인격의 소유자.

영화를 사랑하는 동지이자 라이벌로. 또 전남편으로 겪은 환은 그런 사람이었다.

지금도 이혼 직전, 환이 하루를 응시하던 그 눈빛이 생생했다.

깊고 견고한 적의에 찼으면서도 스스로는 결코 그 적의에 매몰되지 않던 태도. 분분한 기운. 뜨거운 증오. 먼지처럼 떠올라 사라진 그들의 소중한 기억과 시간들……

그 순간 하루는 그 전부를 봤고 느꼈다.

다시는 서로가 서로를 향해 환하게 웃음 지으면 행복할 수는 없노라고.

그 누구도 훔쳐 할 수 없는 두 사람만의 소중한 재화, 추억은 이제 더는 없는 거라고.

마치 처음부터 없던 것처럼.

존재조차 하지 않았던 것처럼.

사랑이란 이름으로 함께했던 두 사람 모두에게.

1부
초속 5센티미터

　파주에 위치한 창 영화사의 신축 건물은 노 건축가의 이름과 명성이 그대로 느껴질 만큼 품위와 격조를 넘어 미래를 향한 비전, 새로운 해석이 느껴졌다.

　인근 덩치만 산만 했지 아이덴티티가 전혀 없는 타 건물과는 다른 기품이 넘쳤다.

　국내 실력 있고 잠재력 있는 미래의 젊은 영화인들을 추리고 추려 10명 이내로 뽑아, 기숙사와 함께 각종 수업료와 강의가 무상인 창의 신사옥은 그 시도와 도전만큼 아름다운 외관으로 무시무시한 존재감을 뽐냈다.

　창의 신사옥을 더욱 눈에 띄게 만드는 봄이란 계절은 그 짧은 기간만큼이나 감당하기 어려울 정도로 화사했다.

꽃에 그리 감동하지 않는 하루라 해도 이같이 따스하고 온화한 봄날의 한때는 감동은 물론 탄성을 자아내기 충분했다.

철부지. 철딱서니 없던 엄마는 벚꽃을 무척이나 좋아했었다.

벚꽃이 날리는 계절 아름다운 누군가를 만나고, 누군가를 뜨겁게 사랑해 강하루를 낳았노라고 자랑스럽게 말하곤 했다.

속없고 뼈도 없는 한물간 멜로 드라마의 여주인공 같은 천진한 엄마는.

그런 엄마의 입김이 닿았을 리 만무하건만 창의 사옥 주변은 벚꽃 천지였다.

음계처럼 성장과 만개한 모습이 서로 다른 벚꽃들을 보고 있노라면 코가 시큰하고 가슴이 얼얼했다. 마치 천방지축 엄마가 바로 곁에 있는 것처럼 느껴졌다.

두 개의 영화관과 기숙사가 있는 별관. 창 영화사 사무실과 시민 참여 교실. 이벤트 홀. 영화 박물관이 있는 본관을 연결하는 구름다리에 선 하루는 발밑으로 펼쳐진 벚꽃의 향연에 안도와 한숨이 동시에 터져 나왔다.

사실 이 혼란스런 감정은 한 시간 후, 이 아름다운 건물에 도착할 전혀 아름답지 않은 관계의 사람, 남궁환 감독 때문이었다.

"대표님!!"

익숙한 소리에 고개를 돌리니 아직도 신입이란 타이틀과 유쾌한 딱따구리라는 별호이자 네이밍이 어울리는 시호가 별관에서부터 양손에 맛과 풍미가 다른 커피를 들고 걸어오는 게 보였다. 보면, 닮은 구석이라고는 밝고 그늘이 없다는 것 빼고는 그 어떤 접

점도 없는데 하루는 시호에게서 엄마를 보고 느꼈다.

피곤해하는 딸자식을 염려해 새벽 꽃시장에 다녀오다 교통사고로 곁을 떠나기 전까지 엄마는 언제나 밝았다. 정말 대책 없이. 대략 난감할 정도로.

남편도 없이 젊은 여자가 아이를 키우면서도 어찌나 신이 나게 사는지.

그 덕에 젊은 엄마와 그런 철없는 딸과 늘 싸우는 할머니, 두 사람 다 골고루 챙겨야 했던 하루는 도리어 철이 빨리 들었다. 그렇다고 울울한 성장기와 사춘기를 보낸 비운의 소공녀는 아니었다. 그저 자신보다도 깊이와 멘탈이 얕고도 짧은 엄마의 뒤치다꺼리는 생각보다 즐거우면서도 여러모로 손이 많이 가긴 했다.

"대표님! 요기 시호표 커피 배달이요."

시호는 하루가 즐기는 시나몬 듬뿍 뿌린 달달 커피를 건넸다.

건네받은 커피는 너무 뜨겁지도 미지근하지도 않은 딱 기분 좋은 온도였다.

"모르는 사람이 들으면 직접 탄 줄 알겠네, 아님 생두를 볶고 원두를 손수 갈아서 내렸거나."

"무슨 섭섭한 말씀이세요, 정말. 박봉의 제가 거금을 투자해서 주문하고 받아온 거니까 시호표 커피가 맞는 거죠. 커피가 꼭 타야 맛인가요. 이렇게 딜리버리하는 사람의 인격과 품위에 따라 맛도 향도 다르다고요."

하루는 헐 하는 표정을 짓다 시호 특유의 투정 섞인 애교에 웃고 말았다.

"공짜니까 그렇다고 치지 뭐."

선심 쓰는 듯한 하루의 긍정에 시호는 어린 숙녀처럼 입을 뿌하고 내밀며 옆에 다가와 섰다. 두 사람은 한동안 각자의 커피를 마시며 구름다리에서만 가능한 뷰에 흠뻑 젖었다.

이런 날은 굳이 말을 하지 않아도 좋은 그런 날이었다.

햇볕이 기분 좋게 비치고 그 봄날의 볕을 양분 삼아 벚꽃 눈이 날리는 사옥 앞마당은 여느 일본 애니메이션 속 전경이 부럽지 않았다.

"대표님, 정말 벚꽃 떨어지는 속도가 초속 5센티미터일까요?"

영화사 창의 신입 영화기획자 시호는 애니메이션 광이었다.

그중에서도 1인 제작과 빛의 작가로 유명한, 아련한 감성으로 주인공들의 성장과 사랑을 섬세하게 그리는 신카이 마코토 감독을 열렬히 사랑하는 시호는 그 감독만큼이나 예민한 감성의 소유자이자 아직까지도 첫사랑의 아련함에 눈물을 짓기도 하는 순수한 영혼이었다.

그 부분도 엄마랑 많이 닮았다.

엄마는 자신의 사랑을 실패로 치부하지 않고 늘 자랑스러워했다.

원 없이 사랑받았고, 그 사랑의 결정체인 하루가. 벚꽃 눈처럼 화사하고 아름다운 딸이라 더 축복받은 사랑이라며 말도 안 되는 작위적 해피엔딩을 표방했다.

"시간을 재보지 않아서 모르겠네. 그렇지만 디테일을 생명으로 하는 일본인이 만든 작품인데, 어느 정도 근거와 신빙성이 있지 않을까."

하루의 답변에 이번에도 시호는 불만스런 감정의 표출로 입술을 오리 입처럼 내밀었다.

"아, 정말 대표님은 감성이 너무 메마르셨어요. 눈앞에 보이는 저 환상적인 미장센과 명작 애니메이션을 논하는 지금, 근거와 디테일만 찾으실 거예요?"

"물어서 답한 것뿐인데 이러면 나 상처받는다."

"상처는 제가 받아요, 제가."

"……."

"전 지금 왠지 모르게 기분이 아련하면서 저 벚꽃 향연에 어떤 일이 벌어지고, 또 저를 향해 막 다가오고 닥쳐올 것 같은 불안감과 기대감이 동시에 드는데 대표님은 시간을 재지 않아 모르겠다는 그런 전혀 로맨틱하지 않은 말씀만 하셔야겠어요? 이 봄처녀 기죽이는 게 목적이 아니라면요."

그 말을 끝으로 시호는 커피를 마시며 입을 실룩거렸다. 그 모습이 나이 차 많이 나는 어린 동생의 어리광 같아 마냥 귀여워 보였다.

하루는 늘 시호에게만 약했다.

아무래도 이시호가 이번에 낼 기획안은 신카이 마고토만큼이나 아련한 사랑 이야기일 거라 예상됐다. 그러고 보니 근 몇 년 동안 영화사 창에서는 굵직한 대작과 사회성 강하고 울림과 감동이 있는 영화, 유희적인 오락성 영화나 지금 준비 중인 오컬트 무비까지 다양하게 시도를 하면서도 정작 감성을 자극하는, 정서 소비성이 강한 멜로나 로맨틱 코미디는 만들지 않고 있었다.

"대표님, 이번에 저희 영화 맡으실 남궁환 감독님이요……."

"……."

"실제로도 그렇게 넋이 나갈 것처럼 생기셨어요?"

시호는 암야 속에서도 유리알처럼 빛날 고운 눈을 하루를 향해 초롱초롱 반짝였다. 마치 정말 궁금하다는 양.

"예전에 그 감독님 조연출 하실 때 운 좋게 같이했던 연출부 팀들이 실제로 보면 탄성과 감탄사가 절로 나오는 비주얼 갑이라고 하던데, 대표님은 동문에 동기였으니까 누구보다 잘 아실 거 아니에요."

자신의 질문에 답은 않고 뭐, 그냥……. 이란 말로 얼버무리려는 하루에게 시호는 대표님이란 호칭을 연거푸 하며 자신이 듣고 싶어하는 대답을 기다렸다.

"전혀 아니라고는 말 못하지."

"어머!"

"비주얼이 참 많이 극적이긴 해."

더불어 성격과 취향은 물론이고 대인관계는 헐 소리가 나게 극단적이야. 라고는 말하지 않았다. 인성을 비롯해 심층적인 파헤치기를 배제한, 그로 인해 단지 비주얼에 한 한 솔직한 평가에 시호의 궁금증과 호기심은 한층 더 배가된 듯 보였다.

원래 소문이라는 게 그랬다. 실체는 없는데 그 방향성과 운동성은 천지로 퍼져 나가 점점 더 사실처럼, 꼭 진실처럼 몸집을 키웠다.

"그럼, 목소리. 목소리는요? 비주얼이 되는 사람들 은근 목소리가 모기이거나 매미. 그러니까 꽹인 경우가 많잖아요. 혹시 그 감독님도 그런 부류인가요? 사실 전 외모보다는 목소리 톤을 많이 보는 쪽이라서요. 일테면 감성 섹시, 뭐 이렇게 표할 수 있겠죠."

시호는 제가 좀 디테일하죠, 하며 음흉하게 미소 지었다. 그 모습 또한 하루에겐 어여삐 보였다.

그보다 남궁환의 목소리가 어떠했더라……. 그래, 저음의 목소리가 듣기 좋았다.

환이란 이름만큼이나 환상적인 톤이라고 할 수 있었다.

비 오는 날, 환의 저음이 그윽한 커피 향과 함께 실내에 퍼지면 연이어 부서지는 빗방울과 습도 차이로 흐릿해진 창만큼이나 신비롭고 아련한 분위기에 빠지곤 했다.

순간 그동안 어딘가에 깊숙이 메모리되어 있던 내장 칩이 불쑥 튀어나온 것처럼 모든 게 생생하게 되살아났다. 그 아릿한 추억들은 3주 전 남궁환이 영화감독으로 거론된 이후, 이렇게 문득. 이렇게나 적극적으로 제 존재를 확인시켰다.

"대표니임!!"

"응? 왜?"

놀란 하루의 시선이 시호의 반짝이는 동공과 홍채에 붙들려 정지 모드가 되었다.

"핸드폰이 불러요, 대표님을."

"응?"

"받으시라고요."

그제야 시호의 신호를 알아챈 하루는 들고 있던 커피를 시호에게 건네고 어딘가에 있을 핸드폰을 찾아 들었다.

"어, 어…… 디야?"

전화를 받은 하루는 시호에게 어색한 눈인사를 하고 본관 쪽으로 걸었다.

시호는 점점 멀어지는 하루와 양손에 든 커피를 번갈아 보며 아차 했지만 대표님을 부르기에는 너무 멀어져 부르기도 애매했다.

"비싸게 산 커피 아직 많이 남았는데……."

시호는 잔뜩 남은 커피가 아까워 하루를 불러 세울까도 했지만 방금 전 평소와는 많이 다른 듯한 하루의 표정과 톤 때문에 불러 세울 수가 없었다.

"그럼, 나라도 다 마시고 들어가야지."

방황하던 시선을 돌려 다시 초속 5센티미터로 날린다는 벚꽃에 시선을 돌린 시호는 쏟아져 내리는 벚꽃 세례에 무아지경으로 빠져들었다. 그러면서 자신도 모르게 제 희망사항을 읊었다.

"그래, 다음 영화는 기필코 감성 저격 눈물 절절 로맨스로."

그런 시호의 발밑으로 검은색 SUV 차량이 영화사 창으로 서행을 하며 진입하고 있었다.

감독과의 계약을 앞둔 하루는 영화사 사무실이 아닌 서울 시내 고궁 미술관 한켠 카페에 앉아서 음료를 주문하는 정원의 뒷모습을 응시하고 있었다.

주문을 위해 줄 선 여타 남자들과는 묘하게 다른, 이질적이고 이국적인 분위기의 정원에게 늘 그렇듯 여자들의 시선이 응집돼 쏠렸다.

그런 시선에 개의치 않는 정원은 여행을 가기 전보다 말라 보였다.

큰 키에 비해 조금은 작고 적은 듯한 체격과 체중은 뒷모습만으로도 어느 정도 짐작이 됐다. 그래서 더 걱정이 됐다.

예민한 성향만큼 예사롭지 않은 입맛은 어떤 음식이든 길게 많이 먹지 않았다. 그런 이유로 안 그래도 슬림한 핏이 현재는 모델 저리 가라 할 만큼 가늘게 보였다.

주문한 음료를 쟁반에 담아 느리게 걸어오는 정원은 그 자신이 쓰는 아름다운 여행 산문만큼이나 신비롭고, 이곳이 아닌 먼 타국의 멋과 맛이 느껴졌다.

멀리 떠나야 겨우 마음이 편하다는 말과 함께 낯선 사람들 속에 있는 게 집과 보통의 일상보다 더 맞는다고 하는 이상한 남자.

어느덧 그 외로운 여행에, 그 위험천만한 길에 깊숙이 길들어져 버린 사람.

무엇보다 바람이 강하고 많은 날에 과잉 반응하며 자기 전 꼭 찬 소주 한잔과 달달한 비스킷을 즐긴다는 이 당황스러운 남자.

그같이 엉뚱한 성향과 상응하는 꾸준한 일탈, 방황은 정원의 나이 서른여덟인 지금까지 잦아들지도 잡히지도 않고 있었다.

그러나저러나 참 잘생김이다, 정원 작가님은.

"많이 탄 건 알겠는데 그 정도로 이상한가, 내가."

질문의 의도를 알 수 없어 하루는 답도 않고 정원을 바라보기만 했다.

"왜 그렇게 안쓰럽다는 듯이 쳐다보는데?"

"진심으로 안쓰러우니까."

"안쓰러운 게 아니라 알맞게 탄 거 같은데."

"그럼 채도. 농도를 규정하는 개인차라고 생각하고 내 농염한 눈빛도 그러려니 해."

하루의 시크한, 아니, 시큼털털한 표현에 정원은 오늘 처음으로 웃음기를 보였다.

여행의 피로와 익숙한 고뇌가 고스란히 느껴지는 얼굴을 하고 보이는 웃음은 염도 높은 소금처럼 눈이 부시다 결국엔 짠했다.

여행의 피로가 전부 눈가로 집결했는지, 안 그래도 아련한 눈망울이 더 깊숙이 패여 마치 언젠가 정원의 사진으로 본 잉카인들의 정신적 고향이라는 티티카카 호수 같았다.

"선물은?"

하루의 예리하고도 명백한 요구이자 권리 행사에 또 한 번 미소를 보인 정원이 들고 있던 잔을 내려놓고는 시기를 놓쳐 제법 길어진 앞머리를 넘기며 말했다.

"강 대표가 좋아하는 치즈랑 책 몇 권 사왔어. 나중에 줄게. 짐 정리 좀 하고."

하루는 정원의 그 같은 모습이. 버릇이 좋았다.

눈을 가리는 앞머리를 자연스레 넘기는 정원의 길고 아름다운, 누군가의 손을 연상시키는 가지런한 반달을 품은 손과 손톱도.

"정녕코 그게 다는 아니겠지."

"정녕코 다지 싶은데."

"정말 날로 뻔뻔해져. 나날이 성의 없어지고."

"나날이 기품 있어지는 거 아니고?"

"아니, 점점 더 능글맞아."

하루의 독설에 정원은 어이없다는 듯 미소를 지었다.

"그러면서 독자들을 위한 아름다운 산문은 잊지 않고, 빼먹지 않고 빽빽하게 채워서 왔겠지."

"밥벌이는 중요한 거니까."

"하아!"

"밥벌이의 지겨움이란 책도 있잖아. 그 말처럼 어떤 상황이건 일은 일이니까 우선적으로 해야지. 마감도 얼마 안 남았는데."

"그러니까 그 마감 때문에 들어오셨다. 그럼, 난? 우리 영화사는 안중에 없고?"

"그렇다고 아웃 오브 안중까지는 아니고."

정원은 지친 표정을 숨기지 않고 카페 밖 풍경에 시선을 돌렸다. 그로 인해 하루는 정원의 옆모습을 편히 훔쳐볼 수 있었다. 누군가의 높고 날렵한, 유려한 콧날까지는 아니라도 정원의 얼굴 라인도 타인의 시선을 뺏고 훔치기 충분한 부류였다.

저 라인에 특유의 서정적인 분위기와 일방적인 무료함이 덧칠해져 정원은 묘하게 사람을 자극하고 당기는 신비한 매력이 있었다.

"일은 힘들지 않아?"

잊을 만하면 확인하듯 묻는 정원의 질문이었다.

"힘들어."

힘들단 말에 정원의 시선이 하루에게 고정됐다.

누군가의 시선을 잡아채는 건 이렇게나 간단했다. 힘들다는 말 한마디면 정원은 하루에게 자신의 모든 에너지를 쏟으려 했다.

그리 강하고 흘러넘치는 에너지는 아니지만 정원은 그녀가 하는 모든 말과 행동에 자극받고 반응했다. 그렇게나 세상만사에 흥도 흥미도 없는 사람이……

"물론 재미도 있어. 두근두근거리는 흥분과 떨림도 있고."

하루는 장난이었다는 듯 피식 웃으며 걱정 근심 가득한 정원의 시선을 피했다.

"영화를 기획하고 만드는 모든 과정은 힘들 수 있는데, 영화 자체는 전혀 그러지 않아. 왜냐면……"

"……"

"영화니까."

하루의 시선을 좇는 정원으로 인해 그녀의 시선도 정원에게 가 닿았다.

마주한 시선이 무척이나 닮은 두 사람 중, 좀 더 어리고 활기가 넘치는 이는 늘 그렇듯 하루였다.

"난 피도 그렇고 뼛속까지 영화인이잖아. 안 그래, 브라더?"

하루가 부러 같이 시사회를 보러 가 정원이 대경실색하던 유명 영화의 멘트를 차용하자, 정원은 멍한 표정을 하더니 결국엔 특유의 아련한 미소를 만들어 보였다.

각자 그렇게 실없는 미소를 지으며 약속이나 한 듯 창밖에 시선을 돌렸다.

고궁 한쪽 구석에 포진한 카페는 위치가 주는 혜택이 분명 있었다.

과하지 않은 전통 문양의 돌담이 보이고, 오가는 사람들이 많지도 않았으며 왠지 이 소란스런 도시 속 아는 사람만 아는 둥지 같은 아득함이, 여유와 편안함이 있었다.

그런 이유 때문인지 정원을 만나는 공간들은 늘 이렇게 약간은 비고, 여백과 여운이 깃든 외진 장소들이 많았다.

어떤 이를 규정하고 표현하는 많은 수단과 장치 중, 이렇게 그 사람의 기운과 성향을 닮은 장소는 말보다 더 근사치인 경우가 많았다.

이 순간 하루는 자신이 마치 정원이란 사람 속에 들어와 앉은 것처럼 편하고, 마음은 무방비 그 자체였다. 그래서 그랬다.

"브라더."

"응."

"……남궁환, 그 사람."

"……"

"영화 같이할지도 모르겠어."

"……"

"어쩌면 그렇다고. 그러니까…… 그럴 수도 있다고."

어떤 말이나 답변을 바라고 한 말이 아니기에 정원도 상응하는 질문이나 말을 하지는 않았다. 그저 자신 말고 누군가에게 말을 한다면 정원에게 말하고 싶었다.

그 사람과 작업을. 영화를 만들 수도 있다고. 그래서 마음이 이 조용한 장소와 달리 무작스레 뛴다고. 그간 적당하고 알맞은 템포로 안전지대에서 안전하게 뛰던 심장이 언젠가처럼 요동을 치기 시작했다고.

이 같은 기대감과 긴장감이 정상 수치는 아닌 게 분명한데도 이 진통과 격통을 조금은 반기는 것 같아 무섭다고.

이번 학기 같은 공간에서 일을 하게 된 정원에게만은 이 해석 불가능한 복잡한 속내를 토로하고 싶었다.

뿌연 안개 속 같은 거울이 한순간 개안하듯 깨끗해지고 닦여진 거울 위로 멀끔한 남궁환의 얼굴이 보였다.

유독 작은 얼굴 속, 황금 비율로 채워진 이목구비는 또렷했다.

선명하고도 날 선 이목구비만큼 거울을 응시하는 환의 기운 또한 무척이나 차가웠다.

마주한 거울 속 자신의 얼굴 위로 또 다른 형상이 겹쳐지는 듯해 환은 거울을 손바닥으로 말끔히 지워 버렸다. 아주 완벽하다 싶을 정도로.

잠시 후, 샤워를 하고 나온 환의 시선은 머리를 털면서도 줄곧 거실 테이블 위에 펼쳐진 계약서에 머물렀다.

아직 영화사 대표도, 의뢰받은 감독도 간인하거나 사인하지 않은 무용지물의 계약서.

어떤 순도로 어떤 말, 어떤 조건들이 난무했든 간에 사인을 하지 않은 이상 종이는 잘게 갈아 부순 나무의 진피이거나 표피에 지나지 않았다.

어쩜 오늘 마주치지 않을지도 모른다 생각했었다.

남궁환은 아니라도 영화사 대표 강하루는 피할 수 있다고. 어느 정도 짐작은 했지만 실제로 대표는 자리를 비운 상태였다.

그의 보좌관이자 수족들은 그러니까를 연발하며 끝까지 난감해했다.

의심할 것도 없는 무언의 압박.

제안을. 계약을 거절하라는 뜻인 건 짐작하겠는데 순순히 그러고 싶지 않았다.

누가 먼저 사인을 하는지는 중요하지 않지만, 만약에 한다면 자신이 먼저일 거라 생각했다.

영화사 창의 신사옥은 영화 잡지의 지면에서 본 사진보다 훨씬 근사했다. 주위 온통 만개해 날리는 벚꽃 잎은 그 공간이 강하루의 영역임을 증명하고 있었다.

화려하게 만개한 모습으로 눈을 어지럽게 하고 정신을 혼미하게 만들었던, 그 여린 꽃잎을 기꺼이 삼키고 싶은 본능과 충동을 불러일으키며 뜨겁고 조금은 원색적이던 청춘의 한때 전부였고, 전체를 관통했던 여자.

환은 순간적인 목마름에 냉장고를 열어 차가운 맥주를 찾아 마셨다.

깔깔한 소주도 아닌 목 넘김이 좋은 맥주인데도 맥주는 목 안 어딘가에 걸린 듯 시원하지도 차갑지도 않았다.

개인적인 문제들을 떠나 영화는 충분히 매력이 있었다.

무엇보다 자신이 쓴 단편 영화의 확장 버전이고 누구보다 도전하고 싶은 장르였다.

국내에서 가장 큰 규모와 실적을 자랑하는 영화사야 20주년이라는 타이틀에 걸맞은 실리와 명분을 다 갖춘 영화를 만들고 싶어할 터였다. 물론 제의를 받은 감독으로서도 즐거운 도전인 건 분명했지만 과거의 인연과 그 인연을 잘라내야 했던 지독한 편린들로 인해 결정은 결코 쉽지 않았다.

감독이 선장이면 제작자는 선주나 마찬가지라 영화를 찍는 마지막 순간까지 함께였다.

그 함께인 사람이 다른 누구도 아니고 강하루다.

한때는 그 이름처럼 하루 종일 삼키고 삼켜도 갈증만 나던 여자. 일방적인 감정이 무언지, 얼마나 잔인한 감정인 줄 처음으로 알려준 사람.

남궁환의 모든 청춘과 열정을 지불유예시킨 것도 모자라 어른으로, 성장으로 가는 길마저 방해하고 막아선 지독한 과거의 주인공.

그나마 다행인 건, 현재 강하루가 남궁환에게 철저히 과거의 사람이란 사실이었다.

절대 현재이고 미래일 수 없는, 여자.

"그래, 피한다고 다가 아니지……."

피한다면, 피할 수 있다면 운명이 아닐 거다.

영화는 환에게 운명이었다.

절대 피할 수도. 피하고 싶지도 않은 삶의 혁명이자 환의 또 다른 분신.

스스로를 증명하는 단 하나의 완전한 방법.

그 모든 의미를 지닌 영화를 자본 걱정이나 제약 없이 할 수 있는데 사인을 하지 않을 이유란 없었다. 어떤 선주와 만나 어떻게 시작을 하든 일단 영화란 키를 잡으면 혼란도 동요도 두려울 리 없었다. 혹여 그 혼란을 야기하는 이가 강하루라 해도 망설일 필요는 없다.

이미 그의 인생에서 모조리 불사르고, 잘라냈으며 도려낸 부분이었다.

강하루와 한 모든 추억도. 나눴던 감정도.

환은 소파에 앉아 테이블 위 펼쳐진 계약서를 눈으로 훑었다.

남궁환이라 이름과 강하루란 이름이 아래위로 정확하게 인쇄되어 있었다.

3년 전에도 두 사람의 이름이 이렇게. 이런 식으로 어느 지면을 채웠던 적이 있었다.

합의 이혼이란 이름과 형식에 따라 간결하게 작성되었던 차가운 종이 위에.

그때와는 또 다른 형식 위에 새겨진 두 사람의 이름을 확인하며 환은 비릿한 웃음을 지었다. 한때는 이 공간에서, 또 저 안 침대 위에서 하루에도 수십 번 넘게 부른 이름이었는데, 이 순간 이렇게 어색하고 낯설 수가 없었다.

환은 계약서 안, 강하루란 이름을 보고 또 봤다.

봐도 낯설다는 건 달라지지 않았다.

완전하고도 완벽한 타인, 그 타인의 이름이 강하루일 뿐이다.

더 이상의 불필요한 고민. 주저함은 무의미할 뿐.

전문 큐레이터 버금가는 미사여구와 장황한 설명으로 영화사 창의 신사옥을 홍보하고 설명하던 정 부장을 따라 사무실에 들어선 순간, 강하루의 공간이라는 걸 단박에 알 수 있었다.

어떤 자극적인 인테리어나 표시. 강하고 짙은 향이 공간을 채운 것도 아닌데 사무실은 강하루를 고스란히 답습하고 있었다.

강한 에너지가 전체를 채우면서도 결코 전부를 드러내지도 보여주지도 않는 부드러운 매너. 기품 있는 배려가 풍미 좋은 음식처럼 노골적이지 않게 배어났다.

제 방 주인을 오롯이 오마주한 듯한 사무실은 낯선 이의 긴장과 경계를 풀어주기에 충분했다.

공식 석상에서 잠깐 스치듯 지나간 일을 제외하면 강하루, 영화사 창의 대표와 정식으로 마주한 건 근 3년 만에 일이었다.

둘 중 누군가는 열심히. 부지런히 도망 다닌 결과였는지 모르지만, 같은 업종에 그것도 좁디좁은 충무로 밥을 먹고살면서도 오늘 같은 일은 우연이라도 일어나지 않았다.

마지막 사인 전, 환은 서늘한 표정으로 다시 한 번 하루를 주시했다.

마치 이전의 모습과 삶은 전혀 없듯, 처음부터 오직 유명 영화사 창의 대표이자 제작자인 듯한 강하루의 모습은 우아함의 극치이면서 자리가 주는 위엄과 권위는 숨겨지지 않았다.

장난기는 물론 특유의 엉뚱함과 발랄함, 와일드한 모습을 전혀 느낄 수 없는 지금은 오직 계약서에 명시된 영화사의 대표일 뿐이었다.

"자, 남궁환 감독님 사인은 여기. 대표님 사인은 여기입니다."

이번 영화의 기획을 담당하고 결국 지금의 계약까지 이끌어낸 정 부장은 환에 이어 대표인 하루에게 펜과 계약서를 넘겼다.

사인을 하는 강하루는 거침이 없었다.

"그럼, 이것으로 저희 창과 남궁환 감독님의 계약은 이뤄진 겁니다."

정 부장은 계약서를 챙기면서 꽤나 후련한 표정을 지었다. 안도의 한숨도.

수순처럼 모두가 자리에서 일어난 순간, 창의 대표 강하루가 환에게 손을 내밀었다.

"남궁환 감독님."

"……."

"저희 창 영화사의 20주년 영화, 잘 부탁드립니다."

이렇게 오롯이 마주한 시선 또한 3년 만이었다.

환은 시종일관 담담함과 대표란 직함이 주는 무게, 신중함이 퍽이나 잘 어울리는 하루의 손을 잡았다.

유난히 매끄럽고 보드라운 피부에 기분 좋은 서늘함을 품은 기운은 변함없었다.

"저야말로 잘 부탁드립니다."

"……."

"20주년이란 타이틀을 비롯해 기대에 부응하도록 작품성을 갖춘 상업영화로 잘 만들어보겠습니다, 강하루 대표님."

"네, 감독님이 그러실 수 있도록 저희도 최선을 다하겠습니다."

환과 하루가 만들어낸 그림이 꽤나 좋았는지 정 부장이 윗니가 다 드러날 정도로 환히 웃으며 말했다.

"두 분 인연이 정말 특별하네요. 그보다 같은 학교에 전공도 같은 이들끼리의 합이니 이번 저희 영화 왠지 대박이 날 것 같습니다. 안 그렇습니까, 대표님?"

"당연히 그래야죠."

그 순간 노크 소리와 함께 편집실 직원이 들어와 정 부장을 찾았다. 정 부장은 잠시 실례한다는 말과 함께 말씀 나누고 계시라는 말을 하곤 사무실을 나섰다.

정 부장이 나가자 사무실 공기는 바로 달라졌다.

환은 자신을 쳐다보는 하루를 보고도 아무런 말도 하지 않았다.

영화사 대표가 아닌 강하루 개인에게는 다른 말이라는 게 필요 없었다. 있다면 냉담한 무시와 아직 한 번도 제대로 터트리지 않고 제어돼 더욱 커지고 견고해진 분노만이 존재할 뿐.

"앉으세요, 남궁환 감독님."

"……."

"드릴 말씀이 있습니다."

하루는 환이 자리에 앉길 기다렸다. 환이 방금 전 앉았던 강하루의 옆자리가 아닌 맞은편 자리에 앉자, 하루는 잠시 멈칫하더니 그대로 자신의 자리에 앉았다.

높고도 높은 영화사 창의 대표라는 그 자리, 그 감투에.

"우선 감독님께서 저희 영화 선택해 주신 일은……."

"제삼자가 참관한 공식적인 자리도 아닌 사적인 자리에서 강하루란 여자한테 경어 쓸 만큼 나 인격적인 사람 아니야. 말 편하게 해. 대화라는 걸 하고 싶다면."

"……."

하루는 환을 쳐다보기만 할 뿐 바로 답을 하거나 응수를 하지는 않았다.

독대의 자리에서 정면으로 응시한 강하루는 3년 전과 똑같았다.

눈에 띄는 외모나 와일드함을 기본으로 한 오색 찬연한 성격과 달리 겉으로 보이는 차분하니 차가운 분위기는 지난날과 다르지 않았다.

고작 3년이란 시간 동안 사람이 얼마나 달라질까 싶었다.

환 자신도 내색은 않고 있지만 강하루라면 여전히 치가 떨리고 무참히 부숴 버리고 싶은 강렬한 욕망과 충동은 그대로였다.

시간엔 결코 환의 감정을 다른 방향으로 치환하거나 상쇄시키는 초능력이란 없었다. 그저 물처럼. 공기처럼 무책임하게 흘러가기만 할 뿐.

"지금 같은 경우에도 서로 경어를 써야 다른 사람들 앞에서 실수를 하지 않을 것 같은데 당신은 잘할 자신이 있어 보이니까, 나도 편하게 말할게."

말을 할수록 증류수보다 맑고 투명한 듯한 목소리도 여전했다.

"느꼈겠지만 영화사 사람들 나랑 당신 과거에 대해서 전혀 모르는 상황이야. 난 이번 우리 영화가 끝나는 그날까지 사람들이 지금 알고 있는 그대로 유지되길 원해."

"……."

"그래야 대표인 나도. 총감독을 맡은 당신도 각자의 위치해서 일을 진행하기 수월할 테니까."

역시나 강하루는 보이는 이미지와는 상이하게 다른 여자였다.

잘 알지 못하는 상태에서 얼굴과 이미지가 주는 단어는 하나였다. 전아함.

그렇지만 강하루를 속속들이 알고 나서의 표현들은 많고도 많았다. 대표적으로는 속물.

빠른 상황 판단력만큼이나 계산이 빠르고 철두철미한 여자.

자신의 잇속을 위해서는 인간미는 물론 기본적인 인성과 인격조차 바닥일 수 있는 인간.

이미 제가 가진 모든 걸 공으로, 무위로 만들어서라도 앞으로 제 것이 될 커다란 목표와 야망은 반드시 성취하고 잡아야 하는 아귀 같은 여자.

그 모든 것들을 이렇게 다시 한 번 확인하니 웃음이 났다.

어느 날, 어떤 밤은 무언가 크게 잘못된 게 아닌가 하는 의심을 하기도 했었다.

그가 오랜 시간, 많은 날들을 겪고 본 강하루는 절대 두 사람의 관계를 파탄 낼 정도로 최악의 인간이 아니었는데 누군가의 치밀한 각본으로 무언가 잘못된 것이 아닌가 하고…….

괜한 의심이고 착각이었다.

기가 막히고 어이없는 웃음은 그렇게 계속해서 나왔다.

의도를 가늠할 수 없는 환의 웃음이 멈추길 기다리는 하루의 담담한 표정에 환의 웃음은 한순간에 멈췄다. 마치 전혀 웃지 않았던 사람처럼.

"잘 알아들었으니까 이번 영화 성공하기 위해, 감독이 영화사 대표이자 능력과 수단 좋은 제작자에게 바라고 원하는 거나 잘 캐치해서 들어줘. 나도 그 외 것들엔 일말의 관심도 없으니까. 됐어?"

"하나 더."

"……."

"정 부장님 들어오시면 이번 계약 축하하는 의미에서 저녁 하자고 할 거야. 거절해 줘."

"왜 그래야 하는데?"

"괜찮아? 나랑 저녁 하는 거."

"당연히 괜찮지. 우리나라 최고의 영화사 대표가 접대하는 저녁을 내가 또 언제 먹을 수 있겠어. 오늘처럼 기회 될 때 먹어야지."

기꺼이는 아니라도 굳이 피할 이유도 없었다.

불쾌한 감정이 가슴 안에서는 절절하게 소용돌이친다 해도 그건 환 혼자서. 혼자만이 처리할 문제이기에 모든 상황을 과거와 연관시켜 거절하고 무시하며 제게 득이 될 상황을 어그러트릴 미련퉁이는 아니었다.

환을 보던 하루가 일관되게 담담함을 유지하며 말했다.

"기억 못하나 본데, 3년 전 당신이 그랬어."

3년 전이라면 그 무엇도 기억하고 싶지 않던 암흑기였다.

하나부터 열까지 전부 다 지하 창고에 폐기 처분하고 싶은 지옥이자 치욕적인 순간들.

"나랑 겸상하는 거……."

"……."

"구역질난다고."

분명 그 시간 전부가 그런 때였다.

부인하지도, 할 생각도 없는 환의 인생에서 완전히 도려낸 환부.

"말한 대로 그건 3년 전 일이야. 너랑 내가 부부이자 가족이란 이름으로 함께할 당시."

"……."

"그렇지만 지금은 묵은 감정보다 지금 눈앞에 벌어지고 계약한 일이 먼저인 상황이야. 어떤 상황이건 행동이건 그게 이번 영화와 조금이라도 관련이 된다면, 난 피할 이유 없어. 물론 불행의 씨앗이자 단초를 제공한 인물은 다를 수도 있겠지만 그건 나와 전혀 상관없는 일이야."

환은 최대한 감정을 배제하고 있는 사실만을 말하려 했다.

어떤 상황이건 환 자신이 민감할 필요는 없었다.

지난 시간의 경험을 봐도 민감하게 반응할수록 감정은 황폐해지며 피폐해질 뿐이었다.

"왜 그런 말도 있잖아."

"……."

"피할 수 없으면 즐겨라. 그렇게 매 순간 계산하고 앞질러 가지 말고 강 대표도 나처럼 즐겨봐. 그럼 지금보다는 조금 편한 얼굴일 수 있을 테니까."

환의 응원 섞인 비아냥에 하루의 얼굴은 굳어지기까지는 아니지만 충분히 불편한 기색이었다. 난감함과 어색함보다는 단순히 불편하기에 피하고 싶은 지극히 인간적인 표정.

강하루가 어떤 반응. 어떤 모습이건 상관할 바는 아니었다.

지금 중요한 건 단 하나, 영화였다.

잘해야 본전이고 미국 유명 영화의 카피이거나 오마주란 혹평을 들을 수도 있었다.

기본적으로 마니아 위주인 오컬트란 특성상 유치함과 위험하단 이유로 외면당했던 장르가 기적처럼 시도된 지금, 국내 최초로 진행되는 오컬트 영화를 청신한 감각으로 끝까지 잘 마무리하는가가 중요할 뿐, 이미 오래전에 어긋나고 어그러진 관계를 다시금 연연하며 새로이 명명하려 노력할 이유는 없었다.

영화사가 어디건 대표가 누구든 간에 감독으로 선정되고 계약을 한 이상, 감독으로서의 모색과 궁리만 하면 그뿐이었다.

이 순간 남궁환과 강하루가 과거에 무슨 사이, 어떤 이유로 헤어졌든 그건 전혀 조금도 문제가 아니었다. 또 아니어야 한다고 생각했다.

영화는 단지 영화일 뿐이다.

새로운 관계의 시작이 아니라.

피할 수 없으면 즐기라고 훈계한 이는 그 말이 무색하게끔 만찬의 기회를 다음으로 미뤘다. 정 부장의 귀띔으로는 함께 일하는 연출팀 막내에게 일신상의 문제가 생긴 것 같다고 했다. 동시에 그렇게나 제 식구를 살뜰히 챙기는 이니 현장에서의 소음과 소란은 기존의 사이키한 감독들보다 덜할 거라 장담했다.

하루는 정 부장의 모든 멘트를 뒤로하고 사무실로 향했다.

왠지 하루 동안 쓸 에너지를 방금 전 그 30분에 전부 다 소비한 것처럼 기운이 딸렸다.

나름 아닌 척을 한다고 했는데 몸 전체의 엄청난 긴장으로 인해 한꺼번에 에너지가 소모된 모양이었다. 방전된 건전지마냥 어딘가에 기대 눕고 싶었다.

걱정한 것에 비하면 그리 험하지도 살벌하지도 않았지만 그래서 더 힘들고 피곤한 미팅이었다.

여전히 분노와 감정의 찌꺼기는 남은 듯했지만 환은 대체적으로 담담했다.

그 시절의 모든 기억은 봉인하고 밀봉을 했는지 지금은 자신이 계약한 감독직과 대학 때부터 좋아하던 오컬트란 장르를 처음 시도하는 이로서의 흥분이 더 커 보였다.

어쩌면 그 같은 이유로 인해 지금의 이 피로감을 느끼는지도 모르겠다.

여자의 자존심에. 한때 서로의 심장을 가진 유일한 연인이란 타이틀로 인해 조금은, 아주 약간이라도 흔들리고 심란해할 줄 알았는데 환은 그런 부분이 없어 보였다.

처음인 것처럼 흠집 없이 완벽할 수는 없다 해도 자신처럼 선명한 자국이 남아 이렇게 수시로 습관처럼 휘둘리지는 않아 보였다.

"그래, 남궁환이지, 당신은."

남궁환이란 이름에 많은 의미와 뜻이 내포되어 있었다.

기본적으로 남궁환이란 남자는 내적 응집력이 강해서 감정적으로 교통사고 같은 대형 참사를 당했다 해도 결코 제 페이스를 넘어 파편화된 무작위 삶을 살지는 않을 테지.

"다행이야, 정말."

강하루는 이렇게나 아픈데 당신은 그러지 않아서.

정말 다행이다 싶으면서도 왜 이렇게 씁쓸하고 서글픈지 모르겠네.

당신을 보지 않고 살 때는 이런 기분조차 잊고, 다 지우고 살았는데 그게 아니었나 봐.

그래, 기억이란 무자비한 잠행자를 어떻게. 무슨 수로 지울 수가 있겠어.

그 무엇으로.

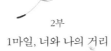

2부
1마일, 너와 나의 거리

감독 선정은 늦은 감은 있지만 캐스팅은 이미 결정이 난 상황이었다.

이 시대 젊은 배우로서는 드물게 정립한 자신의 고유 캐릭터와 최고의 티켓 파워를 자랑하는 배우가 영화사 창의 고군분투에 의기투합하기로 약속이 되어 있었다. 더불어 더블 주연이라 할 만큼 젊은 배우의 기량을 받쳐 줄 기라성 같은 배우도 힘을 실어주었다.

주연 배우들과 감독. 그리고 제작자이자 창의 대표 하루. 이 모든 밑그림을 그린 기획자까지 전부 모인 오늘의 미팅은 개성 강한 이들의 모임이라고 하기엔 밋밋할 정도로 별다른 진통 없이 끝이 났다.

모두의 공통된 바람은 이 영화가 한국 오컬트 영화의 새로운 기준이 될 것이기에 먼 훗날의 평가까지 염두해 결코 창피한 작품은 만들지 말자는 결론으로 모아졌다.

배우들은 감독을 맡은 남궁환에 대해서 이미 잘 알고 있는 듯했다. 또한 그의 짧은 영화 경력에 비해 가진 능력과 재능을 믿는 듯도 했다.

그 무엇보다 다행이다 싶었다.

선장인 감독을 신임하지 않고 시작된 항해는 선주인 제작자가 아무리 애를 쓴다 해도 여기저기서 누수가 나고, 티가 나기 마련이었다. 다행히 그런 일은 없을 듯했다.

첫 미팅부터 이렇게나 분위기가 좋을 수 있다는 게 신기했다.

모두가 함께한 식사에 대표인 하루는 투자자를 비롯한 까다로운 배급사와 미팅한다는 이유로 양해와 함께 빠지고 그 자리를 정부장과 윤 프로듀서가 함께했다.

하루는 손목시계를 보며 잠시 후 보게 될 정원을 별관 로비에서 기다렸다.

오늘은 이 시대 여행 작가로 유명한 정원이 창에서 뽑은 10명의 귀한 인재들에게 여행 산문과 시에 대해 강의하는 날이었다.

"대표님!!!"

시호의 저 호칭은 묘하게 중독성이 있었다. 왜인지 이유는 모르나 들으면 왜! 하고 바로 답을 해주고 싶은 마음이 들었다.

"천천히 와. 그렇게 뛰다 넘어진다, 이시호."

하루는 평소와 달리 조금 높은 톤으로 시호를 걱정했다.

오늘도 느끼는 거지만 시호에게서는 늘 엄마가 보이고, 엄마를 느낄 수 있었다.

기분 좋은 밝음과 꾸미지 않아도 시선을 끌고 잡아당기는 특유의 자석 같은 이끌림이.

자잘한 꽃 패턴이 반복적으로 그려진 핑크빛과 퍼플 칼라의 오묘한 원피스를 입은 시호는 그야말로 화사한 꽃다발 같았다. 갈색의 긴 머리를 찰랑거리며 다가오는데 꽃향기가 확 퍼지는 듯해 기분이 나쁠 수가 없었다.

가곡과 민요에 종종 등장하는 싱그러운 봄처녀를 이렇게 가까이서 볼 수 있다는 건 분명 흐뭇한 일이었다.

"대표님은 알고 계셨죠?"

플랫 슈즈에 불이 나도록 달려온 시호는 숨을 헐떡거리며 다가와 넙죽 인사를 하고 의자를 당겨 앉았다. 그리고는 한참 동안 거친 호흡을 가다듬어야 했다.

"정언, 아니, 정원 작가님이요, 오늘 저희 영화사에서 강의하시는 거요."

"알고 있지. 안 된다는 걸 내가 간곡히 부탁해 성사된 강의인데."

"꺄악!!"

"……!"

"저, 어떡해요. 대표님. 아니, 어때요? 대표님."

"무슨 소리야? 뭐가 어떠냐는 건데."

"제 모습이 어떠냐고요? 괜찮아 보이세요? 샬랄라 하는 이 원피스 때문에 너무 가볍거나 경박해 보이지는 않죠? 구두 신을 걸

괜히 플랫 슈즈를 신었나 봐요. 너무 땅꼬마로 보일 것 같아요. 이
일을 어째."

늘 에너지 과잉인 시호는 입사 이래 오늘이 가장 정신이 없어
보였다.

"사실 제가 정원 작가님의 열렬한 팬이거든요. 대학교 때부터."

"이시호, 면접 볼 때는 대학 때부터 내 열렬한 팬이라고 했잖아.
그래서 더욱더 창에 입사하고 싶다고."

"그거야. 제 인생이자 직업군으로서의 멘토고, 팬이라는 거구
요. 정원 작가님은……."

말을 끝까지 잊지 못한 시호의 뺨은 살굿빛으로 순식간에 달아
올라서는 아이처럼 다리를 종종거렸다.

"아름다운 글을 쓰시는 작가님이자…… 남자로서 좋아한다는
거죠."

시호는 헤벌쭉한 얼굴로 크크크거리며 혼자 모노 애정 신을 찍
고 있었다.

"아, 작가님! 강의는 끝나셨어요?"

자리에서 일어남과 동시에 하루가 한 인사에 시호는 그대로 얼
어붙은 듯 의자에서 움직이지도 못했다. 하물며 뒤돌아볼 생각은
엄두도 못하는 듯했다.

"이시호."

"네…… 에."

"뭐 해? 얼른 일어나서 인사드려야지, 여기는 이번부터 강의를
맡아주신 정원 작가님."

하루의 눈짓에 시호는 잔뜩 얼은 채로 주춤주춤 일어나 뒤를 돌았다. 그러더니 고개도 못 들고 꾸벅 90도 인사를 했다.

"안…… 녕하세요, 장원, 아니, 정원 작가님."

"끅끅끅."

인사를 했는데도 아무런 멘트도. 기척도 없는 게 이상했는지 시호는 천천히 고개를 들어 자신의 앞을 봤다. 시호는 그야말로 혼자였다.

휑한 공간 그 어디에도 사람의 기척은 없었다. 그대로 돌아선 시호는 눈을 요로고 치뜨며 하루를 쳐다보았다.

"대표님!"

"왜?"

맥시멈으로 차올랐던 긴장이 갑자기 빠졌는지 시호는 억울한 목소리로 재차 대표님을 찾더니 바람 빠진 풍선처럼 의자에 피시시 주저앉았다.

"정말 너무하세요. 제가 얼마나 놀랐는데요!"

"뭐야? 이시호는 매일 대표님, 대표님 하면서 사람 시도 때도 없이 놀라게 하면서."

"거야 제 애정 표현이고요. 대표님이 지금 하신 건, 우롱에 사기죠."

"뭐? 우롱과 사기?"

하루가 눈을 찡긋하며 되묻자 하루는 강하게 고개를 저으며 아니라는 말을 무한 반복했다.

"죄…… 죄송해요, 명백한 실수예요. 그러니까 우롱. 사기까지는 아니고…….”

“강의는 끝나셨어요?”

하루는 어느새 시호의 뒤에 선 정원을 보며 평소와 다른 어감과 경어를 써 물었다. 그러자 정원이 말없이 고개만 끄덕였다.

“이시호, 일어나 인사드려. 여기 자기가 그토록 기다리던 정원 작가님 오셨어.”

하루는 조금 전과 달리 시큰둥한 시호에게 눈짓을 하며 신호를 보냈다. 그러나 방금 전 속은 시호는 전혀 믿지 않는다는 듯, 시큰 둥하기만 했다.

“진짜 너무하시네요, 대표님. 제가 애도 아니고 또 속을까 봐 서…….”

“가자, 점심 먹으러.”

“……!”

정원의 그 소리에 시호의 얼굴은 금세 붉은 노을처럼 타오르다 석고상처럼 회백색이 됐다 하며 순식간에 열탕과 냉탕을 오갔다.

“이시호.”

“죄…… 죄송해요, 대표님. 저 사무실에 가야 할 것 같아요. 급 하게 처리할 일이 불현듯 생각이 나서. 그럼 저 먼저 가볼게요, 대 표님.”

시호는 그대로 일어나 하루에게 꾸벅 90도 인사를 하고 뒤돌아 서 동일한 인사를 하더니 고개조차 들지 않고 본관 쪽으로 내달렸 다. 그렇게 달려가는 시호를 하루는 걱정스레 쳐다보았다.

“저러다 시호 넘어지겠다.”

"……."

"브라더 때문에."

"……무슨 소리야?"

정원은 의자를 당겨 방금 전 시호가 앉았던 자리에 앉으며 물었다.

"무슨 소리긴? 우리 이쁜 직원 걱정된다는 소리지. 참, 강의는 어땠어? 할 만해?"

질문의 답을 듣기도 전에 정원의 표정이 그 답을 대신하는 듯했다.

"못하겠어. 강의하는 내 자신이 무슨 말을 하는지도 모르겠고……."

"좋은 징조네."

"……."

"스스로 몰입은 물론 무아지경에 빠졌다는 소리잖아, 그럼 됐지."

"강하루 대표님……."

하루는 정원의 말을 끊는 듯 자리에서 일어나 정원을 쳐다봤다.

"일어나. 점심 먹으러 가자며. 나도 배고파. 우리 영화사 식당 괜찮은데 가볼래?"

자리에서 일어난 정원은 고개를 저으며 밖으로 나가자고 했다. 얼마를 먹든 조용한 곳에서 편하게 먹고 싶다며.

정원과 함께 로비로 걸어 나가며 하루는 주위를 둘러봤다. 왠지 모르게 어디선가 시호가 얼굴을 빼꼼히 내밀며 하루와 정원을 보

1마일, 너와 나의 거리 45

고 있을 것만 같았다.

영화계 밥을 먹다 보면 개고생질량 보존의 법칙이라는 걸 깨닫게 되는 순간이 있었다.

모든 일이 스케줄과 계획안대로 쉽고 수월하게 풀리지 않는다는 말인데, 이번에 시나리오 작업이나 주연 배우 캐스팅이 너무 수월하게 됐다 싶더니 감독이 골절 사고를 당했다.

남궁환 감독이 직접 꾸린 연출팀 회동에서 식당 바닥 가스관에 걸려 넘어진 막내가 본능적으로 옆에 있던 환을 잡아 같이 넘어진 어이없는 결과였다.

어깨뼈가 금이 간 것도 문제지만 손가락 탈골까지 돼 감독은 지금 깁스 중이고 이 소식을 전해 들은 영화사 창의 대표 사무실은 침울한 분위기였다.

영화를 찍을 장소까지 백 퍼센트 헌팅하고 준비한 상황에서 생각지도 못한 감독의 부상에 이번 영화를 기획한 정 부장과 담당 프로듀서는 그야말로 정신적 번아웃 상태였다.

이런 상황에서 가장 바빠진 이는 총제작자인 하루였다.

기실 감독은 화면 안에 들어갈 영상만 담당할 뿐, 그 외 모든 부분은 전체를 아울러야 하는 제작자의 몫이었다.

하루는 살짝 넋이 나간 두 사람에게 감독 상태를 재확인하고, 제작 기간과 소요 비용을 비롯해 배우들과 장소 협찬 등, 모든 스케줄 조정을 다시 하라고 지시했다.

사무실에 혼자 남은 하루의 고민은 이제부터가 시작이었다.

무엇보다 우선적으로 감독인 환이 걱정됐다.

환은 절대로 일반적인 인물도, 일반적일 수도 없는 까다로운 성향의 남자였다. 솔직히 영화감독이란 특수한 직업군과는 전혀 매치가 안 되는 이가 남궁환이었다.

제 곁에 둘 사람을 철저히 가리고 일적인 인간관계에서조차 호불호가 강한 이였다.

그중에서도 가장 곤란한 문제는 깔끔함을 넘어 과하기까지 한 결벽증이었다.

산악인 버금가게 야외 활동과 타인과의 접촉이 많은 영화감독에게 과도한 청결함과 결벽증은 치명적인 단점이었다. 더 큰 문제는 곤란한 상황에 빠진 환의 주위에 돌봐줄 사람이 전혀 없다는 것이었다.

만약 연인이라도 있다면, 그사이 생겼다면 다행이겠지만 그게 아니라면 한국에서 행동이 부자유스런 남궁환을 돌봐줄 사람은 아무도 없었다.

환의 몇 안 되는 가족은 전부 영국에 계셨다. 또 있다 한들 혼자인 시간과 생활을 누구보다 즐기고 익숙한 환이 이제사 연락을 해 아쉬운 소리는 물론 도움을 청할 것 같지도 않았다. 그러기엔 환의 가족 전부 너무도 개별적인 인간군이었다.

"하아…… 문제긴 한데."

영상과 영화를 책임질 감독의 신경질적인 심사는 물론 일상과 주변이 마음에 들지 않을 때 벌어질 모든 경우의 수가 하루를 걱정과 근심으로 이끌었다.

막막한 마음에 연이어 한숨을 쉬는데 핸드폰이 울렸다.

정 부장이었다. 다시 확인해 보라는 감독의 상태를 전하려는 듯했다.

"네, 여보세요."

[정 부장입니다. 지금 병원인데 깁스는 거의 끝나갑니다. 근데 혹시나 해서 조연출한테 물어보니까 남궁 감독 돌싱에 여자 친구나 애인도 없다고 하던데, 대표님 아무래도 저희 영화사 쪽에서 집에 메이드든 가드든 간에 사람을 한 명 붙여줘야 하지 않을까 싶은데요.]

혹시나 했는데 여자 친구도 애인도 없구나, 당신은.

한편으론 자연스럽고 당연한 일이라 생각됐다.

오랜 시간을 함께하며 믿었던 사람에게 뒤통수를 맞고 자신의 인생에는 절대 없다던 이혼을 했는데, 다시 또 누군가를 믿고 교감을 나눈다는 게 쉽지는 않을 거라 싶었다.

환은 절대 누군가를 가볍게 만나거나 사귀는 위인이 아니었다. 또한 뜨거운 하룻밤과 배설과도 같은 섹스를 위해 관계를 이어가는 남자도 아니었다.

하루가 아는 남궁환은 자신도 그렇고 모든 걸 나눌 상대까지 정신이 진짜이며 진심이 아니면 그 어떤 것도, 아무것도 허용되지 않는 사람이었다.

그런 사람의 가슴에 못을 박은 사람이 바로 하루였다.

그토록 뜨겁던 청춘을 오직 서로에게 깃들며 서로에게만 길들여진 두 사람…….

[대표님도 아시다시피 환 감독이 무난한 성격도 아니고 무엇보다 영화 시작도 전에 기본적인 일상생활이 엉망인데 좋은 영화가 나올까 싶어서요. 모두가 걱정하다시피 이번 영화가 그렇고 그런 영화도 아니고 배우들의 포텐도 포텐이지만, 관객들을 이해시키고 몰입하게 만드는 감독의 상상과 뛰어난 연출이 중요한 영환데……]

그랬다. 제작하는 모든 영화가 의미 있고 중요하지만 이번 영화는 안팎으로 받은 압박과 기대가 그 어떤 영화보다 강하고 심했다.

한국 영화의 새로운 시도인 이번 영화는 영화사 창의 창사 20주년 기념영화이자 15번째로 제작하는 영화였고, 누군가가 생애 마지막으로 볼 수 있는 영화이기도 했다.

[그리고 조연출 얘기론 환 감독 가족들도 전부 외국에 있다고 하더라고요. 그러니까 저희 영화사에서……]

"정 부장님 말씀은 충분히 알겠습니다. 저도 제 나름대로 대안을 생각을 해볼 테니까 일단 정 부장님은 병원비 정산하시고, 환 감독 팀들 기죽거나 위축되지 않게 연출팀 전부 저녁 사주시고 들어와서 다시 얘기하시죠."

일단 너무 많은 일들을 짧은 시간에 생각하고 계산하느라 머리가 터질 것 같았다.

전화를 끊은 하루는 의자에 깊숙이 몸을 기댔다.

생각할 시간이 필요했다.

모두를 위해. 무엇보다 시간이 얼마 남지 않은 누군가를 위해서. 또 창 영화사를 믿고 있는 모든 사람들을 감안해 제작자이자 대표인 자신이 지금 무엇을 생각하고 행동해야 하는지 조금의 시간이, 혼자만의 여유가 필요했다.

어쩌면 산소호흡기 버금가는 그 무언가.

만남을 제의한 하루만큼 어색한 표정을 한 정원이 천천히 걸어 들어와 맞은편에 앉았다.

숙고할 충분한 시간과 혼자만의 여유로도 도무지 해결의 기미가 보이지 않아 결국 정원 작가님에게까지 왔다.

가끔 만난다 해도 정원의 친구이자 영화 투자자인 영도의 기이하고 음습한 술집에서 만났지 오늘처럼 하루가 정원의 출판사 근처까지 오는 일은 거의 없었다.

하루와 정원은 둘 다 자신들의 좁다란 행동반경 안에서만 삶을 영위하는 소극적 생활인들이었다.

그런 정원이 파주까지 와 강의하는 건 정말 엄청난 결단이자 배려였다.

생각해 보니 이처럼 공격적인 접근과 행보는 거의 없던 일 정도가 아니라 처음이었다.

그런 이유로 이 자리에 있는 두 사람은 동일한 표정과 낯빛이었다.

뭔가 하는 질문. 숨길 수 없는 약간의 어색함. 뭔지 모르는 불편함. 도대체 며칠 만에 또 재회한 건가 하는 의구심으로 인한 날짜 또는 숫자 세기.

"너무 그러지 마세요, 작가님."

"……."

"어색한 건 이 몸도 마찬가지랍니다."

"아직 주지 않은 원서나 비디오 때문은 아닌 것 같은데."

"아직까지 귀향 선물을 받지 못한 건 맞는데 그것 때문은 아니고."

그렇다고 이렇게 쪼르르 직장까지 찾아와 할 이야기 또한 아니지 싶었다. 그런데도 혼자는 도무지 답을 결정하기가 쉽지 않았다.

무조건적인 응원 대신 깊은 저음으로 강하루, 그래도 그건 아니지라는 부정적인 결론을 내달라 찾아온 건지 그녀 자신도 정확하게 알 수가 없었다.

자신의 이 혼란스럽고도 요동치는 두려움과 기대감이 도대체 뭔지.

"길 막히는 이 시간에 파주에서 합정동까지 찾아온 이유가……."

"……."

"고민을 해결하고자 한 거야 아님 이미 결정 난 고민을 지지해달라는 거야?"

정원 작가님은 여행 산문가가 아니라 신비와 미신 사이, 줄타기를 하는 역술가가 되셔야 했다. 타고난 명을 말하고 몸을 말하며 길을 말한다는 사주 명리학을 공부하셨으면 지금쯤 역사의 한 페이지를 찬란히 수놓고도 남았을 것이다.

"제 이 깊은 고민과 백팔번뇌가 읽혀지시는지요, 도사님?"

"그보다는……."

농처럼 질문을 했지만 낮은 시선으로 하루를 빤히 쳐다보는 정원으로 인해 긴장과 함께 초조하기도 했다.

"흥분지수를 가라앉혀 줄 약간의 카페인이 필요한 거 같은데."

"……."

"주문할까?"

정말이지 속일 수가 없었다.

늘 낯선 길을 찾는 것처럼 누구보다 느리고 이 세상의 박자가 아닌 자신만의 느린 호흡으로 세상을 살아가면서도 정원에게는 이처럼 톡 쏘는 사이다 처방이 있었다.

마치 무속인의 영적 능력과 의역학 원리가 만나서 이뤄진 탁월한 지혜와 삼정법사의 혜안이.

"난 정원 작가님 손바닥 위에서 노는 손오공이라니까."

"그러니까 말해. 왜 그렇게 상기된 얼굴로 여기까지 달려온 건지……."

쉽게. 농담하듯 꺼내놓을 수 있는 이름이 아니었다. 강하루에게 남궁환은.

"그 사람 때문이야?"

고민이 아닌 사람이란 단어에 하루의 표정은 미소와 여유를 잊었다.

"강하루의 모든 에너지를 가져간 것도 모자라 강하루를 폐허로 만든……."

"……."

"남궁환."

정원 작가님의 목소리로 듣는 환의 이름은 성격과 캐릭터가 맞지 않는 외화 더빙처럼 어색하고도 낯설었다.

"폐허는 무슨, 폐허 속에 핀 이렇게 아름다운 꽃 본 적 있어?"

"물론 아름답지, 영혼이 없어서 그러지."

"다른 사람도 아니고 정원 작가님이 그런 말씀하시면 안 되죠."

하루는 저 혼자만 평가받은 이 상황이 억울해 저보다 더 중증환자인 정원을 물고 늘어졌다.

"남궁환 때문인 건 맞는데, 말할 수 없는가 보네."

"……."

"하고 싶은 대로 해."

정원은 완전히 숨기지도 그렇다고 시원스레 뱉어내지도 못하는 하루를 대신해 답을 내주었다. 어쩌면 이 같은 판결을 기대하고 왔는지도 모를 일이었다.

이미 결론을 내놓고도 우물쭈물하는 강하루에게 더는 망설이지 말고 그대로 가라는 그 단순하고 명료한 말을 해줄 단 한 사람, 정원 작가님.

"고민은 이미 넘치도록 했을 테고……."

그랬다. 충분히. 기진맥진 그 직전까지 충분히 하고 또 했다.

"나한테까지 응원 받고 싶은 거면, 하는 게 맞아."

정말 그런 걸까…….

생각한 대로 하는 게 맞는 걸까, 정원 작가님.

"이 시간 이후 더는 고민하지 마."

정원의 응원과 지지는 깔끔했다.

이토록 주저하고 망설이는 그녀 자신이 무안하고 맥 빠질 정도로.

천군만마 같은 한 명의 지지가 있는데도 역시나 고민이, 주저가 됐다.

다른 이도 아니고 남궁환과 연관된 일이기에 걱정은 물론이고 버겁고 두려웠다.

"……요사이 재미있는 시를 읽었어."

하루는 뜬금없는 정원의 말에 그를 빤히 쳐다봤다.

"인간은 무언가 하면 할수록 늘게 된다면서, 고민도 걱정도 하지 말래. 더 이상 그런 불필요한 감정들이 늘지 않게."

정원은 말장난 같은 시를 처음부터 끝까지 읊조리더니 그 같은 시를 소개한 자신도 어이가 없는지 연하게 웃어 보였다.

걱정하지 말아라.

설령 근심 가득해 걱정이 되고 우려가 된다 하여도.

그럴 수 있을까 싶었다.

누군가의 말처럼 천재지변 같은 감정을. 그 같은 사랑을 나눈 유일한 사람이었다. 또한 한 사람이면서 동시에 한 세상이라고 할 수 있는, 그토록 위력적인 남자였다. 강하루에게 남궁환은.

그런 남자를 추억이 잔뜩 깃든 공간에서 다시금 마주할 수도 있는데 과연 아무렇지 않을 수가 있을까.

이 순간 생각만으로도 이렇게나 떨리고 두근거리는데, 그들의 가장 아프고 뜨거웠던 지점. 상처가 난무했던 장소에서 그녀가 스스로를 완벽하게 제어하고 지켜낼 수 있을지…….

그 무엇도 장담할 수가 없었다.

하루는 전혀 읽히지 않는 환의 얼굴을 보며 현관에 서 있었다.

누가 먼저 말을 할까 싶을 정도로 둘은 말을 삼키며 서로의 얼굴을 쳐다보기만 했다.

한쪽 팔 전체를 감싸다시피 한 깁스로 인해 말을 꺼내기가 쉽지 않았지만 그래도 한마디 말도 못한 채 되돌아갈 수는 없어 벌어지지 않으려는 입을 간신히 뗐다.

"들어가서 할 말이 있어. 아님 당신이 건물 1층 커피 전문점으로……."

하루가 말을 다 끝내기도 전에 거실 쪽으로 걸음을 옮기는 환은 다리가 살짝 불편한 듯했다. 정 부장은 이번 사고로 팔 부분 깁스에 관한 것만 전했을 뿐, 다리에 대한 언급은 전혀 없었다. 아무래도 다리까지 불편하다고 하면 영화 진행 자체에 차질이 생길 것을 우려해 숨긴 듯했다. 현장이나 병원에서 얼마나 교묘하게 숨긴 건지는 몰라도 하루의 눈에는 약간 불편한 환의 다리가 정확하게 보였다.

집은 예전 두 사람이 살던 그대로였다.

전혀 변한 것 없이 오래전 그들이 하나하나 사서 위치를 정하고 나름 인테리어를 한다고 했던, 이제는 한물갔지만 두 사람이 좋아했던 젠 스타일의 느낌이 고스란히 유지되어 있었다.

"이 집까지 찾아올 정도면 꽤나, 아니, 엄청나게 중요한 일일 거야, 강하루."

거실 소파에 앉은 환은 주위를 둘러보는 하루의 모습조차 싫은지 냉랭한 목소리로 말문을 열었다.

"팔은 어때? 많이 아픈 거야?"

"다시 한 번 말하지만 굉장히 중요한 질문이어야 할 거야. 강 대표."

하루가 이 집에, 그들의 추억 속 정중앙에 있다는 게 불쾌하다는 어필을 환은 아주 약간 순화한 듯 말했다. 이 정도의 멘트가 환에게는 영화사 대표에게 하는 최대한의 예의이자 매너라 생각했다.

개인으로서의 하루를 환은 전혀 묵과하고 허용하지 않을 테니까.

하루는 환의 맞은편 소파에 앉아 조금은 마른 입술을 축이며 영화사에서 내내 연습하고 준비했던 말을 꺼냈다.

"우선 내 말 중간에 끊지 말고 들어줘. 길지는 않아."

"겁도 없이 양심도 없이 여기까지 행차하셨는데 그 정도는 들어드려야지, 우리 영화를 물심양면으로 후원하고 투자해 주실 영화사 대표님이신데."

"……."

"해봐, 죽은 듯이 들어줄 테니까."

하루는 환의 비아냥을 받아넘기며 자신이 말할 타이밍을 생각했다. 이내 숨을 고른 하루는 이야기를 시작했다.

"이번 영화, 이 영화와 직간접적으로 연관된 모든 이들에게도 그렇겠지만 특히나 나에게는 개인적인 이유로 너무나 중요해. 수치적인 성과나 오프닝 스코어, 투자대비 손익분기점을 넘기는 그런 것보다는 의미적으로 상징적으로 중요하다는 거야. 그래서 난 이 항해를 끌고 갈 당신이 아무런 잡음이나 불필요한 힘의 소모, 신변잡기적인 에너지 소비 없이 영화에만. 이 작품에만 몰두했으면 해."

환은 차분히 말을 전하는 하루를 뜻 모를 눈빛으로 응시하며 아직까지는 약속한 그대로 그 어떤 격노나 방해 없이 경청했다.

"그 모든 이유로 난……."

"……."

"누구보다 예민하고 편집증과 결벽증까지 있어 일상생활이 염려되는 감독을 위해서 내 자신이 전방위 투자와 협력 개념으로 봉사하기로 했어."

최종적인 결론이자 어떤 결론을 아직 꺼내지 않은 하루는 결심을 하듯 숨을 삼켰다.

"당신과 나 사이에 결코 해결될 수 없는 난제가, 커다란 상처이자 불덩이가 있다는 건 누구보다 내가 잘 알아. 다른 사람도 아니고 내 자신이 만든 상황이기 때문에 아닌 척하거나 회피할 생각도 없고. 근데 그런 사실을 다 알면서도 당신한테 이런 부탁, 요청할 수밖에 없어."

지독히도 차갑고 냉담한 환의 눈빛에 바로 이어나갈 다음 말이

목 안에서 꽉 하고 막혀 버렸다. 그렇다고 이 자리까지 와서 저 무참하고 무감한 눈빛에 굴복당할 수도 없었다.

"이런 제안하는 나도 기막히고 어이없어서 많이 고민했어. 근데……."

"……."

"몇 번을 고민해도 이보다 좋은 대안이 없어."

이틀 동안 자신이 얼마나 고민하고 괴로워했는지 환에게 전부 설명하고 보여줄 수 없다는 게 원망스럽기만 했다.

하루가 고민하며 보낸 시간의 농도와 밀도는 지금까지 했던 그 어떤 결단보다 버겁고 힘겨웠다. 그러면서도 이번 영화의 완성을 위해 절대 피할 수도 없어 한탄스러웠다.

길다면 길다 할 수 있으면서도 중요한 논점을 피하기만 하는 하루의 애매한 설명에 환은 아직까지도 아무런 반응을 하지 않았다. 어쩌면 상대할 가치조차 없어 응대하지 않는 걸 수 있지만 그렇다 해도 기대 이상의 인내심으로 들어줘 고마웠다.

하루는 마지막 한마디를 위해 마음속으로 깊이 숨을 몰아쉬었다.

"그 깁스 풀고 일상생활이 자유로울 때까지 내가 당신 수족 노릇 할게. 허락해 줘."

"……."

이제까지의 얘기를 충분히 들어 이해했을 텐데도 환은 아무런 반응을 하지 않았다.

혹여 잘못 들었거나 장난도 농담도 아니란 걸, 환은 누구보다 잘 알 거라 생각했다.

환은 곁에서 오랜 시간을 보낸 하루조차도 쉽게 읽혀지지 않는 사람이었다. 그런데 지금은 오래전의 경험과 노하우로도 해석이, 이해가 불가능했다.

그 정도로 환은 더욱더 자신의 생각과 의도를 숨기고 조심하는 이가 된 듯 보였다.

그 누구도 아닌, 믿었지만 그만큼 뒤통수를 친 하루로 인해 민감하고 예민한 환은 전보다 더 깊숙이 스스로를 가두고 숨기며 보호하려는 듯했다.

"다른 집도 아니고 바로 이 집에서……."

"……."

"강하루가 날 위해서, 아니, 정확히는 이번 영화의 완성을 위해서 한시적으로 내 수족이 돼주시겠다고?"

"응."

"그게 가능하다고 생각해?"

"말했잖아, 허락해 달라고. 난 이번 영화를 위해서 할 테니까."

"하아."

"당신이 참아주면, 당신만 수용한다면 난 가능해."

하루는 진심을 다해, 죽을힘을 다해 환에게 자신의 의지를 전하려 애썼다.

죽도록 애쓰지 않으면 환은 절대 허락하지 않을 거란 걸 알아 하루는 기막혀하며 어이없어함과 동시에 지금 이 순간도 그때와 동일한 감정으로 분노하는 환의 시선을 질기게 견디고, 버텼다.

이럴 수밖에 없는 자신에게 화가 나면서도 이 영화가 어떤 이의 마지막이란 걸 알기에 절대 포기하거나 물러설 수는 없었다.

"도대체 뭘까?"

"……."

"자신이 꾸민 가정을 완벽하게. 철저하게 깨부순 사람이 이곳에 도로 들어와 자신을 경멸하고 벌레 취급하는 남자의 수족이 되어야 하는 그 대단한 이유가?"

환의 시선엔 여전히 경멸과 야유, 비난과 호도. 모든 원색적인 감정들이 섞여 있었다.

"제대로. 무엇 때문에. 아니면 누구 때문에 이러는지 말할 생각은 없어? 그렇게 은유적이고 뜻 모를 함의를 품은 그런 거지 같은 말들 다 집어치우고?"

환은 하루의 제안과 부탁을 전혀 들어줄 생각이 없어 보였다.

타인의 손길이나 도움을 받지는 않을 테지만 그렇다고 강하루의 제안도 수용할 뜻이 없는 듯 보였다. 충분히 예상했지만 그렇다고 여기서 이대로 포기할 수는 없었다.

"환아……."

"닥쳐."

"……."

"감히 그 더러운 입으로 누구 이름을 부르는 거야? 네가 그 입으로 내 이름을. 날 부를 수가 있어? 넌, 인간의 탈을 쓰고 그게 가능해?"

환은 3년 전 이곳에서 자행된 일들이 모두 기억이 나는지 분노를 억누르는 듯한 톤으로 하루에게 질문을 뾰족하고도 예리한 창을 주저 않고 던졌다.

그 창의 끝에 찔린 하루의 심장은, 마음은 그때만큼이나 아프고 아팠다.

"이번 영화, 나에게는 그 어떤 것보다. 무엇보다 소중해."

"······."

"날 비난하는 것도 좋고 욕하는 것도 다 좋은데, 내가 말한 거 거절하지는 말아줘. 당신도 알잖아. 당분간은 혼자서 씻을 수도 제대로 먹을 수도 없다는 거. 일일이 열거하기도 힘든 이유들 무시하고 몇 가지만 말해볼까? 대표적으로 당신 집 밖에서 밥 먹는 거 엄청 싫어하잖아. 현장에서 여러 명이 냄비에 수저 넣는 것도 허용하기 어려운 사람이고. 시간이 지났다고 해도 그런 부분 쉽게 고쳐지지 않는다는 것도 알아. 그러니까······."

"차라리 내가 그 모든 것들을 견디고 수용하고 말지, 널 이 집에 다시 들이는 일이는 일은 절대 없어."

환은 그 어떤 여지도 없다는 듯 잘라 말했다. 예상은 했지만 역시 만만치 않았다.

"그럼, 난 이번 영화를 위해서 런던에 계신 어른들께 도움을 요청하는 수밖에 없어."

"······!"

하루의 기습적인 공격에 환은 불쾌함, 경멸과 비난의 표정을 숨기지 않았다.

"말했잖아, 이번 영화 개인적인 이유로 제대로 잘 완성해야 한다고. 제 날짜에 개봉해야 할 이유가 내겐 분명히 있어. 더 솔직히 말하면, 지금보다 제작 기간이나 촬영 기간 당겨지면 더할 나위 없이 좋고."

"……."

"지금 내 상황이 그래."

"나랑 상관없는 네 상황이야."

"그럼, 다른 사람, 부모님 도움을 받든가."

환은 거절이 분명한 눈빛을 하고 하루를 노려봤다.

"거봐, 당신 그거 절대 못하잖아."

유년의 시간을 외국에서 보낸 것과 별개로 태생적으로 민감한 환은 타인과의 관계만 불편해하는 게 아니라 오랜 시간 각자의 공부와 연구로 따로 떨어져 지낸 부모님과도 어색해했다. 친밀도나 애착 관계가 어느 소설 속 주인공들처럼 소원하지는 않다 해도 너무 오랜 시간 각자의 방식과 리듬으로 살았기에 함께하는 건 불편해했다.

각자의 리버럴한 방식에 길들여져 있어 이제 와 무언가를 위해 뭉쳐야 한다는 게 더 불편한 이들이었다, 환과 그만큼이나 자유로운 영혼의 부모님은.

결론적으로 이 모든 건 환의 요상한 성격 탓이었다.

환은 일반적인 정서와 이해력으로는 절대 이해가 불가한 남자였다. 그렇지만 자신이 마음을 전부 다 허용하고 내준 이에게는 세상에 둘도 없는 미소천사에 헌신하고 희생하는 이가 바로 하루가 사랑하고 하루가 버린, 남궁환의 참모습이었다.

"당신 양손잡이 아니라 나처럼 왼손잡이야. 그러면서도 나와는 다르게 오른손으로는 아무것도 못하는 외잡이."

"그만하라고 했어."

"아니, 계속할 거야. 당신이 내 요청 받아들일 때까지."

각오하고 시작했고 충분히 예상도 다짐도 했지만 그렇다 해도 가혹한 환의 시선을 견디어내는 건 상상 이상으로 힘에 부쳤다.

마치 본 게임도 전에 연습 게임에서 모조리 방전된 듯했다.

"당신이랑 나 감독과 영화사 대표로 사인하고 계약한 관계야. 정말 그 이유로도 안 돼? 아주 잠시만 지난 일들 묻고 당신은 내 도움 받고, 난 당신 도와주고."

"……."

"그럴 수는 없는 거야?"

말이 되지 않는다는 걸 누구보다 잘 알면서도 하루는 경멸하는 듯한 환의 시선을 피하지 않았다.

말한 모든 이유와 절대 말하지 못하는 그 모든 이유로 환이 주는 모든 감정과 비난을 받아 견뎌야 했다. 또 이렇게라도 해 영화를 무리 없이. 차질 없이 완성해 아주 조금은 환을, 과거 자신이 사랑했던 남자를 돌보아주고 싶었다.

절박했던 감정은 시간에 묻혀 내버렸다 해도 이렇게 제멋대로 난립하고 기립하는 안타까운 감정들의 진한 반란과 절절한 소요를 조금은 눈감아주고 싶었다.

지난 시절처럼 환 옆에서 웃고, 울고. 행복해할 수는 없어도 조금이라도 나누고 도와주며 퇴색해 가고 희미해지려는 추억들을 붙잡아다가 기억하고 싶었다.

그 시절 우리 두 사람이 얼마나 행복했는지.

얼마나 서로를 아끼며 사랑했는지.

당신 곁에서 강하루가 하루하루 얼마나 눈부셨는지.

그날 이후 하루는 연이틀 환의 스케줄과 동선을 확인하고 과거 그들의 공간이었던 집으로 찾아갔지만 환을 만날 수 없었다.

문밖에서 기다리면서 지난 시절 그들이 공유했던 비밀번호를 눌러 확인하고도 싶었지만 미친 짓이라는 걸 알아 실제로 누르지는 못하고 돌아왔다.

3일째 되는 날부터 현장이 아닌 파주에 있는 하루의 귀에 들려오는 자잘하면서도 절대 무시 못할 말들이 있었다.

현장에서도 깔끔함을 목숨처럼 알고, 단정함과 동시에 아메리칸 스타일의 리버럴한 패션 감각을 표방하며 유지하는 남자가 다크서클을 스킨으로. 제멋대로 뻗친 머리를 로션 삼아 낮도깨비처럼 돌아다닌다는 믿을 수 없는 사실을…….

환은 어떤 경우에도 모자를 쓰지 않는 남자였다.

모자를 써 머리가 눌리고 벗었을 때의 잔혹미를 환은 가장 질색하며 싫어했다. 그렇다고 날을 잡아가던 남성 전용 바버숍(barber shop)에 매일같이 가 고가의 서비스를 누릴 만큼 돈의 가치를 호도하거나 무시하는 이도 아니었다. 또 차선책으로 아무런 안면도 소통도 없는 동네 이발관을 가 제 머리를 맡길 무던함도 없는 이였다. 남궁환은.

절대 그런 경험이 없을 터라 스스로가 더 난감해할 환이 깁스로 인해 풀린 운동화 끈을 지근지근 밟고 다닌다고 했을 땐, 사실 웃음도 나오고 고소하기도 했다.

영화사에서 보낸 밥차도 환은 전혀 이용하지 못하고 있다 했다.

왼손잡이면서도 오른손의 도움과 활용을 전혀 받지 못하는 환은 계속 의미 없고, 의지에 반한 간헐적 다이어트를 하고 있다 했다.

이를 보다 못한 그나마 안면과 인연이 있는 조연출과 촬영감독이 조금이라도 그의 손과 발이 되어주려 해도 시도를 한 그들도 그렇고 환이 그걸 받아주지 못했다.

까다로운 건 기본이고 요상하고 괴팍한 남궁환의 성정으로 인해.

아직 본격적인 촬영에 들어간 것도 아닌데도 들려오는 풍문은 황당하고 꽤나 재미졌다.

마침내 일주일도 안 된 5일째 되던 날, 환의 히스테리와 전혀 상식적이지 않은 모습과 행동에 기겁을 한 두 명의 조연출이 영화사에 대책을 강구해 달라는 눈물 어린 애원과 호소를 했다고 정 부장이 난색을 표하며 말을 전했다.

그 모든 이유로 하루는 5일 전에 쫓겨나다시피 한 환의 공간에 다시금 방문하고, 이렇게 거실 소파에 조금은 긴장을 놓은 채 앉을 수가 있었다.

복도에 서서 한참을 기다린 하루에게 더할 나위 없이 피곤한 얼굴로 문을 열어준 남궁환은 지금 40분 넘게 혼자 씻고 있는 중이었다.

깁스한 손과 유용함이 전혀 없는 다른 손으로 어딜 얼마나 매매 씻는지는 모르겠지만 기대가 됐다.

누구보다 단정함과 청결함을 즐기는 남자가 대체 어떤 모습으로 눈앞에 나타날지…….

"……!"

욕실 문이 열리고 나온 환은 들어갈 때 모습과 하나도 다르지 않았다.

도대체 어디를 씻은 건지. 어딜 청결하게 벗겨내듯 닦은 건지 전혀 티가 나지 않았다.

더없이 지친 표정으로 소파에 쓰러지듯 앉은 환은 눈을 감고 소파에 몸을 기댔다. 그 상태로 평소 한숨이라고는 전혀 모르는 남자가 연거푸 숨을 내뱉었다.

"영화사 대표가 계약한 감독한테 제공하는 그 서비스……."

"……."

"그래, 해."

"……!"

"단, 나는 강하루를 영화사 창 대표가 아닌 공식적인 기관에서 제공받은 일종의 서비스 시스템이라고 생각할 거야. 감정이란 건 전혀 없이 내가 원하는 것만 그때그때 요구한단 소리야."

"나도 그게 편해."

"기간은……."

"당신 혼자서 씻을 수 있을 때까지."

하루는 환보다 먼저 그 시간들을 규정했다.

"깁스를 풀 때까지로 해. 지금으로서는 그 깁스로 인해 모든 문제가 발생하는 거니까."

"……."

"그리고 여기 오는 시간은 당신 영화 촬영 스케줄표 있으니까 내가 알아서 올게. 단, 나도 일이 있어서 당신이 당장 필요하거나 급할 때 늦을 수도 있어. 그건 이해해 줘."

"편의를 받는 입장에서 그 정도로 매너 없지 않아."

환은 상당히 피곤해 보였다. 정 부장은 씻는 것은 고사하고 환이 오늘도 제대로 된 식사를 하지 못했다고 했다.

"쉬고 있어. 저녁 차릴게."

"……."

"급하게 오느라 제대로 장을 보지 못했어. 오늘은 간단하게 먹어. 당신 좋아하는 가게 샌드위치랑 주스. 요거트는 냉장고에 둘 테니까 내일 아침, 나서기 전에 먹고. 내일 점심은 영화사 직원 편에 현장으로 보낼게."

하루는 일어나 부엌으로 향했고 환은 일어나 그의 방으로 들어가 버렸다.

부엌도 지난날 그대로였다.

모든 물건도 그때의 그 자리에서 정렬한 채였고, 심플함을 기저로 통일된 조미료 통들도 깔끔한 자태로 열을 지어 모아져 있었다.

곳곳에서 하루가 만든 규칙과 흔적. 그녀의 소소한 자국들이 난무했다.

집도 그렇고 이 공간 이대로 유지하는 환의 의도를 알 수 있을 것 같았다.

지난 과거와 지리멸렬한 상처에 잠식당하지 않는 자신을, 과거에 함몰돼 현재의 모든 공간을 피하거나 일일이 상처받지 않는다는 걸 스스로에게 입증하려는 듯 보였다.

환은 그 누구보다 자존심이, 자존감이 강한 부류였다.

비주류의 까칠함과 완벽함을 추구하는 일적인 면의 일방적이며 가끔 난폭하기까지 한 성격에도 몇 번의 조연출을 거치고 시나리오 작가로서의 명성을 얻은 것도 스스로에 대한 그 같은 믿음과 강한 신념이 있었기 때문이었다.

이혼 전, 또 그보다 훨씬 전인 대학 때부터 환의 재능과 자질을 포착한 하루는 단 한 번도 환의 미래를 걱정한 적이 없었다.

끌고 가야 하는 건 무슨 일이 있어도 끝까지. 잘라내야 하는 건 주저 않고 단호히.

이 같은 자신만의 원칙을 철저히 고수하는, 지금의 그를 있게 한 남궁환의 모습이었다.

그 원칙에 부응하듯 그때의 하루는 단칼에 잘라내야 하는 부류였고.

"……냄비도 다 그대로네. 어디 하나 깨지고 탄 게 없어요."

사용한 흔적은 있지만 그만큼 관리도 철저히 해 두 사람이 사모은 살림들이 전부 다 출석을 해 스테인리스 특유의 광채를 발하며 하루를 반기는 듯했다.

순간 이 모든 게 눈물 나게 고맙고 미안해 하루는 크게 호흡을 한 후, 간단하지만 환의 입맛을 찾아줄 저녁을 준비하기 시작했다.

바보처럼 시작부터 흥이 났다.

노크를 하기 전, 하루는 식탁에 차려진 음식을 보고 흐뭇해했다. 그 모습을 숨기고 늘 그렇듯 정확하게 세 번의 노크를 했다.

"밥 먹어."

잠시 반응을 기다렸지만 아무런 소리도, 동작에 필연적으로 붙는 어떠한 기운도 느껴지지가 않았다.

"자는 거야?"

조금 더 기다리니 이번엔 움직임이 느껴졌다. 하루는 부엌 쪽으로 걸었다. 그녀가 다시 한 번 눈으로 테이블을 주시하는데 환이 나왔다.

며칠 동안 제대로 샴푸를 하지 못했는지 까치도 감탄하고 갈 견고한 새집을 머리에 한 아름 지은, 낯설고도 우스운 모습을 한 남자는 전혀 남궁환 같지 않았다.

하루는 삐져나오려는 웃음기를 감추고 환이 와 앉기를 기다렸다.

두 사람은 의자에 앉아 잠시 아무런 말도 하지 않았다.

아주 오랜만에 그들이 즐겼던 스타일의 소담한 성찬을 마주한 자리.

이 순간, 테이블에 차려진 소박한 저녁은 지난 시간을 한순간에 통과해 긴 시간 여행 끝에 도달한 편한 집 같았다.

"오늘 첫 끼라는 건 아는데, 그걸 감안한 메뉴라 식물성이 강해."

약간의 어색함과 긴장감을 풀기 위해 하루는 동물성 식품이 거의 없다시피 한 찬을 스스로 품평하며 제 앞의 젓가락을 들었다.

"이제부터 집에서는 포크로 먹어. 포크로 잘 집어지는 반찬 할 테니까 편하게 생각해."

"불편할 거 없어."

"그럼 다행이고."

"알다시피 감정이란 건, 상대에게 분노든 미움이든 뭔가 감정의 단면이 남아 있을 때 얘기야. 난 강 대표한테 그런 거 없어. 이 포크나 강하루나 나한테는 똑같아."

"……."

"필요한 순간 사용하고 이용하는 일회성 물건에 지나지 않아."

그 말을 끝으로 환은 유치원 아이들이 사용하는 수저 모습을 한 포크로 밥을 먹기 시작했다. 뷔페식으로 조금씩 차려놓은 음식을 환은 차례로 맛보았다.

생각해 보니 하루는 이 세상 단 한 사람의 입맛밖에는 맞추지 못했다.

처음 음식을 하고 요리를 할 때 누군가의 입맛을 절대 기준으로 간을 맞추다 보니 하루의 간은 오직 눈앞의 환을 위하고, 환에 의한 간이자 맞춤식이었다.

그 같은 간을 3년이 지난 지금, 다시금 하고 있었다.

아무런 말도 감정도 없이 강하루가 만든 집밥을 우아한 자태로 먹는 남궁환 감독을 위해.

"아니요, 굳이 다른 장소를 찾아보지 않아도 될 것 같습니다."

환은 사전조사를 철저히 한 헌팅맨과 기획자의 수고를 칭찬하며 장소 이동을 했다.

이미 같은 시나리오 압축본으로 힙스터 느낌의 독특한 단편 영화를 찍어 해외 영화상을 받은 이력이 있는 환은 장소 헌팅을 예상보다 빨리 끝내고 영화기획자, 카메라 감독, 무술 감독과 다음 달에 본격적으로 들어갈 영화에 대해 의논했다.

현재의 영화 시장만큼이나 관객들의 호불호 또한 다양화돼, 장르영화 중에서도 생소한 이번 영화는 확실한 모험이긴 했다. 그렇다 해도 다양성 있는 영화와 단편 영화를 찍는 신인감독들에게 기회이자 응원이 될 수 있어, 이번 영화는 성공시켜야 하는 분명한 이유가 있었다. 그런데 시작부터 남의 손을 빌려야 하는 모양이라니 스스로가 한심스러워 견딜 수가 없었다.

환은 점심 식사를 위해 자리를 비운 스탭들과 달리 차에서 혼자 창 영화사 대표가 보낸 도시락을 마주했다.

제작자가 보낸 점심은 수제 도시락 느낌이 물씬 났다.

일본식 된장국과 함께 몇 개의 초밥을 비롯해 다양한 모양의 한입 거리들이 열을 지은 도시락은 만든 이의 정성이 깃들어 있었다.

그 자신이 좋아하는 음식들이 꽤 많이 보이는 걸 보면, 강하루가 만들지는 않았다 해도 그녀의 입김이 밴 것은 분명한 듯했다.

어제 근 3년 만에 강하루가 차려준 저녁을 먹었다.

이 세상에서 그의 어머니가 만들어준 밥보다 더 좋아하고 훨씬 많이 먹었던, 그가 즐기는 음식들로 차려진 소박하지만 감흥이 없다고 할 수 없는 저녁상을.

누군가 떠나간 자리는 미처 떠나지 못한 기억들이 유령이 되어 떠돈다고 했던가.

그 한 끼를 먹는 순간, 그동안 환 자신도 모르게 주위를 맴돈 모든 기억들이 되살아나고 떠올랐다. 그토록 철저히 외면하고 무섭게 지워 버렸던 기억과 추억들이 한꺼번에 몸속에. 가슴에 들어와 박히는 듯했다.

그 소박하고 소담한, 따뜻한 저녁 한 끼로.

그 자신과 강하루가 어떤 연인들이었는지, 그들이 밤새 영화에 대해 이야기하고 토론하며 나누고 공유한 시간들이 얼마만큼 아름다웠었는지, 유령이란 이름을 빌어 재생된 기억들은 그를 난감하게 만들었다.

그 모든 것들이 무작위로 가슴을 헤집어 환은 저녁을 다 먹지 못했다.

감히 완벽했다고 할 그 모든 시간들을 강하루는 완전하게 무위로 만들었다.

한 끼의 저녁이 안겨준, 설명할 수도 형용할 수도 없는 집밥으로…….

그걸 알면서도 환은 지금 이렇게 또 강하루가 총감독한 게 분명한 도시락을 마주하며 알 수 없는 기분과 미묘한 감정을 느껴야 했다.

분노와 혐오. 반감과 증오. 무시와 질타든 강하루를 타깃으로 한 원색적인 감정들은 뭐든 다 가능하고 타당했다. 그런데 저녁 밥 한 끼에, 이처럼 세심하고도 정성스런 도시락에 그 모든 감정들과 함께 인정할 수 없고 하기도 싫은 한 가지가 더 추가됐다.

강하루만이 줄 수 있는 익숙함이 주는 편함.

그간 일에 빠져 원망하고 욕하는 것조차 잊고 지냈는데 불쑥 그런 감정을 느꼈다.

이 같은 익숙하면서도 편안한, 누군가가 차려주는 소박한 저녁이 조금은 그리웠다고.

여태껏 인지하지 못했는데 마음속 어딘가에서는 그를 위해 누군가가 준비한 따뜻한 저녁이 그리웠단 걸 어제저녁에야 알았다.

그렇다 해도 달라지거나 변하는 건 없었다.

미처 인지하지 못했던 사실을 알게 됐다는 그것밖에는.

단지 그것뿐 강하루는 여전히 그의 인생에서 최고로 최악인 여자였다.

환 인생에서 피하고 싶은, 다시없을 치부이자 환부.

그 사실은 절대 변함이 없으니 이 모든 배려와 도움을 받는 걸 민감하고 예민하게 생각하지는 않으려 했다.

감독으로서 영화사가 베푸는 호의와 친절을 받고, 감독으로서 영화사에 수치와 이익으로 되돌려 주기만 하면 되기에 더 이상의 의미 부여는 무의미하다 싶었다.

그처럼 마음을 단속하자 손안에 든 도시락이 그리 무겁지 않게 느껴졌다.

편의점에서 가볍게 사 들고 온 도시락만큼 가벼웠다.

부담 또한 느낄 수 없었다.

밥은 목 안으로 잘도 넘어갔다.

시호는 벌써 20분 가까이 강의실 밖에서 서성거렸다.

수업은 정확하게 끝나기에 이렇게 기다리고 서성이는 게 무의미하고 불필요하다는 걸 알면서도 사무실에서 시간을 확인하는 여유와 만용은 부릴 수가 없었다.

오전에도 영화를 사랑하는 시민 참여 수업에 몰두하지 못하고 연달아 실수를 했다.

아름다운 시, 그와 동일한 페이스를 한 정원 작가가 같은 공간에 있다는 것만으로도 가슴은 무작스레 뛰어 침착함과 항상성을 유지하기 어려웠다.

첫날 그리도 만나보길 희망하며 호시탐탐 기회를 엿보았는데 대표님의 짓궂은 장난으로 눈도 마주치지 못한 채 배꼽 인사만 하고 사무실로 줄행랑을 쳤다.

어른 대 어른으로. 장난기 전혀 없이 예비 영화 전문가이자 매력 있는 여자로 정원 작가를 만나고 싶었다. 나이 차이는 나지만 그 같은 나이에도 어려워하지 않고 존경하고 좋아하는 정원 작가에게 그녀 자신을 알리고 싶었다. 또한 물으려고 했다.

그의 강의를 청강해도 되겠냐고.

몇 날 며칠 이어진 끈질긴 요구와 눈물겨운 요청에 대표님은 정원 작가님의 허락이 있으면 가능하다고 하셨다. 그러면서 다소 얄미운 발언도 하셨다.

　"내가 아는 작가님은 당연히 거절하실 거야. 그래도 응원할게. 대표가 직원 응원은 해줘야지. 까일 때 까이더라도."

　대표님은 가끔, 아니, 자주 너무 가혹하시다.
　신입에게 마땅히 주어야 할 꿈과 희망 대신 다양성이 죽어버린 이 영화업계가 얼마나 미래가 없고, 희망이 없는지 말씀하셨다. 또한 파레토 법칙대로 흘러간다는 말씀도 하셨다.
　흔히 '2대 8의 법칙'이라고 하는데 상위 20%가 경제력의 80%를 차지하는 현상으로 몇 편의 대작 영화가 관객의 80%를 가져가고, 대다수 영화가 나머지 20%를 나눠 가진다고.
　그런 생각과 이론을 숙지하고 계신 분이 어찌 이번 영화처럼 실험적이고도 장르성이 강한 영화를 하시겠다고 결정하신 건지.
　"……!"
　순간 강의실 문이 열리면서 정원 작가님이 나오셨다.
　정원 작가님과 눈이 마주친 순간, 얼어버린 시호는 정작 해야 할 말을 꿀꺽 삼켜 버렸다. 삼킨 채로 꾸벅 인사를 한 시호는 그대로 뒤돌았다.
　"혹시……."
　자신을 부르는 듯하고 붙드는 듯한 기분에 시호는 뒤돌아 정원 작가를 쳐다봤다.

순간 그런 생각이 들었다. 은유적 단어와 표현. 이미지를 구현하라고 하면 분명 정원 작가님의 얼굴이며 분위기며 눈빛이라고.

"네, 자…… 작가님. 말씀하세요."

"저번에 강 대표와 있던 분 맞죠?"

세상에! 시호는 자신을 대번에 알아보는 정원 작가의 눈썰미와 감각에 탄성과 경의를 길이길이 표하고 싶었다.

"네! 제가 바로 그때 그……."

"배꼽 인사하고 정신없이 달려가던 분."

배꼽 인사라니. 자신이 초록유치원 유치원생도 아니고.

"혹시 강 대표님 어디 계신지 알고 있나 해서요. 이 근처에 있을 것 같긴 한데……."

"제가 어디 계신지 모셔다 드릴게요."

"아니에요. 바쁜 분께 그런 부탁을 드릴 수는 없죠. 근처……."

"저 오늘 전혀. 하나도 안 바빠요, 작가님. 제가 맡은 일은 오전에 다 끝나서 지금부터 작가님 가이드한다 해도 누구 뭐라고 할 사람, 하나도 없어요."

그러니까 제발 절 두고 가지 마세요, 작가님. 이렇게 말을 할 수는 없어 시호는 절절한 눈빛으로 이 모든 말을, 이 같은 감정을 호소하며 토로했다.

가슴 앞에 두 손을 꼭 잡은 채 시호는 정원을 우러러보았다.

"혹시……."

"……."

"나한테 하고 싶은 말이 있어요?"

"네! 네네, 있어요. 작가님!"

시호는 아닌 척 않고 바로 대답하고 응답했다. 고개를 마구 흔들면서.

그녀의 격한 반응에 정원 작가님은 조금 놀라고 황당한 표정을 지었고, 시호는 키가 큰 남자를 나무 보듯 올려다보았다.

이런 모습이라도 이렇게 눈을 마주했다는 사실이 뿌듯했다.

방금 전 흔들바위처럼 고개를 마구 흔들던 이시호는 어디 갔는지 영화사 안에 있는 영화관 앞 노천카페에 정원과 마주 앉은 시호는 5분 넘게 아무런 말도 못하고 있었다.

자연광 아래서 이렇게 근접해 보는 정원 작가는 그야말로 별에서 온 남자였다.

그녀와 10살 이상 차이 난다는 게 무색하게 동안에 머리 뒤에서는 후광이 보였다.

"이시호 씨."

"네, 그니까 이제 막. 지금 얘기하려고요."

시호의 발 빠른 대처에 정원 작가님은 뒷말을 삼키셨다. 그 모습에 시호도 숨을 삼켰다.

"저도 작가님 산문이랑 시 강의 듣고 싶습니다. 청강 허락해 주세요."

"……"

해버렸다. 시호는 떨리는 가슴을 부여잡고 정원의 얼굴에서 시선을 떼지 않았다.

정원은 잠시 아무런 말도 않고 시호의 얼굴만 바라봤다. 그럴수록 시호는 눈빛을 피하지 않고 정원을 똑바로 응시했다. 볼수록 아름다운 눈이었다.

"물어봐도 될까요? 왜 강의를 들으려고 하는지."

진지하면서도 진정으로 궁금한 듯한 정원의 목소리는 들을수록 빠져들 것 같았다. 시호는 정신을 차리고 분명하게 답을 했다.

"궁금, 해서요."

"뭐가 궁금한데요?"

정원의 눈빛은 다정하지도 그리 기분 좋은 듯도 하지 않았다. 그렇다 해도 시호는 말을 하지 않을 수 없었다, 자신이 정원의 산문에서 느끼던 그 동일한 감정을.

"작가님이 유독 낯선 길과 그 길 위에 사람들에게서 찾으려는 맘의 평화와 영혼의 자유로움을 비롯해 자주 먼 길을 떠나는 이유도 궁금하고, 작가님의 모든 언어와 시에 사랑이 깃들면서도 결코 그 감정에 길들여지지 않으려는 이유는 뭔지. 전부 다 궁금해요."

"……."

"그래서 생각했어요. 작가님의 강의를 들으면 그 모든 이유를 알 수 있지 않을까 하고요."

시호는 그리 높지 않은 톤으로 주저하지도 꾸물거리지도 않고 말했다.

그런 그녀를 보는 정원의 눈빛이 아주 조금 놀란 듯도 했다. 다행히 불쾌감과 거부감은 아닌 듯해 일단은 안도했다.

그 모든 건 학부 때부터 궁금했었다.

정원 작가님의 시는, 여행 산문은 왜 그리 슬프고 아련하고 아픈 건지.

정말 이 글을 쓴 이도 이런 사람인지. 이런 남자인 건지.

혹여 이런 분이면 마음이 아파 어쩌지 하고. 또 바람 부는 날을 좋아하는 남자는 정말 그 바람만큼 위험하고 아찔한지. 매혹적인지.

꽤 오래전부터 시호에게 정원은 그저 막연히 좋아하고 존경하는, 열렬 팬을 몰고 다니는 미혼의 인기 작가님이 아니었다.

꼭 알고 싶고, 알아가고 싶은 남자이자 저절로 바라보게 되는 유일무이한 대상일 뿐.

그 모든 이유로 용기를 끌어모아 고백을 했다.

이 무모함과 무례함이 결코 무의미한 행동이 아니길 바라며 시호는 멈춰 선 듯한 표정의 정원을 오롯이 올려다보았다.

이 순간 침묵은 고요의 충만이 아닌 소리의 부재가 맞았다.

그 이유로 하루는 긴장이 됐다.

하루가 아는 정원은 자신의 이 같은 민낯, 본질적인 모습을 쉽사리 보여주고 허투루 보이는 이가 아니었다.

보는 횟수나 볼 수 있는 시간이 매우 적은 관계로 정원은 하루를 신경 쓰고 배려해 지금과 같은 해석 불가능한 난해한 표정은 짓지 않았었다.

설령 오랜 외국 여행 후 피로감이 잔뜩 밴 탄 얼굴은 보여줬어도.

분명 지금의 표정을 봐서는 무언가에 충격을 받거나 다친 것도 같은데 그렇다 해도 정원은 일일이 말하는 이는 아니었다. 이유를 설명하는 사람도 아니고.

"그렇게 입을 봉하고 있지 말고 말 좀 하지."

"……."

"우리 딱 일주일 만에 보는 건데."

하루의 불평불만에 정원은 그제야 시선을 주었다.

처음 정원과의 어색하고 애매했던 인연을 부단한 노력으로 일상적이고도 일반적인 관계로 업그레이드한 후부터 받았던 감정은 늘 똑같았다.

자신이 손에 쥔 재화와 공간에 안주하거나 정착하지 못하고 어딘가를 떠도는 것 같은 시선이 아련하니 무척이나 쓸쓸하다고.

이 모든 게 그저 태생적인 한계이자 이유일 뿐인지…….

"이시호라는 직원 말이야……."

"아, 시호가 결국 말했구나. 정원 작가님 강의 듣고 싶다고."

"응."

"그래서 뭐라고 했어?"

하루의 질문에 정원은 바로 답을 하지 못했다. 얼굴 표정을 보니 시호에게도 답을 하지는 않은 듯 보였다.

안다. 정원이 시호에게 답을 하지 못한 이유를.

이시호에게는 거절하기 어려운, 거절할 수 없게 만드는 자석 같은 강한 매력이 있었다.

유독 밝은 사람에게 흔하게 드는 의심과 반감이 아닌, 분명하게 느끼고 느껴지는 건강한 에너지로 인해 시호가 부탁을 해오면 거절하기 어려웠다.

그 같은 기분과 감정을 정원도 느꼈으리라 짐작했다.

엄마에게 있던 그 밝음과 긍정의 에너지를 꼭 빼닮은 시호의 매력을 정원도 캐치한 듯 보였다. 아님 매료당했거나. 오래전 정원을 닮은 어떤 남자처럼.

"우리 직원이 무슨 말을 한지는 모르겠지만 너무 고민하지 마. 그런다고 해결 나지 않으니까."

"무슨 소리야?"

"무슨 소리긴. 그렇게 고민해 봤자 나랑 비슷한 유전자를 가진 정원 작가님은 나랑 동일한 결론밖에는 낼 수 없단 얘기지."

"……."

"시호가 바라는 대로 해주게 될 거야."

"……."

"왜냐면 말이야……."

정원은 하루의 시원스런 답을, 분명한 이유를 기다리는 듯했다.

왜 아닐까, 태생적으로 슬픔의 유전자를 가진 무채색의 정원 작가가 모르는 타인으로 인해 이만큼 고민한다는 자체가 큰 사건인 게 분명하건만.

"우리 두 사람은 아닌 척해도 꽤 많이 닮았거든. 성향이나 취향도 그렇고 타인에게 호기심과 매력을 느끼는 지점이나 빠지는 포인트. 참, 배려하고 위해주는 방법까지도."

그러면서 혹시나 하고, 어쩌면 이라는 감정이 들었다.

어쩌면 저 어여쁘고 밝은 시호로 인해 겁을 잔뜩 집어먹은 정원 작가님께서 이제야 자신이 가지고 지닌 총체적 매력 발산을 하는 건 아닌가 하고. 또 현재가 아닌 아직 다가오지도 않은 불투명하고 확실치 않은 이론과 미래에 사로잡힌 정원 작가님의 현재를 깨워줄 깜찍한 님프가 혹여 이시호가 아닐까 하는, 그런 바람과 어쩔 수 없는 기대감이 들었다.

"그러니까……."

"……."

"가볍게 생각해. 단지 배우고 알고 싶다잖아, 특별한 감정의 소유자인 정원 작가님의 감성적이고도 감각적인 글쓰기를."

되도록 가볍게. 환의 예민하고 견고한 촉을 건드리지 않을 만큼만 이야기를 풀어냈다.

"또 모두에게 그렇겠지만 영화 기획자가 영화기자처럼 좋은 글을 쓸 능력까지 구비된다면 그보다 더 좋은 수는 없을 거야. 우리 창 영화사를 위해서도 그렇고. 그러니까…… 깊게는 말고, 좋은 쪽으로 생각해 보세요, 정원 작가님."

"……."

그럴듯한 하루의 답에 정원의 허스키한 눈빛이 조금 더 깊어졌다.

질문은 물론이고 어떠한 결정과 의견도 내비치지 않은 정원이 떠나고 하루는 이번 영화로 인생 최고의 고비를 보내고 있는 남궁환 감독 집으로 향했다.

본격적으로 장을 봐서 그런지 시간이 예상보다 많이 지체됐다.

비밀번호가 아닌 환이 준 카드 키로 문을 연 하루는 큼지막한 종이 박스를 들고 거실로 들어섰다. 곧바로 냉장고를 정리하고 채웠다.

모든 물건들은 익숙하고 친근해 동선을 정하고 나열하는 데 주저하거나 고민이란 없었다.

정리를 마치자마자 음식을 만들기 시작했다.

환이 좋아하는 태국식 게살 덮밥과 각종 과일 샐러드를 메인으로 저녁을 무겁지 않게 준비했다. 오늘은 저녁 후. 아니면 환이 원하는 때 머리를 감길 생각이었다.

지금 괜한 번민과 불편함, 깊은 생각이나 고민은 필요 없었다.

지금은 영화사 창의 대표로서 이 모든 작업의 완성을 도맡은 예민한 감독의 어려운 상황을 돌보는 것만 생각했다. 되도록 단순하게 무식하게 생각했다.

과거와 상관없이 지금 현재의 상황만. 팩트만 있는 거라고 스스로를 반복적으로 세뇌시켰다. 이 같은 주술을 걸지 않으면 두 사람 다 불편하기에 모든 원인을 제공한 하루 자신이 먼저 태연하고 무감해져야 한다고 판단했다.

모든 정신 무장을 마친 순간, 도어락 리듬이 들려왔다.

환이 돌아왔다.

한때 두 사람에게 최상의 공간이자 최고의 보금자리였던 곳으로.

세찬 세뇌와 다짐이 무색하게 심장이 북소리처럼 쿵쾅거리기 시작했다.

가끔. 정말 뜬금없이 출현하는 남궁환의 말도 안 되는 고집은 지금도, 현재도 여전하고 건재했다.

"벗어."

"……."

"어서 벗으라고."

"싫다고 했어."

"감기 든다니까."

"이만한 일에 감기 같은 거 안 들어."

"당신 추운 기운만 느껴도 목감기가 일반 사람보다 열 배는 잘 걸려. 그러니까 윗옷 벗고……."

"냉수마찰 하는 거 아니고 머리만 감는 거야. 목감기랑 아무 상관 없어."

환은 젖을 걸 대비해 상의 전부를 탈의하고 샴푸를 하자는 하루의 의견을 무시했다.

"그래, 그렇게 우긴다면야 별수 없지. 근데 이따가 샴푸 때문에 젖은 옷 혼자 벗으려면 지금보다 훨씬 힘들어. 한 손으로 어떻게 벗으려고 그래? 그러니까 윗옷 벗고 머리 감자고요, 감독님."

"이후의 일은 정 대표 손 안 빌리고 내가 알아서 해. 그러니까 지금은 감겨야 하는 이 머리만 신경 써."

"그러다 감기 들면, 안 그래도 진행 늦은 우리 영화……."

"늦어진 진행은 곧 만회 가능하고, 감기는 네 괜한 우려이자 쓸데없는 오지랖이야."

"오지랖 아니고 목격담이고 경험담이야."

"그래, 그런데······."

"······."

"그거 전부 과거 얘기야."

환은 날 선 톤으로 분명하게 못을 박았다.

그들의 모든 추억과 기억. 반복된 학습으로 생겨난 것들은 전부. 모조리 과거일 뿐이라고. 그로 인해 현재 강하루와 남궁환 둘 사이는 이런 순간에도 아무것도 없노라고.

욕실에 마주 선 하루와 환은 서로가 못마땅한 기색을 숨기지 않았다.

고집을 부릴 일이 없는 순간, 고집을 부리는 건 예전이나 지금이나 다르지 않았다.

대학 때부터 환의 고집은 유명했다.

존중해 줘야 하는 원칙이라고도 부를 수 없는 생뚱맞은 고집에 동기들은 물론이고 환을 제일로 잘 아는 하루도 그렇고 삼총사였던 재욱도 그 점은 이해하고 지지할 수 없었다.

환은 기다리는 하루를 무시하고 고개를 숙였다. 그녀가 얼른 자신의 떡진 머리를 감겨주기만을 바란다는 듯이. 결국 환의 고집에 두 손을 든 하루가 조심스레 샤워기를 틀어 환의 머리에 손가락을 넣어 머리카락을 적셨다.

순간적으로 환에게서 상당한 긴장이 느껴졌지만 이내 조금씩 긴장을 풀려는 게 느껴져 하루도 무심하고 무감하려 했다.

샤워기 온도를 조절해 충분히 물을 묻히고 샴푸를 두 손에 짜 거품을 낸 뒤 환의 머리에 비비며 머리를 감겼다. 며칠 동안 머리를 감지 못한 걸 알아 하루의 손은 부지런을 넘어 바쁘게 골고루 비벼지고 긁어댔다.

결혼 생활 중에도 종종 환의 머리를 감겨주었었다. 그 대신이라고는 할 수 없지만 환은 하루의 몸을 씻겨주었고.

길고 진한 관계 후, 환은 하루의 얼굴과 몸을 씻겨주는 걸 좋아했다.

자신의 수염이나 머리를 하루가 감기며 면도해 주는 걸 좋아하는 것처럼.

그때와는 전혀 다른 상황. 결이 다른 감정이라 해도 이 동일한 행위로 지난 추억이 야금야금 소환되는 건 어쩔 수 없었다.

꽤 오랫동안 머리를 감겼다.

환의 머릿속을 어지럽게 헤매는 하루의 손과 손가락은 그때보다 더 조심스럽게 움직였다. 머리를 말려준다는 그녀를 내보낸 환은 10분 가까이 욕실에서 머리를 말렸다.

하루는 환이 나오길 기다리면서 준비해 놓은 저녁상을 보았다.

완벽한 상차림을 하고도 10분이 더 지난 후, 환이 욕실에서 나왔다. 앞이 젖은 면 티는 어느 정도 마른 상태였고 정작 말려야 하는 머리는 젖은 그대로였다.

"앉아서 먹어봐. 많이 식었으면 데워줄게."

환은 하루 맞은편에 앉아 별다른 말 없이 식사를 시작했다.

차갑든 식었든 전혀 개의치 않는 듯 보였다.

과거의 환이었다면 분명 다시 데워달라고, 아니, 그전에 그녀가 다시 데워주었을 테지만 환도 하루도 말을 아끼기 위해 그냥 넘어가거나 참는 부분이 있었다. 지금의 둘 사이에는.

"영화 진행 상황은 어때? 정 부장님 말씀으론 곧 고사 지낼 수 있을 것 같다고 하시던데."

환과 함께 저녁을 하지 않는 하루는 어색하고 불편한 저녁 시간을 넘기고자 질문을 했다. 환은 대답 없이 신문 기사에 고정한 채였다.

오래전 그들이 함께하는 저녁은 항상 대화와 웃음, 토론과 질의가 어느 대담 프로보다 많은 시간이었다. 그런 이유로 저녁 시간은 늘 한 시간을 가뿐히 넘겼었다.

점심과 저녁이 길기로 유명한 프랑스인들만큼은 아니더라도 두 사람이 함께인 저녁 시간은 항상 여유롭고 대화가 끊이지 않았었다.

"이번 주는 영화 촬영 장소 일일이 확인하고, 다음 주는 촬영감독이랑 테스트 거치면 고사 지낼 수 있어."

"자신 있어?"

환은 무엇에 대한 자신감을 묻는 건지 모르겠다는 듯 바로 답을 하지 않았다.

"이번 영화, 자신 있냐고?"

"……"

"그 어느 장르보다 남궁환이 좋아하는 장르이긴 하지만 좋아하는 거랑 잘 찍는 건 다른 문제잖아. 또 호흡이 긴 상업영화는 이번이 처음이고."

하루는 이번 영화로 무언가를 보여주어야 하는 베테랑 영화 제작자로서 질문했다.

과거 그의 협력자이자 뛰어난 파트너. 든든한 지원군이자 충언을 아끼지 않던 동갑의 아내가 아니라, 상업적인 성공이 반드시 필요한 영화사 대표의 자격으로.

환은 보던 신문을 밀어놓고 젖은 앞머리를 넘겼다. 그 모습은 본격적인 토론을 하기 전, 환의 오래된 습관이었다.

"어떤 장르든, 규모가 어느 정도고 얼 만큼의 제작비가 들든 간에, 기본은 영화에 대한 충분한 고민과 열정이야. 그런 면에서 이번 영화는 내게 맞춤이라고 할 정도로 적합한 영화고. 알다시피 25분짜리 시나리오도 내가 썼고 단편 영화로 경험도 했어."

환은 스스로에 대한 자만심보단 자신감이 충분해 보였다.

무엇보다 오랜 시간 공을 들여 준비하고 기다려 온 이의 여유. 기회가 왔을 때 주저 없이 잡아채는 결단과 추진력이, 현재 무언가를 준비하는 이들이 가져야 할 기본 자세와 마인드를 환은 이미 충분히 탑재하고 있었다.

"그러니까 강 대표가 걱정하고 우려할 부분은 없어. 내 이 팔 때문에 약간의 지연과 지장은 불가피하겠지만 완성과 성공에 대한 부담은 이 순간 이후 덜어도 좋아. 누군가한테 꼭 보여줘야 한다고 했었나?"

하루는 대답 대신 고개를 끄덕였다.

"그 원대한 계획 깰 생각도, 의도도 없으니까 걱정 마."

"……."

"남궁환 개인으로서는 모르지만 감독인 남궁환은 강 대표한테 감정 없어. 아니, 되려 고맙지. 우리나라 최고 영화사 대표께서 이렇게 손수 수족이 돼서 헌신하고 희생하는데."

환은 비꼬지도, 비아냥거리지도 않은 채 제 입장을 설명했다.

"이 집에서 강하루를 다시 볼 거란 생각은 단 한 번도 한 적이 없었어."

"……."

"그런데 당신은 여기 있어, 지금 이렇게 내 앞에."

환은 이 모든 상황이 새삼 기가 막힌 듯 보였다.

"미쳤다고밖에 할 수 없는, 상상도 못한 일을 제안하고 자행하는 강하루를 상대로 이제 와서 내가 뭘 하겠어. 계약한 일, 잘 마무리할밖에. 그러니까 강 대표도 편하게 생각해."

환은 의도가 읽혀지지 않는 표정을 하고 무겁지 않게 말을 이었다. 그 모습은 마치 하루가 아니라 스스로에게 하는 말처럼 느껴졌다.

"난 이번 영화 자신 있어."

영화를 이야기할 때 늘 그렇듯 환의 눈은 프리즘처럼 반짝거렸다.

"하고 싶었던 만큼 예산 생각 않고 철저히 상업영화로 만들 거고."

"그래, 그러라고 내가 있는 거잖아."

이 순간 하루나 환이나 서로의 입장 차이를 분명히 했다.

"이번 영화가 앞으로 나올 장르영화들의 기준이 될 거란 거, 나도 잘 알아."

그래, 그럴 거다. 성공한다면 우리 영화를 따라 많은 영화가, 시도가 이뤄질 거다.

이제껏 장르의 위험성으로 인해 눈치만 보며 제지만 했던 이들이 이번 창이 제작한 영화로 탄력을 받고 용기를 얻을 거란 걸 하루도 예상했다.

"그러니까 정 대표는 이번 영화 잘 찍을 수 있게. 내가 다른 사안들 신경 쓰지 않게 영화 이외 투자랑 배급. 전체 조율 잘해줘. 지금처럼 행동 불편한 감독 돌보는 것도 조금 더 수고해 주고."

"……."

"그럼 지금의 이 희생과 봉사, 전부 다 보상받을 테니까."

환은 모를 테지만, 하루는 지금의 이 상황을 희생이자 봉사라 생각한 적이 없었다.

그저 한시적. 끝이 저만치서 기다리고 있는 황홀한 단잠이라고 생각할 뿐.

하루 생애 이렇게 또 환을 위해 저녁을 차리고 기다리는 순간이 올 줄은 상상하지도 못했다. 절대 내 사람이 될 수 없는 운명이기에 포기하고 잊으려고만 했을 뿐.

그렇게 운명을 거역하지 않고 순응하고 살다 보니 이런 기회가, 버거운 행운이 오기도 하는 게 인생인가 싶었다.

처음 하루의 의도와 상관없이 감독이 환으로 정해졌을 때는 긴장과 함께 두렵기만 했는데, 이제는 모든 상황과 형편을 빌미로 조금 더 환의 곁에 머물고 싶었다.

어차피 심리적, 현실적 거리는 100마일이고 우주계보다 더한 거리가 공존하는 관계.

환의 1,000개가 넘는 다양한 마음속, 강하루란 여자가 얼마의 개수만큼 남아 있냐고 묻지는 못하겠지만 이 정도의 행복을 누려도 된다면 기꺼이 누리고 싶었다.

누군가의 말처럼 한 뼘 때문에 남일 수밖에 없고 헤어질 수밖에 없지만 그 한 뼘에 안도하고 아쉬워하며 이번 영화를 만드는 과정을 지켜보고 싶었다.

언젠가 함께 영화를 만들자고 했던 약속을 이렇게라도 지킬 수 있어 감사했다.

더없이 행복했다.

지명도 있고 영향력 있는 영화사이자 유명 제작자란 타이틀로도 영화제 참석은 당연했지만, 오늘 밤 영화제 참석은 영화사 창이 지금 색다른 장르 영화를 준비 중이니 모두 각오와 함께 눈과 귀를 쫑긋하라는 암시이자 공격적인 마케팅. 사전 분위기 몰이와 같았다.

아직 본격적인 촬영에 들어가지는 않았지만 영화계는 창 영화사가 이번에 준비하고 진행 중인 영화에 특별한 관심이 있었다.

창사 이래 창이 기획하고 만든 영화는 늘 중박 이상의 성공을 이뤘다.

하늘이 허락한다는 천만 관객은 아니라도 그에 상응하는 꾸준한 성공은 지금의 영화계로서는 매우 드문 일이고 칭찬을 아끼지 않을 일이라 같은 직업군에 있는 이들의 관심은 너무도 당연했다.

정 부장을 비롯한 영화사 직원들은 비주얼까지 어울리는 하루와 환의 공식 행사 참여를, 독려를 넘어 기정 사실화하며 은근히 협박하기까지 했다.

한참 현장 탐사와 진행 동선을 논의 중인 예사롭지 않은 환 감독은 그보다 갑이며 제작자이자 대표인 하루가 맡아 구슬리며 회유하기로 했다.

왠지 들뜬 시호는 하루에게 제작자로서의 능력을 제대로 보여 달라며 응원했다.

모든 건 이들이 남궁환을 전혀 모르기에 할 수 있는 배부른 소리였다.

설령 호의이고 관심이라 해도 자신의 작품이라면 모를까 타인의 시선이나 호기심을 전면적으로 거부하는 환의 태생적인 기질과 성향을 잘 아는 하루는 끝까지 거부했다. 하지만 이번 영화에 대한 호기심 유발과 점차적이고 점진적 홍보의 수단으로 이용하자는 마케팅 부서의 결정으로 거부 의사는 실현되지 못했다.

하루는 장장 한 시간이 넘는 전화 통화로 영화제 참석에 이의와 목적을 정황하게 설명하며 환에게서 긍정적인 대답을 이끌어냈다.

그 모든 이유로 하루는 지금 유명 샵에서 영화사 대표란 직함에 어울리는 심플하고도 우아한 드레스를 피팅하고 있었다.

"대표님, 그럼 오늘 밤에 TV에 나오시는 거예요?"

"나 대신 이시호가 나올 수도 있는데, 어때? 생각 있으면 말해. 내가 적극적으로 본격적으로 추천해 도울 테니까."

하루는 노골적인 노출보다 품위와 격식을 갖춘, 그러면서도 여성성을 부각시키는 블랙의 시스루 원피스를 피팅하며 시호의 결단과 용기를 부추겼다.

"그보다 이번 강의 청강할 수 있게 정원 작가님께 적극적인 어필 좀 부탁드려요, 대표님."

"아직 허락이란 소릴 듣지 못했나 보네."

"네."

"아직까지도 말씀 없으신 거면 포기해. 아무래도 스스로 포기하고 접으란 소리 같은데, 내 보기엔."

"아니요. 전 확실하게 들은 후에 포기하려고요. 사실 포기가 될지는 모르겠지만요."

하루는 전면 거울에 비치는 시호의 침울한 표정을 보며, 이 순간 어딘가에서 시호만큼이나 고민을 짊어지고 있을 정원이 걱정됐다.

정원이 시호에 대해 물었을 때, 본능적으로 느낄 수 있었다.

정원이 시호에게 어떤 관심이, 작은 시작이자 고민이 시작됐음을.

어쩌면 성급한 판단이고 명백한 오버일 수도 있겠지만 하루만 알 수 있는 정원의 미세한 신호가, 시그널이 느껴졌었다.

이 땅을 떠남으로써 낯선 이들 속에 두려워하는 자신을 숨김으로써 스스로를 상처내고 매사 감정을 누르고 억제만 하는 정원에게 어쩌면 시호가 작은 단초이자 거대한 감정의 한 조각일 수도 있지 않을까 하는 희망이 생겼다.

어설프게 깃들다 끝나 버리는 게 아닌 완전히 길들여져 버리길……

"우와! 대표님 짱 아름다우세요. 그동안 그 같은 절대 미모를 왜 감추고 사셨어요? 세상에 드레수애. 여신 강림이란 여배우들 모조리 저리 가라 할 정도예요. 사실 매일 성난 표정과 눈가 서늘한 다크함으로 감추실 때는 살짝 긴가민가했는데……."

"뭐시라?"

"오늘 우리 영화에 출연하는 두 남자 배우랑 그 배우들 기죽이는 비주얼 깡패 감독님. 그리고 분위기 깡패 대표님까지 나란히 걸어 들어가면 레드카펫에 불날 것 같아요."

"난리야 나겠지."

"그죠!"

"그래, 대단한 비주얼 갑들 속에 어처구니없이 깁스를 한 사나운 짝눈의 남자와 듣도 보지도 못한 늙수그레한 여자는 대체 뭐냐고 SNS도 그렇고 우리 회사 블로그가 난리도 아니겠지."

"무슨 그런 말씀을……."

"아무래도 마케팅 부서 한번 손을 봐야지. 자기네 회사 대표를 이렇게 우스운 사람으로 만들고 감히 월급 받을 생각을 하다니, 겁도 없는 무리들 같으니라고."

"무슨 말씀이세요, 대표님. 그런 일은 전혀. 네버 없어요. 대표님은 주위를 전부 엎어버리는 위력적인 카리스마도 그렇고 장난 아닌 비주얼이라 오늘 밤 우리 영화사 홈페이지 다운될 거예요. 아마 여성지에서 인터뷰도 들어올걸요. 제가 장담하네요."

"행여나."

"참, 근데 대표님도 영화제 참석은 이번이 처음이라고 하시던데. 맞아요?"

하루는 대답 대신 고개를 끄덕였다.

그랬다. 영화제 참석은 이번이 처음이었다.

서른에 스카우트되자마자 2년 바짝 일하다 이내 대표직에 앉은 파격적이고 파행적인 행보에 잡음과 동요를 일절 허락하지 않기 위해, 밤낮없이 일에 매달리고 제작에만 참여했다.

그 같은 이유로 되도록 오늘 같은 공식적인 행사는 멀리했다.

이 업계 자신에 대해 입에 담지 못할 지독하고 형편없는 루머가, 원색적인 비난과 농도 짙은 거짓이 떠도는 건 하루도 잘 알았다. 허나 개의치 않았다.

누군가의 오래된 계획과 의도하에 이뤄진 이 모든 진행을 전부 받아들이기로 한 이상 불특정 다수의 비난이나 호도, 중상모략은 그녀를 흔들지 못했다. 더욱 견고하게는 만들어도.

"그럼, 저녁때 감독님 피팅하시는 샵으로 가셨다가 영화제 참석하러 가시는 거예요?"

"그렇겠지."

공식적으로는 그랬다.

사실은 그전에 비공식적으로 거쳐야 할 단계가 몇 개 더 기다리고 있었다.

환의 집에서 환을 말끔하고 깔끔하게 씻기고 오늘의 이벤트에 어울리게 단장하는 일.

분명 촬영장에서 끌려온 환은 바버숍이나 미용실 가기를 거부할 테고, 그 사실을 누구보다 잘 알기에 하루는 오늘 저녁 피팅에 앞서 환을 무난하고도 모던하게 치장시켜야 했다.

오래전, 서로가 서로의 전부였을 때 하루가 늘 해주었던 것처럼

남궁환의 눈과 귀는 물론 전담 스타일리스트가 돼야 하는 순간이
왔다.

생각만으로도 속이 울렁거렸다.

환에게서 스타워즈에 나온 광선 검보다 백배 천배 강한, 시퍼런
빛이 났다.

어마무시하게 살벌하고 날카로운 거부와 불만의 기운이 도통
잦아들지 않는 서슬 퍼런 초강력 빛이.

"찡그리지 말고 있어봐."

"……."

"로션 바르고 앞머리 약간 세우게."

"참는 데도 한계가 있어."

그 같은 멘트는 하루도 이하 동문이었다.

가기로 했으면 좀 과감하게 행동할 일이지 꼭 이렇게 쪼잔할 게
뭔가 싶었다.

"로션까지만 해. 내가 배우도 아니고 깁스까지 한 일반인을 누
가 본다고. 그리고 내가 닭도 아니고 무슨 앞머리를 세운다고 난
리야."

"누가 언제 닭 벼슬처럼 세운데? 약간이라고 했잖아."

"약간이고 뭐고, 요즘 시대 누가 머리를 세워?"

"다 세워! 다! 빅뱅 탑도 세우고, GD도 세우고!"

"걔네들은 연예인이잖아!"

"그래, 당신은 감독이야. 근데!"

오랜만에 성격난폭자로 리셋돼 강림하신 하루는 음폭과 톤을 조절하며 기나긴 만담에 답을 냈다.

"요즘은 감독도 세우는 그런 시대야."

"……."

"보기 좋은 모습에 호감 가고, 호의도 따라가는 시대고."

마지막으로 덧붙인 말에는 힘을 빼고 어르듯 말했지만, 끝까지 동의하지 못하겠는지 환은 시선을 피하며 머리도 획획 돌렸다.

환의 불평불만에 하루도 지치고 불만스럽긴 마찬가지였다.

현장에서 무슨 작업을 했는지 먼지를 뒤집어써서 말끔히 씻기려고 했더니 환은 피곤하고 싫다며 그냥 가겠다고 버팅겼다. 머리는 까치집에 얼굴은 거의 재투성이를 하고선.

고약스럽게 고집을 부리는 환을 달래 씻기고 나니 이제는 하다 하다 매일 바르는 로션까지 생트집을 잡았다. 조금이라도 바르려고 하면 얼굴을 돌려대는 유치찬란함 때문에 하루는 짜증이 났다. 그로 인해 목소리는 높아졌다.

"남궁환 감독님, 쫌!"

"……!"

하루의 비명 같은 진노와 반격에 도리도리하던 환이 얼굴을 고정했다. 그렇다 해도 이미 열이 오를 대로. 날 대로 난 하루는 손에 묻은 로션을 마찰이 생길 만큼 거칠게 환의 얼굴에 비볐다.

"으윽!"

"어쩔 수 없어요."

"강 대표님. 감정 싣지 말고 바르죠."

"감정 싣지 않았는데요, 감독님."

얼굴이 사정없이 밀리고 발리던 환이 고개를 획 하고 피하며 하루를 무섭게 노려봤다.

"그럼, 본인 얼굴에도 이런 식으로 로션을 바른다는 거야?"

"네, 저는 이렇게. 이딴 식으로. 격하고도 거침없이 바른답니다."

하루의 즉각적인 반론에 환은 안 그래도 매서운 눈을 하고 하루를 내려다봤다. 하루도 작은 키는 아닌데 186이 넘는 환에 비하면 하루는 왜소하니 작디작아 보였다.

환의 성난 기세와 눈총에 그대로 바닥에 내리눌려질 것 같았지만 아닌 척했다.

"이렇게까지 해서 살벌하게 로션을 발랐는데 머리 세운다는 소리는 안 하겠지요, 강 대표님."

"이렇게까지 험악하고 살벌한 분위기에서 목숨 걸고 로션을 발랐는데 보상받기 위해서라도 앞머리는 반드시 세워야겠네요, 감독님."

"……."

"그러니까 제발 좀 그 무서운 눈 좀 감고, 잠자코 계시죠."

결코 굴하지 않는 그녀의 태도에 환은 거친 숨을 고르는 듯했다.

하루의 눈앞, 환의 가슴이 지각변동을 일으키듯 변화무쌍하게 움직였다.

눈앞에 펼쳐진 서커스 수준의 굴곡진 위협에 굴하지 않고 하루는 환의 앞머리를 과감하게 손으로 잡았다.

순간, 환의 몸과 기운이 굳어지는 게 오감으로 느껴졌다.

"이상하게만 해봐."

"……."

"바로 머리 감을 거니까."

환은 어필 정도가 아니라 분명한 위협과 협박을 통고했다.

그 같은 위험 신호에도 하루는 대답 않고 환에게 어울리는, 어떻게 한다 해도 결국은 멜로물 드시고 잘생김 먹음으로 인해 어울릴 수밖에 없는 환의 비주얼에 미미한 기교와 터치를 가했다. 완성된 비주얼은 인정하기는 싫지만 제대로 완성된 극강의 비주얼이었다.

"거울 좀 보시죠, 감독님."

"……."

"과한 거 아닌가."

도발과 같은 하루의 반응에 제 모습을 확인한 환이 끙 하는 소리와 함께 분노를 삭였다.

기분 나쁨으로 인해 그대로 소파에 환을 밀어버린 하루는 환이 중심을 잡기도 전에 그의 발목을 잡아 구두에 어울리는 양말을 신기기 시작했다.

"강 대표!"

그 이후 일정은 일사천리로 진행됐다.

우선 환을 예약한 남성복 샵으로 데리고 가 피팅을 마친 하루는 환 옆에 조연출 둘을 붙여 환을 의자에 앉거나 자지 못하게 하라는 미션을 준 후, 기다리고 있으라는 지상명령을 내렸다. 그사이

샵으로 간 하루는 역시나 과하지 않은 톤으로 화장과 머리를 하고 드레스를 입은 후 다시금 환에게 돌아갔다.

샵의 문을 밀고 들어가기 전, 호흡을 가다듬었다.

왠지 모를 자신감과 기대감에 하루의 어깨는 저절로 으쓱해졌다.

출입문을 미는 손이 아주 살짝. 숨길 수 있는 만큼 떨려왔다.

그리 크지 않은 종소리와 함께 문이 열리고 웨이팅 룸이 아닌 샵 스테이션에 있던 환과 눈이 마주쳤다.

"……."

오랜만에 꾸며진 그녀를 본 환의 반응은 예상대로 무반응. 무감하기 그지없었다.

어떤 상황이고 지금 어떤 관계든 여자란 이유로 혹시나 하며 오래전 언젠가처럼 환희에 찬 표정까지는 아니라 해도 약간의 감흥이 있는 눈빛을 할지도 모른다는 기대를 했건만, 그 기대가 우스울 정도로 환은 이 작금의 상황을 전부 다 불만스러워했다.

누가 까칠한 전남편에 비주류의 대표 격인 남궁환 감독 아니랄까 봐서.

강하루는 직함에 어울리는 위엄과 막강한 존재감이 느껴졌다.

조금은 과격하고 와일드한 본연의 다혈질 성격과 달리 우아하고도 냉랭한 아름다움은 곁에 선 환의 시선을 어지럽게 하기 충분했다.

오래전, 늘 영화 제작에만 관심 있어 하는 하루에게 담당 교수님들은 배우의 길을 타진하시며 대본 이해력과 주위 장악력이 탁월하다는 이유로 직업 전환을 모색하는 것도 나쁘지 않다고 하셨다. 하지만 현장의 생동감과 치열함에 매료된 하루는 영화 제작에만 관심과 능력을 발휘했었다.

그 같은 판단은 오늘 이 자리에서 여지없이 빛났다.

지난 3년의 시간들, 강하루의 활약과 그녀가 제작하고 참여한 영화들은 익히 섭렵하고 인정한 환이었지만, 지금처럼 업계 사람들을 아우르고 견제와 함께 영화인으로서 상생하려는 전문인으로서의 강하루는 달리 보였다.

처음 타 영화사에서 일을 배우며 활발하게 활동하다 창 영화사로 스카우트돼 간다는 하루를 말리지 않은 걸 한때는 무척이나 후회했다.

하루와의 모든 불협화음과 충돌. 알 수 없었던 그늘과 혼자의 시간을 가지려는 모습 등.

그러한 모습은 영화사로 옮긴 이후 하나둘 생겼고 결국 최악의 상황을 정점으로 헤어졌기에 창 영화사가 제시한 프로젝트나 시나리오는 한동안 거부하고 쳐다보지도 않았었다.

어쩌면 철저히 없는 영화사로 치부하고 살았다는 게 맞는 말이었다.

이번 영화가 아니었다면 여지없이 거절했을 터였다. 또한 강하루 때문이라도 거절이 당연했는데 이번엔 아니었다. 단칼에 거절하기에는 장르영화에 대한 시도와 목마름이 상당했다.

무시 못할 또 하나의 사실은, 이번 영화로 강하루에게 감독으로서 그의 면모와 진가를 보여주고도 싶었다.

너만 너의 영역에서 인정받고 있는 게 아니라고. 남궁환도 기회만 주어진다면 충분히 너만큼 성공할 수 있다는 걸 직접, 현장에서 보여주고 싶었다.

지금에 와서 그럴 이유도 그럴 필요도 없다는 걸 알면서도 무언가 보여주고자 하는 남자의 자존심은, 발악 같은 분노는 좀처럼 수그러들지 않았다.

그 모든 이유로 계약서에 사인을 했다.

치졸하고, 순도 낮은 편협하고 유치한 감정으로.

환은 지금도 어울리지도 않은 자리에 있었다. 그토록 보여주고 싶었던 강하루와 함께.

한때 그의 심장과 머리에서 발생하는 모든 난동과 정신착란과 같은 지독한 소유욕, 두근거림에 관여하고 유일하게 권한과 자격이 있었던 여자. 강하루.

지금은 지분도, 영향력도 없는 그 여자에게 몇 번이나 눈길이 갔다.

그동안 어떠한 유혹과 노골적인 신호에도 감흥이나 동요가 없던 그의 잠재적 남성이 근 3년 만에 기지개와 함께 기립하는 게 느껴졌다.

다른 이도 아니고 천하의 둘도 없는 증오의 대상이자 남궁환을 지금의 성불구이자 감정불감증 환자로 만든 빌어먹을 강하루 때문에 그의 몸과 마음이 벼락을 맞고 낙뢰를 맞은 듯 찌르르하고 자르르했다.

자르르한 몸의 반응이 부르르한 감정으로 전환되는 것 또한 순간이었다.

이번에 함께 작업하는 두 남자 배우들의 넘치는 호의와 가드를 받으며 레드카펫을 걷는 강하루는 그와는 전혀 다른 세계의 사람 같으면서도 그 모습이 무척이나 잘 어울렸다.

남궁환 없이도 충분히 빛나는 강하루로 인해 조금 뒤에서 붉은 주단을 걷는 환의 마음은 돌처럼 무거우면서도 가슴은 울혈 상태처럼 답답했다. 붉은 주단의 끝자락, 강하루의 우아하면서도 옅은 미소. 불분명한 신분을 캐치하려는 듯 무섭게 터지는 플래시 세례로 인해 그 같은 불편함은 극에 다다랐다. 때마침 동행한 남자 배우의 적절한 포즈와 안배로 계단을 사뿐히 오르는 하루의 뒷모습은 한 시대를 풍미한 여인처럼 고아하니 품위가 넘쳤다.

다시 한 번 느끼는 거지만 오늘 이 자리는 결코 환이 서고 올 자리가 아니었다.

강하루가 은은하게 뿜어내는 자력과 매력으로 인해 그녀에게 흐르는 뭇 남성들의 시선과 전류가 못내 못마땅했다.

이제 와 그럴 이유가 전혀 없다는 걸 알면서도 마음은 영화제 내내 동일한 강도로 반복되며 점점 더 증폭됐다.

정말이지 어처구니없고 맥락 없는 마음이었다.

이 불필요한 감정은.

3부
여행은 불치병이라죠. 사랑은 난치병이래요

저리도 밝게 웃는 돼지머리를 구한 건, 신의 계시라고 했다.

정 부장은 이번 영화로 창 영화사도 천만 영화의 부귀영화를 누리게 될 거라 호언장담했다.

하루를 비롯해 이번 영화에 직간접적으로 관여한 모든 스탭과 인력이 고사에 참여했다.

이번 영화의 성공을 희망하는 기나긴 축문에 이어 제작자인 하루를 시작으로 감독과 배우 모두 기분 좋은 기운에 돼지 코와 입에 넘치도록 돈을 꽂고 물렸다.

좋은 날과 시간을 잡아 치른 고사가 무사히 끝이 나고도 사람들은 최고의 인기와 몸값을 하는 억대 남자 배우들이 아닌, 이번 영화제에서 제대로 시선몰이와 함께 스포트라이트를 받은 제작자와 감독 주위를 맴돌았다.

여전히 한쪽 팔에 깁스를 했지만 늘 그렇듯 장신에 분위기와 함께 비주얼 깡패인 감독은 오늘도 특유의 찡그린 표정으로 호기심에 가득한 시선을 깡그리 잠재웠다.

한편 늘 외모에 관한 자잘한 평가를 받다 이번 영화제에서 제대로 노출되고 확인된 하루의 외모로 인해 현장 인력들의 눈동자는 분주하게 움직였다.

"조연출, 여기 정리하고 스탭들이랑 현장 인력 전부 꼼꼼히 확인해."

왠지 붕 뜨고 소란스런 현장 분위기가 신경 쓰이는지 환은 안 그래도 긴장감 백배인 두 조연출을 조이고 닦달했다.

오늘 밤 첫 신을 맡은 이는 주인공들이 아닌, 조연과 함께 늙은 염소였다.

환은 주인공인 연기자들이 사라지기 전, 내일 있을 신에 대한 철저한 분석과 액션에 대비해 충분한 몸 풀기를 요구했다.

이름만큼이나 억 소리 나는 연기자들과 함께하는 신인감독의 포스는 결코 작거나 위축되지 않아 보였다. 이 같은 모습에 안도와 함께 만족한 하루는 정 부장과 이번 영화의 전담 프로듀서를 남기고 차에 올라탔다. 부지런히 움직여 환의 저녁 도시락과 야참, 마실 차를 준비해야 하기에 하루의 움직임은 어느 때보다 바빴다.

시동과 함께 핸들을 잡는데 보조석 창밖으로 환이 보였다.

할 말이 있는 듯 보이는 환은 아무런 제스처 없이 하루의 반응을 기다렸다. 하루는 보조석 창을 내려 살짝 얼굴을 내미는 환을 쳐다봤다.

"무슨 일이세요, 감독님?"

"이따 저녁때 올 겁니까?"

"네. 첫 신인데 저도 봐야죠. 그리고 감독님 저녁도 그렇고."

"번거롭겠지만 올 때 집에 들러서 내가 대학 때부터 입던 검은 색 면 티 좀 가져다줘요. 아침에 서두르다 챙기질 못했어요. 그러 니까……."

"알았어요. 무슨 말인지."

무슨 일인지 충분히 감을 잡은 하루는 환에게 고개를 끄덕여 보 였다. 그러자 약간은 불안한 표정을 하던 환의 기색이 평균치로 안도하는 듯했다.

하루는 지나가듯 고맙다는 인사와 함께 감독이란 책임과 직함 으로 모두가 기다리는 현장으로 가는 환의 뒷모습을 물끄러미 바 라봤다.

그 누구보다 냉랭하고 다부진 표정을 하고선, 그렇다 해도 어쩔 수 없이 따라붙는 긴장과 부담감은 멘탈이 갑인 환이라 해도 완전 히 숨겨지지는 않는 듯했다.

환이 부탁한 검은색 면 티는 아주 오래전 하루가 첫 연출을 맡 은 환에게 기념이자 부적으로 준 선물이었다.

모두가 놀라자빠질 불친절하고 불뚝한 성정을 검은 면 티로 가 려서 잘하라고 준 일종의 요술 갑옷. 그때부터 생긴 징크스 아닌 징크스는 오늘까지도 현재진행형인 듯했다.

첫 액션과 커트를 외칠 때 환은 늘 그 옷을 입고 있었다.

그 같은 모습은 오늘이라 해도 다르지 않아 보였다.

현재 하루와 환의 관계가 합의를 도출한 잠정적 적대관계라고 해도 그 시절의 기운을 담은 티가 환의 요술 갑옷이자 용기를 주는 부적인 건 부인할 수 없는 듯했다.

왠지 서글프면서도 설명할 수 없는 기분에 액셀을 지그시 밟았다.

일단 파주 사옥으로 돌아온 하루는 확인하고 사인을 할 서류들을 정리하고 잠깐이라도 정원을 볼 생각을 했다.

별다른 수고와 노력을 하지 않아도 규칙적으로 정원을 볼 수 있는 기회.

그 같은 기회를 위해 하루는 적지 않은 시간 정원에게 매달리며 부탁했다.

아직까지 서류상은 아니라 해도 태생적으로 절대 피할 수 없기에 하루가 지닌 이 가볍지 않은 무게를 정원도 함께해 주길 희망했다.

그 같은 끈질긴 요구는 결국 맘 약한 정원의 가슴을 뒤흔들었다.

강의 시간을 확인한 하루는 앞으로의 일정과 동선을 확인하면서도 시선은 강의실에 고정한 채였다. 이내 강의실 문이 열리고 서늘한 바람을 품은 듯한 정원의 모습이 보였다.

정원을 부르려던 하루가 목소리를 삼킨 건, 정원의 뒤를 따르는 시호 때문이었다.

약간의 거리를 두고 정원의 발걸음을 따르는 시호의 표정은 거짓 없이. 거침없이 행복해 보였다. 그런 시호와 다르게 정원의 표정은 꽤나 복잡하고 무거운 듯했다.

사실 시호가 기대를 하며 기다린다는 걸 알면서도 정원에게 어떠한 부탁이나 압박도 하지 않았다. 강의에 대한 모든 권한은 강의를 맡은 정원에게 있기에 그의 결단과 결정을 기다리는 처지였다. 동시에 누군가의 입김 없이 정원 단독으로 결정하길 원했다.

만약 어떤 시작이라면, 정원이 숙고해 스스로를 냉정히 마주하길 바랐다.

그렇다 해도 서너 번의 강의 직후 이런 모습을 보게 될 줄은 몰랐다. 아니면 두 사람 사이 하루가 모르는 만남과 어떤 대화가 있었는지는 모르겠지만, 의외인 건 사실이었다.

누군가를 곁에 두고. 그의 곁을 아주 조금이라도 허락한 정원의 모습은 하루가 그를 안 18년 가까운 시간들 동안 처음으로 있는 일이었다.

그 많은 시간들 속, 정원의 눈과 입. 가슴에 담긴 말속에는 그 누구도 없었다.

스스로 만들지 않았고 품으려고도 하지 않았다.

어쩜 누군가가 있을 순 있었겠지만 이처럼 하루의 눈과 오감으로 느껴지는 이 같은 미장센은 처음이었다.

이 순간 어떤 판단과 희망도 섣부르다는 걸 알면서도 기대와 함께 기도란 걸 하게 됐다.

정원이 누군가의 떨림과 용기에 변명으로 뒷걸음치지 않기를.

다정함이 눈물겨워 떠날 차비를 하지 않기를.

제발 누군가의 그 무엇이 되는 걸 두려워하지 않기를.

서두른다고 서둘렀는데도 현장에 도착하니 늦은 감은 어쩔 수 없었다.

아직 첫 촬영은 하지 않은 듯했지만 현장 분위기는 팽팽한 긴장감과 어수선함이 가득했다. 더구나 오후에 갑작스럽게 내린 비로 인해 첫 신의 삭막하고도 건조한, 신비한 기운이 가득할 분위기는 촉촉함과 축축함으로 다운된 듯했다.

강풍기를 돌려 주위를 건조시키는 틈을 타 하루는 환을 불렀다.

오늘부터 많은 시간을 현장에서 지내는 것을 염두하고 감독에게 지금의 밴을 지원했다.

이제껏 환과 함께해서 눈치와 함께 상황 판단이 빠른 조연출을 가드로 세우고 밴에서 환과 조우한 하루는 부탁한 옷과 그가 쓸 모든 것들을 살뜰히 챙겨 가방 안에 담아두었다. 동시에 간편식이지만 영양을 고려한 저녁과 야식까지 건네주었다.

"이제 곧 촬영하는 거야?"

"준비되면."

대답을 하는 환은 반나절 동안 무척이나 까칠해 보였다.

"피곤해 보여……."

하루의 말을 듣지 못한 듯 환은 눈을 감고 뻣뻣해진 고개를 젖혔다.

환이 지금 어떤 기분일지 알 수 있을 것도 같았다.

내내 희망하고 준비한 촬영이라 해도 긴장이 되는 건 어쩔 수 없는 듯했다.

적지 않은 편 수의 독립 영화로 단련이 되고 시나리오 작가로 인정을 받았어도 장편의 영화, 그것도 상업영화 감독으로서의 첫 발걸음이 절대 가벼울 리 없었다.

하루는 영화사 창의 대표로 제작하던 때가 생각났다.

환과 최악의 모습으로 헤어지고 정신을 수습할 틈도 겨를도 없이 바로 맡게 된 상황, 매 순간 도망치고 싶었고 실시간으로 스스로의 결정을 후회하고 주저했다. 그렇다고 해서 모든 상황을 자처해 선택한 그녀가 피하거나 도망칠 방법이 있는 건 아니었다.

이 순간 환의 마음이 그때와 다르지 않을 거라 짐작됐다.

어느 누구도 몫을 나누거나 짐을 덜어줄 순 없지만, 그때 하루에게 간절했던 한마디를 지금의 환에게 해줄 수 있어 다행이다 싶었다.

"잘할 수 있어. 그러니까 자신을 믿어."

하루의 침착하고도 진심 어린, 담담한 듯 분명한 응원에 마른세수를 하던 환의 움직임이 멈췄다. 이어진 환의 까만 시선에 하루는 약간의 웃음기를 보태 다시 한 번 응원했다.

"난 이 세상 그 어떤 감독보다 남궁환 감독을 믿어."

"……."

"난 당신 능력을 당신 자신만큼이나 잘 아니까."

하루의 음성이 조금 떨렸다. 아주 약간. 어쩔 수 없는 감흥과 감정으로 인해.

"그러니까 잘해……."

"……."

"환아."

스스로에 대한 기대감은 물론 긴장과 초조함으로 굳어진 환의 표정이 결이 다른 감정으로 덮여지는 듯 보였다.

그게 무엇이든 일단 긴장은 아닌 것 같아 다행이다 싶었다.

오래전 그때, 긴장한 채 홀로 이 거칠고 무자비한 전장에 섰던 하루가 다른 누구도 아닌 그녀 자신이 심장에 대못을 박은 환에게서 듣고 싶었던 말은, 들었으면 했던 위로는 별다른 말이나 특별한 위로가 아니었다.

누군가 날 걱정하고 믿어주는 이가 있으니 지금까지처럼만 하라는 그 말.

그저 누군가의 진심을 담은 말 한마디. 응원만이 필요할 뿐.

이 순간 첫 시도와 발걸음을 하는 환에게 이 같은 말을 해줄 수 있어 다행이다 싶었다.

뜨겁고 아름다웠던 지난 시절들처럼 매 순간을 함께할 수는 없지만 이 정도로도 좋았다.

이 정도의 말이라도 할 수 있어 감사했다.

오늘이 감독으로서의 첫 신을 찍는 것도 아닌데 긴장감은 적지 않았다.

이전 여러 편의 저예산 독립 영화와 시나리오 작업으로 내공과 실력을 검증받았다는 걸 알면서도 누구 때문이 아닌 자생적으로 생기는 두려움과 떨림은 첫 신의 촬영을 미루며 주변 여건을 더 디테일하게 준비하라는 말을 반복하게 만들었다.

그 순간, 강하루에게서 들은 말은 분명한 힘이 되어주었다.

"잘할 수 있어, 난 누구보다 남궁환 감독을 믿어. 그러니까 잘해, 환아."

모두가 인사처럼 하는 말이고 어느 순간 둔감하고 믿지 못할 말이 되어버린 그 말을 강하루가 하는 순간, 첫 신에 대한 주저함을. 강박을. 긴장감을 깨끗이 털어낼 수 있었다.

"오케이, 컷!"

그 말에 기대 첫 신을 무사히 찍을 수 있었다.

다른 이도 아니고 강하루에게서 들은 말이 이토록. 이만큼이나 힘이 될 줄은 몰랐다.

오래전 서로를 응원하고 위로하는 그들의 모습은 이제 어디에도 없고 어디서도 찾을 수 없는데, 밴 안에서 그때의 그들이 되어 꼭 듣고 싶었던 들었으면 했던 말을 들을 수 있었다.

손가락 골절을 포함해 한쪽에 깁스한 팔과 지랄 맞은 결벽증, 편집증으로 인해 어쩔 수 없단 이유로 강하루를 집에 들이고 말을 섞고 익숙한 보살핌과 다시란 말이 필요 없는 맞춤 도움을 받으면서도 마음은 결코 편할 수 없었다.

아닌 척. 초월한 척하려 해도 마음속 거리는 멀고도 멀었다.

지난 과거에 대한 파편과 잔상은 지금도 수시로 그를 괴롭혔고, 그날의 치욕과 모멸감은 남궁환이란 존재를 가벼이 무너트릴 수 있는 지구상의 유일한 무기였다.

그 같은 지옥을 만든 이에게 들은 응원과 기원이 강력한 약이 되고 충전제가 된 이유는 뭘까…….

다음 신을 찍기 위해 약간의 여유가 생긴 환은 주위를 둘러보았다.

분명 눈에 잘 보이지 않는 어디선가 강하루가 이 모든 순간을 지켜보고 있을 듯했다.

이 모든 현장과 사람들을 안고 갈 배짱 두둑한 제작자가 아닌 개인으로 이 모습과 이 현장을, 주눅과 위축보다 긴장한 환을 주시하고 있다고.

그런 분명한 기시감에 환은 꽁꽁 숨어버린 하루를 찾았다.

영화의 첫 신, 이 좁은 골목 안에서 눈에 보이지 않고 느껴질 뿐인 절대적 악과 대면한 어느 부랑자처럼, 환은 눈에 띄지 않으려는 하루가 이곳 어딘가에 있다는 걸 확신했다.

순간, 환의 분주한 시선이 하루의 불안한 시선과 맞닿았다.

혹여 긴장과 두려움에 사로잡힌 그에게 자신의 존재가 1그램이라도 압박감을 보태게 될까 절묘하게 몸을 숨긴 강하루는 그 크고 반짝이는 눈을 하고 환과 시선을 맞추었다.

그 순간 또 한 번 청아한 소리를 들을 수 있었다.

"잘했어. 거봐, 잘할 거라 했잖아. 축하해, 남궁환."

아주 오래전, 가진 거라고는 근거 없는 자신감과 열정뿐이라 누군가의 작은 관심과 응원조차 기대할 수 없었을 때 하루가 환에게 해주었던 말.

그 말을 지금 하루의 눈에서 다시 또 읽을 수 있었다.

거짓이 아니라면 누군가를 절대적으로 믿기에, 믿어야만 할 수 있는 말.

이 세상에서 남궁환에게 유일무이하게 영향력을 끼치며 칭찬이든 혹평이든 할 수 있었던, 단 한 사람이었던 여자.

그의 완벽했던 행복의 증명들을 단번에 무가치하고 무용지물로 만들어 버린, 강하루.

그 모든 이유로 증오하고 미워하는 게. 잊어버리고 잃어버리는 게 너무도 마땅한 여자의 응원과 칭찬이 이 순간 분명한 위로와 안정이 되어주었다.

이토록 불합리하고 잔인한 현실에 환은 하루를 쳐다보기만 할 뿐, 오래전 그때처럼 큰 소리로 부르지도. 감히 손을 내밀지도 못했다.

그저 망연자실하게 강하루를 쳐다보기만 할 뿐.

시호의 예언은 맞았다.

영화사 창의 젊은 대표이자 제작자인 하루에게 인터뷰 요청은 여러 곳에서 들어왔고, 그 같은 요청은 며칠 전 영화제로 인한 여파였다.

마케팅 부서에서는 이번 영화에 대한 기대와 흥미 유도를 위해 아주 약간의 입김과 풍미만 안겨주라고 하루에게 부탁했다.

아직 완성을 한 것도 아니고 장르에 대한 위험성으로 인해 전부를 드러내는 듯한 뉘앙스는 풍기지 말되, 영화 관련 기자들과 비

평가, 업계 사람들에게 20년 된 영화사의 자존심과 위엄은 보여줄 필요가 있으니 적당한 배포와 노출을 해달라 요청받았다.

그 같은 어려운 요구는 능력 부족으로 들어줄 수 없단 하루에게 영화사 직원들은 너 나 할 것 없이 20주년을 언급했다.

우리나라처럼 중간과 중박이 없는 실정에서 허리 격인 중간을 유지하고 있는 창 영화사는 실로 천연기념물이자 문화재니 길이 길이 보존해야 한다며 야단법석을 떨었다.

"못된 사람들 같으니라고. 꼭 이렇게 애매한 상황에서만 대표님이지. 평소에는 안티 저리 가게 씹으면서."

무거운 짐을 떠안긴 이들에 대한 불만으로 하루의 입에서는 결코 좋은 소리가 나올 수 없었다.

"배우 못지않게 잘할 거면서 무슨 걱정이야."

정원은 특유의 옅은 웃음으로 그녀가 아닌 직원들의 원성에 동조했다.

"무슨 소리야? 배우도 아닌데 배우 못지않게 할 재주가 어디 있다고."

"배우는 아니지만 배우의 피를 받았으니까 잘할 거야."

"그렇게 따지면 정원 작가님은 완전 배우 그 자체겠네. 유전자는 물론이고 얼굴이랑 분위기도 꼭 닮았으니까."

"그런가……."

콕 집어 하는 말에 정원은 부정하지 않았다. 아니, 못했다. 그러기엔 자신의 모습이 왕년에 유명한 어느 배우를 너무도 꼭. 쏙 빼닮았기에.

"근데 어때?"

"뭐가?"

하루의 불친절한 질문에 정원은 내내 벚꽃에 못 박혀 있던 시선을 돌려 쳐다봤다.

"이시호 직원의 수업 자세 말이야. 그렇게 계속 청강을 용인하고 묵과할 만큼 모범적이냐고?"

호기심과 함께 무언가를 기대하는 듯한 하루의 의도를 캐치한 정원이 담담하게 말했다.

"질문이 많아."

"좋은 수업 태도네. 그런 태도 강의하는 입장에서도 즐겁지 않아?"

"즐겁지 않아."

"왜 즐겁지가 않은데?"

하루는 지체 없이 물었다. 그래야 방심하고 느슨해진 정원이 조금이라도 자신의 맘을 보여줄 것 같았다.

"신경이 쓰여."

"눈길도 가고?"

"……."

하루의 연이은 질문에 정원은 결국 입을 다물었다.

"겁쟁이 정원 작가님, 이시호 스물여섯이랍니다. 소심한 작가님 때문이 아니라도 그 나이는 질문도 많고, 웃음도 호기심도 많은 나이라고요. 그러니까 괜히 아무것도 아닌 일에 지레 짐작은 물론 근심 걱정하지 말고 그냥 그렇게 내버려 두세요."

"……."

"그게 뭐든 괜히 숨기고 감추지 말고."

"……."

"작가님 자신을 방목시키라고요. 쫌."

아무것도 아니라면 굳이 도망갈 이유는 없었다. 물러설 핑계 또한 찾을 필요 없고.

꼭. 반드시 무슨 일이 일어나길 바라지만 하루는 무심한 척. 무감한 척. 정말 아무것도 아닌 척하며 정원의 예민한 촉이 넘어가기만을 바랐다.

"그 정도 마음은 정말 아무것도 아니니까 괜히 우리 직원 기죽이고 긴장하게 하지 말고 자연스럽게 편하게 대해주세요."

"……."

"솔직히 지금 대지진에 봉착한 이는 브라더가 아니라 저니까요."

하루의 앓는 소리에 정원은 걱정이 담긴 눈빛으로 하루를 응시했다.

"그렇잖아. 이렇게나 젊고 아름다운 내가 대대적으로 인터뷰해봐, 여기저기서 투자를 빙자해 만나자고 유혹의 손길이 뻗쳐 올 거고, 이 나이에 영화사 창의 대표라고 하니까 창업주나 그 집안과 뭔가 대단한 스토리가 있나 하고 유언비어가 판을 칠 거 아니냐고. 그러다 보면, 정말 무언가 걸려서 모두가 불편해질 수도 있고."

하루가 하는 걱정의 가지들을 동감하고 의식한 정원의 표정에 조금씩 그림자가 생겼다.

"속도 모르는 직원들은 재주껏. 요령껏 적당하게 호기심 풍기라고 하니……."

"남궁환 감독과의 관계 아직 아무도 몰라? 그래서 더 걱정하는 거야?"

돌려 말을 했는데도 누가 민감한 브라더 아니랄까 봐 찰떡처럼 알아들은 정원은 하루의 얼굴을 빤히도 쳐다봤다.

"아니라고는 말 못하지."

"……."

"우리 결혼은 요즘 말로 하면 대단히 작은 스몰 웨딩이었고, 참석한 사람도 주례 서주신 교수님이랑 고작 이민 간 재욱이. 또 아주아주 멀리서 훔쳐본 어느 못난 브라더뿐이라 이 업계 사람들도 그렇고 아는 사람이 몇 없잖아. 그때 그 사람이랑 나, 결혼이란 개념보단 서로의 보호자가 돼주고 싶어서 동거처럼 시작한 결혼이었어."

그때는 그랬다.

거창하게 결혼이란 의미보단 그저 같이 있고 싶고 서로가 아플 때 옆에서 간호하고 보호자가 돼주고 싶어 한, 두 사람만의 약속이자 맹세였다.

누군가에게 보여주고 증명을 받고 싶어 한 결혼이 아니었다.

"걱정되면 하지 마."

걱정을 전부 떠안은 듯한 하루의 표정에 정원이 답을 내주었다. 그때 하루가 정원을 찾아 그의 출판사 앞까지 갔던 그날처럼.

"그런 걸 결정하는 사람이 대표잖아."

"그래, 그런 결정을 하는 사람도. 그런 일에 앞장서서 욕을 먹고 또 의혹의 눈길을 받더라도 모두가 원할 때 총대를 메고 홍보를 하는 이도 대표야."

만약 누군가 인터뷰한 이상으로 파고들지 않는다면, 인터뷰는 영화사 창의 입장에서도 그리 나쁜 한 수는 아니었다.

작게는 창의 발전을 위해서. 더 나아가는 영화계 전반을 위해서도 창의 시도와 모색은 홍보할 이유와 목적이 충분했다.

그 사실을 홍보부나 마케팅 부서 사람들도 잘 알기에 부탁을 했을 것이다.

"만약 강 대표가 생각하는 이상의 일이 생긴다 해도 이 영화사는 처음부터 강 하루를 위해 설립된 영화사야. 그런데 두려워할 게 뭐가 있어?"

그렇긴 하다. 혹시라도 이번 인터뷰로 계산한 것보다 더한 일들이 수면으로 드러난다 해도 하루가 지금보다 더 잃고, 아플 일은 없었다.

이미 강하루의 전부인 사람을. 사랑을 잃어버렸기에.

"세상에 비밀이란 없어."

그래, 완벽한 비밀이란 없다.

그저 개인의 욕심과 바람처럼 끝까지 비밀이었으면 하는 건 있다 해도.

"강 대표나 내가 아무리 꽁꽁 감추고 아닌 척을 해도 비밀이란 언제, 어디서든 누군가에 의해서 드러나게 돼 있어. 그러니까 너무 애쓰지 마."

정원은 애쓰는 하루가 못내 안쓰럽고 미안한지 하루를 정면으로 바라보지 않고 늘 그렇듯, 이곳과 저곳 어딘가 애매한 지점에 시선을 돌렸다.

정원이 하루에게 미안할 일은 없었다.

그저 운명에, 정해진 길을 따라가려고 마음을 정하고 굳힌 건 하루였다.

하루의 악착스런 고집에, 어이없는 강권에 정원은 자신도 모르는 사이 들러리를 서주고 부지불식간에 장단을 맞춰주었을 뿐, 정원이 하루에게 미안할 일은. 이렇게 눈길을 피할 만큼 죄지은 일은 없었다.

그저 모든 게 하루의 판단이고 계획이었을 뿐.

아님 운명이었거나.

홍보실에서 택한 곳은 늘 전문적 분야에 관심을 갖고 그 일에 몰두하는 이들을 다각적이고 심층적으로 인터뷰하는 걸로 유명한 웹진의 인터뷰였다.

이 웹진에 성격과 의도에 대해서는 기사를 접한 하루도 잘 알고 있었다.

개성이 강하게 느껴지는 담당 기자는 하루보다는 영화사 창의 비전과 현재진행 중인 모험적인 영화 장르에 더 관심을 보였다. 그로 인해 기분 좋은 인터뷰는 예상보다 길어졌고 하루가 환의 저녁을 준비하고 현장으로 갈 시간은 더욱더 촉박하고 늦어졌다.

마지막 홍보실의 적절한 개입으로 인터뷰를 마친 하루의 시선에 시호가 보였다. 인터뷰 내내 무작정 기다리듯 자리를 지킨 시호였기에 약속이 없었다고 해도 무시할 수는 없었다.

사실 무시하기에는 시호의 표정이 평소와 달리 건조하면서도 왠지 모르게 간절해 보였다.

하루는 동선과 소요되는 시간을 확인하고 본관 라운지에서 시호에게 데이트를 요청했다.

"무슨 직원이 대표 부름에 이렇게나 긴장감이 없어? 무슨 일 있어?"

"혼자 북 치고 장구 치는 철없는 언년이 딱따구리한테 일은 무슨 일이 있겠어요. 그보다 대표님은 바로 현장에 가보셔야 하는 거죠? 영화 촬영 시작한 지 엊그제니까 당분간 현장 진행 상황도 그렇고 전부 다 확인하셔야 하는 철두철미한 성격이시잖아요."

무슨 일이 있는 게 확실했다.

상황에 맞는 말을 하는데도 도통 시호 특유의 생기나 활력이 느껴지지 않았다.

"이시호, 말을 해, 말을."

"……."

"대표가 신기 충만한 무당도 아니고, 뭐야? 그 시련에 빠진 골룸의 우울 모드는?"

하루는 이 순간 대표보다는 이시호를 아끼는 선배 입장에서 물었다. 또한 입 밖으로 낼 수는 없지만 누군가를 깨우고 충동질하길 바라는 마음을 갖고 있는 음흉한 입장에서 물었다.

"나 앞으로 더 바쁘다, 이시호. 고민 있으면 지금 말해. 이렇게 센스 있는 대표가 알아서 멍석 깔아줄……."

"저 아무래도 사랑하는 것 같아요."

시호는 순간적으로 너무 놀란 하루의 표정은 미처 캐치하지 못한 채 걱정과 근심으로 온통 저지대인 생각의 사각지대에 빠진 채였다.

"그렇지 않고서는 이렇게 아픈데 또 이렇게 행복할 수가 없어요."

"……."

"누군가를 생각하면 하루에도 몇 번이나 마음이 들썩거려요. 우리 영화사가 천국 같다가도 어느 틈엔가 지옥으로 바뀌고, 그러다가 눈이라도 마주치면 정말 숨이 막혀 죽을 것 같아요. 마치 100미터 전력 질주를 한 것처럼 가슴이 쿵쾅거리면서 좋다가도 심장병을 앓는 것처럼 아프고……."

시호는 지금 누가 봐도 사랑을 하고 있었다.

자신이 말한 대로 누군가를 아프게, 그러면서도 예쁘게 사랑하고 있었다.

"있잖아요, 대표님."

시호는 하루에게 말을 하는 듯하면서도 실상은 혼자. 혼자만의 생각에 빠져 혼잣말을 하고 있었다.

"여행은 불치병이래요. 그런데요 사랑은 난치병이래요. 이 중에서 어떤 병이 더 고치기 쉬울까요? 전 말이에요, 개인적으로 여행이란 병이 쉬웠으면 좋겠어요. 그냥 제 개인적인 바람은 그래요."

이렇게나 고민이 투명하게 잘 보이고 제 마음을 준 사람이 누군지 바로 알 수 있다니…… 볼수록 사랑스런 직원이자 숙녀였다. 이시호는.

"골라봐."

"뭘요?"

"묻고 따지지도 말고 일단 선택하라고. 어떤 답을 원하는지."

"……."

"내가 해줄 수 있는 답은 두 가지야. 서로 전혀 다른 태도와 답을 가진 두 가지의 대답. 조금 더 자세히 말하자면, 하나는 이시호의 안위를 걱정하고 생각하는 성숙하고 선도적인 어른으로서 할 수 있는, 또 해야만 하는 뻔하디뻔하면서 흔하디흔한 말이고, 다른 하나는 오로지 사랑이란 감정 하나만을 생각한 지극히 내 개인적인 답변이야. 그러니까 선택하라고. 난 딱 하나의 의견만 말할 테니까."

두 가지 다 말할 수도 있지만 그러지 않았다.

인생 선배로서 뜻풀이하듯 둘 다 말한다는 건, 결국 고민하는 사안에 대해 실질적인 도움을 줄 수 없다는 걸 충분한 경험으로 배웠다.

결정을 내리기 전, 충분한 고민이 있었다면 다음은 빠른 판단이 현명하기에 하루는 시호의 결정을 독려하듯 과감하게 말했다.

하루의 그 같은 도발에 잠시 고민하는 듯한 시호가 마침내 입을 뗐다.

"꼰대 같은 어른의 그럴듯하면서 그럼 그렇지, 하는 답 말고 제 멘토인 강하루 대표님만의 지극히 개인적이고 개별적인 답이요."

시호의 결정에 하루 또한 주저 없이 의견을 풀어냈다.

"뭐가 고민이야?"

"네에?"

"불치병인 여행은 같이 떠나면 그만이고 난치병인 사랑도 같은 마음이면 문제없잖아. 병명이 문제가 아니라 같은 마음으로 함께 할 수만 있다면 문제도 아닌 거잖아. 그러니까 이왕 빠진 거 헤어 나려 고민하지 말고 여행도 사랑도 같이 하고 둘이 할 수 있는 방법을 찾아."

"……."

"또 모르잖아. 그 사람도 이시호랑 같이 여행 가고 사랑하고 싶은지."

"……!"

"그러니까 뭐든 고민만 하지 말고 그 마음만큼 노력을 해봐. 이시호 이제 고작 스물여섯이야. 그 나이는 사랑을 즐길 나이지 사랑에 빠졌다고 고민할 나이는 아니라고 봐. 이 대표님의 개인적인 생각은."

안다, 어쩌면 이 같은 모든 말이 자가당착에 위선이며 더없이 무책임한 말이란 걸.

그렇다 해도 이시호는 이제 겨우 스물여섯일 뿐이다.

스물여섯에 한 사랑 때문에 죽도록 아플 수는 있어도 실패했다고 죽지는 않는다. 그렇다면 그 마음, 그 열정으로 사랑하면 그뿐이다.

아직 제대로 시작도 않고 재고 견적 내며 걱정부터 하는 건 사랑이 아닌 거다.

두려움에 걱정만 하는 이라면 이미 사랑할 자격이 없다.

하루가 시호에게 또 정원에게 바라는 건, 바로 이 같은 마음이었다.

그 끝이 어떤 모습이건. 누가 더 많이 아프던 간에 지금 현재를 살고 있다면, 온 마음으로 사랑을 하는 게 맞는 거다.

한번이라도 제 자신을 걸고, 제 마음 전부로 하는 사랑을 하길 바랐다.

하루는 이미 제 모든 걸 준 사람과 전부인 사랑을 했다.

아쉽지만. 부족하고 모자라지만. 또 원하는 만큼 충분한 시간과 세월은 아니었지만 그래도 사랑받았다. 또 지금은 이렇게 각자 타인으로 미워하고 증오하는 사업적인 관계로 끝이 났을지언정 사랑한 사실은 부정하지 않는다.

이혼 서류에 사인했다고 끝까지 함께하지 못한다고 해서 실패한 사랑은 아니야, 브라더.

그러니까 시도라도 해.

이미 죽은 사람처럼, 날 받아놓은 사람처럼 자신을 억누르고 억제하지만 말고 이 사랑스런 이시호랑 사랑이란 걸 좀 해보라고.

하루는 이 자리에 늘 여행이란 말로 도망가기 급급한 정원이 있으면 꼭 이렇게. 지금처럼 말하고 싶었다.

단 한 번이라도.

딱 한 번뿐이라도.

봄날의 벚꽃처럼 짧게 피고 지더라도 아름답고 행복한 사랑을 하라고.

환은 한 신 한 신 공들여 촬영하면서 조금이라도 틈이 나면 하루를 생각했다. 사실 의식적으로 생각하기보단 자연스레 그려지고 기다려졌다.

제작자이자 영화사 대표가 촬영장을 찾는 건, 너무도 당연하고 자연스러운 일이라 실상은 제작자 강하루가 아닌 동지이자 지지자, 누구보다 남궁환을 능숙하게 컨트롤하고 조율하는 이로서의 강하루가 기다려졌다.

얼빠진 놈에 천하의 밸도 없고 미친놈이라고 스스로를 비난하면서도 조금이라도 여유가 생기면 강하루가 왔나 하고 둘러보고 찾아보게 됐다.

아무래도 촬영 첫날, 첫 신을 찍을 때 받았던 중압감과 그 같은 감정을 예상하고 다독여 준 일 때문인 듯했다. 그렇지 않고서야 남궁환이 강하루를 기다릴 이유가 없었다.

그만큼 이번 영화가 부담인 건 사실이었다.

부담은 역류성 식도염으로 이어졌다.

이 모든 말도 안 되는 이유로 환은 지금 하루가 이 현장 어딘가에 있었으면 했다.

두 배우가 처음 만나는 신을 찍자마자 촬영이 지연됐다.

이유는 주연 배우의 이유 모를 복통 때문이었다. 그 같은 사실에 감독인 환까지도 위경련이 날 것 같았다.

사고는 늘 이렇게 예상 못하고 대비하지 않은 곳에서 부지불식간에 터졌다.

스크립터와 조연출에게 일정과 다음 신 조정을 설명, 확인하고 준비하는 동안 밴에 있겠다고 알렸다.

내일부터는 본격적인 액션신이라 씻고 쉴 틈이 없었다.

땀과 깁스로 인해 온몸이 간지럽고 불편했다. 생각을 하면 더욱 더 간지럽고 씻고 싶어져 생각 자체를 하지 않으려고 하는데 그조차 맘대로 되지 않았다.

포기하고 다음 촬영 신과 함께 내일모레 있을 남이섬 신을 머리로 이미지화하는데…… 핸드폰이 울렸다.

강하루. 영화사 강 대표였다.

미친놈처럼 내내 기다렸던 것과 달리 받지 않는 게 좋겠다고 생각을 하면서도 손은 이미 핸드폰을 한 방향으로 밀어내고 있었다.

"네."

[어디야?]

"밴."

[나 촬영장에 도착했어. 조연출이랑 밴으로 갈게 거기 있어. 참 가기 전에 따로 사다 줄 거 있어? 필요한 거나. 주차장 근처에 편의점 있던데…… 물티슈는 있어? 탄산수는? 늘 마시는 걸로 사다 줘? 좀 여유 있게 갖고 있는 게 나을 텐데. 지금은 그 밴이 당신 공간의 전부잖아.]

이렇듯, 이런 이유로 강하루를 기다렸던 것이다.

말을 하지 않아도 알고. 미리 챙기기에 강하루가 기다려졌다.

서로가 기다리거나 기댈 관계가 전혀. 절대 아닌데도 이런 편리성과 용이함 때문에 기다린 거라고, 환은 스스로에게 항변했다.

충분히 설득력 있고 합법적인. 근거 있는 타당한 이론이었다.

[여보세요? 감독님? 옆에 누구 계세요?]

"물티슈랑 탄산수는 두고 쓸 수 있는 것들이니까 사다 줘."

[알았어. 편의점 갔다가 당신 후배 윤호 조연출이랑 갈게. 무슨 일 생기면 미리 문자 줘. 형편 안 되면 윤호 씨 편에 물건만 주고 갈 테니까.]

전화를 끊은 환은 바로 시나리오를 확인했다.

이 시나리오 안에 없는 다른 건, 다른 인물은 일절 생각하지 않고 떠올리지 않기 위해 손에 쥔 종이만 노려봤다.

차차 멈추었던 영상이. 그림이 다시 그려지기 시작했다.

15분 후, 간단한 통화 후 하루가 조연출인 윤호를 대동하고 밴으로 왔다.

조연출이 들고 온 라면 상자엔 라면 대신 강하루가 언급했던 물건들이 조밀하게 들어차 있었다. 하루가 들고 온 종이 가방엔 그의 저녁과 간식이 있는 듯했다.

둘의 사이를 그나마 짐작하는, 눈치 빠른 후배 조연출이 얼른 자리를 피해주었다.

"역류성 식도염이라니? 약은 먹었어?"

조연출이 굳이 하지 않아도 될 말을 그새 강하루에게 한 듯했다.

"약 먹을 정도 아니야. 그보다 내일모레 남이섬 촬영 장소는 아무런 문제도 없는 거야? 프로듀서 말로는 살수차랑 대형 광풍기, 펜션까지 일절 다 준비는 했다고 하는데 우리 조연출이 통화하는 거 듣기로는 문제가 있는 것 같다고 하던데."

"확인할게. 그보다 내일 아침 일찍 병원 가보는 게 어때? 남이섬 들어가면 일주일인데 병원 가기 힘들잖아. 그러니까……."

"남이섬 촬영이나 지장 없도록 해. 내 건강은 내가 알아서 할 테니까."

환의 끊어내듯 하는 냉랭한 말투에 하루의 표정은 이내 굳어졌다. 그런 하루의 표정이 보기 싫어 환은 부러 손에 쥐고 있는 시나리오에 시선을 두었다.

그의 행동을 어서 가보라는 뜻으로 해석한 하루는 차 문을 열기 전 담담한 톤으로 말했다.

"내일 아침 촬영 없는 걸로 알고 있어. 병원 가."

"……."

"제작자가 하는 일은 영화에 관한 전체적이고도 전반적인 거야. 감독의 건강 상태도 그 안에 포함돼 있는 거고. 내가 전에 말했지. 이 영화 우리 영화사뿐 아니라 개인적인 이유로도 충분히 중요한 사안이라고."

"걱정 마, 기억하니까."

"그럼 걱정시키지 말고 병원 가세요, 감독님. 이건 영화사 대표이자 제작자로 드리는 부탁이고 당부입니다. 그럼."

밴 문을 열자마자 밖에서 망을 보며 기다리고 있는 조연출이 보였다. 하루는 윤호에게 살짝 웃음기 배인 톤으로 고맙다는 인사를 하며 밴 문을 닫았다.

넓은 공간에 비로소 혼자가 된 환은 의자에 누웠다. 내내 참고 있던 숨을 몰아쉬었다.

하루가 빠져나간 공간, 미처 환기되지 못하고 빠져나가지 않은 강하루의 체취와 체향이 밴 안에 넘실거렸다.

5분이 채 안 되는 시간이었는데도 강하루의 잔향은 밴 전부를 도포할 듯 강렬했다.

오래전 환은 향수를 써볼까 하는 하루를 행동으로 단죄한 적이 있었다.

그 어떤 향기보다 매혹적이고도 유혹적인 체향이 흐려지고 지워지는 게 싫어 누군가에게 선물 받은 향수를 욕실 변기에 전부 부어버렸다.

그 일로 하루는 이틀이나 환을 거부했다.

안아주지도 않고 안는 것도 일절 전혀 허락하지 않았다.

그만큼이나 빠져 좋아했던 강하루의 체향이 누워 있는 환의 머리 위는 물론이고 밴 곳곳에서 물안개처럼 피어올랐다.

코끝이 본능적으로 하루의 체향을 흡입하며 흡수하길 멈추지 않았다.

그 같은 달콤한 체향으로 인해 이틀 밤을 새워 피곤했던 몸과 마음을 잠시라도 쉴 수 있었다.

피곤을 풀기 위해 눈을 감으면서 문득 그런 생각이 들었다.

단지 이 정도라면 괜찮지만 이러다 어느 순간 마음 깊은 곳에 숨어 사는 그놈이, 그 무의식이란 놈이 나와 혹여라도 여기서 더 활개라도 치면 어쩌나 하는 그런 황당한 걱정이. 그림이 그려졌다.

강하루의 바닥을 본 이상 절대 그런 일은 없지만 두 눈이 스르르 감기는 순간까지 걱정이, 경계가 되긴 했다.

너무도 어처구니가 없으면서도 혹여 하는 그런 미친 마음이.

역류성 식도염은 환 혼자만 괴롭혀 감당할 수 있지만 기상예보
와 예상을 훨씬 상회하는 폭우는 감독이란 직함으로도 감당이 되
지 않았다.

남이섬으로 들어오자마자 사나운 폭우는 시작됐다.

첫사랑을 닮은 초록의 봄비란 개념이 사라진 지 오래인 요즘,
이렇게나 요란스레 퍼붓는 폭우는 난감했다.

영화 촬영 신에 살수차가 필요하긴 했지만 어떠한 준비도 하지
못하게 퍼붓는 거친 비는 일주일 일정 전부를 무위로 만들며 새로
운 일정을 짜게 만들었다.

병원을 꼭 들르라는 현명한 제작자의 말을 한 귀로 흘려들은 죄
인지, 하루 종일 고약 같은 신물이 목 안에서 환을 농락했다.

조연출 둘을 불러 후발대로 들어오려 했던 연기자들을 대기시
키고 날씨 상황을 기다려 보기로 했다. 스크립터는 다시금 보드
판을 완성하고 그리느라 정신없었다.

펜션 2층, 감독 예우로 인해 제일 깨끗하고 큰 방을 배정받은
환은 크기만 컸지 복도 중간에 위치한 죄로 노래방 저리 가라 할
정도의 소란과 소음에 고스란히 노출된 상태였다.

새벽부터 섬에 들어온 게 무색하게 온종일 방 안에서 조연출 둘
과 릴레이 회의만 했다.

서울에서부터 식사를 맡긴 밥차가 들어오지 못해 대신 인근 식
당을 잡은 스탭들은 부지런히 오고 가길 반복했다.

영화 촬영이라는 게 늘, 거의 다가 이 모양이지만 이번 영화는 시작부터 다사다난했다.

배우 잡아먹는 아우라에 예리한 눈빛. 예민한 성정만큼이나 철두철미하다는 평가를 받던 감독은 한쪽 팔이 로봇 팔이 되었고, 주연 배우 둘은 다정하게 뭘 숨겨놓고 먹었는지 동일하고도 요란한 복통을 호소했다. 그러더니 기상청에 직접 문의해 검수하고 확인하고 들어온 섬은 처음부터 물난리에 고립이라니……

"저, 감독님."

"……"

일정을 잡아먹는 억수 같은 비도 그렇고 서커스 수준으로 목 안을 통과하며 괴롭히는 신물로 인해 바로 답을 하지 못했다.

"저녁 먹고 와. 난 좀 잘 테니까."

"그게 아니라, 대표님 방금 섬에 도착하셨다는데……"

소파에 비스듬히 누워 거의 탈진 상태였던 환은 황당한 말을 하는 조연출을 보며 확인하기 위해 다시 한 번 물었다.

"누가 왔다고?"

"창 영화사 대표님이요, 지금 막 도착하셨는데 바로 또 가신다고 방에 계시라고 연락 왔어요. 2층 쓰는 사람들 전부 식당으로 갔고 나머지도 제가 싹 끌어다가 데리고 갈 테니까 대표님 오시면 제발 식사 좀 하세요. 어차피 일정이 없어서 스탭들 식당에서 죽치고 시간 보낼 거예요."

그 말을 끝으로 조연출 윤호는 조용히 방을 나갔다.

환과 하루의 관계를 무척이나 애매하게 이해하며 알고 있는 후

배는 환의 성격을 알기에 정확하게 묻거나 확인하려 들지 않았다. 그 같은 이유로 환은 연차에 비해 감각과 실력이 늘지 않는 윤호를 이번 조연출 중 한 명으로 차출했다.

윤호는 단지 실력만으로 평가하고 절하하기엔 스탭들을 통솔하고 관리하는 능력과 인맥이 뛰어났다. 동시에 그만큼이나 입이 무겁고 매사 진중했다.

지금까지 그와 하루에 대해 아무런 말이나 루머가 떠돌지 않는 걸 보면, 환의 판단과 평가, 믿음은 틀리지 않았다.

시간을 확인한 환은 방 안을 둘러보았다.

아직 어느 곳도 사용한 흔적 없어 겉으론 말끔해 보이는 방 안을 빠르게 훑어보는데 노크 소리와 함께 조심스레 문이 열렸다.

소파에서 일어난 환과 단정하게 묶은 머리에 빗방울과 서늘한 기운을 묻히고 들어선 하루의 눈이 정확하게 마주쳤다.

그 순간, 알 수 없는 무기명의 감정들이 낯선 방 안을 가득 채웠다.

지금도 그렇고 앞으로도 규명할 수 없고, 절대 명명되면 안 되는 낯설고 어색한 무기명의 감정들이 두 사람의 시선에서 어지럽고 복잡하게 공중그네를 탔다.

강하루는 모르겠지만 이 순간 환은 그렇게 느꼈다.

위험하다고.

수면 아래서 도사리는 종양 같은 감정들이 어느 순간 손쓸 수 없을 만큼 증식할 수도 있다고.

며칠 안 본 사이 환은 지구 밖으로 날아가기 좋을 정도로 작고 가벼워 보였다.

소멸 직전의 소두로 인해 이목구비는 더욱 날렵해지고 슬림한 몸 라인은 안 그래도 긴 팔과 다리로 인해 신카이 마코토 감독이 그리는 만화 속 우울미의 전형을 보여주는 주인공처럼 보였다. 그런 가운데서도 눈빛만은 예리할 정도로 날이 서 있었다.

오늘의 분위기는 왠지 이해가 됐다.

시작부터 자잘한 사건으로 이어진 촬영이 급기야는 날씨 운까지 없었다.

"밥 먹자. 오느라고 끼니를 놓쳤어. 같이 먹어."

하루는 창밖의 날씨는 마치 다른 이세계의 일인 것처럼 우울감을 지우고 중앙 테이블에 저녁상을 차렸다. 얼른 챙겨주고 자리를 피해주어야 한단 생각에 손이 빠르게 움직였다.

"이리 와 앉아."

그때까지도 환은 남의 집 거실에 선 이방인처럼 무감한 표정으로 그녀의 행동을 지켜봤다. 간단하지만 환의 식성을 십분 배려한 테이블이 차려지고 하루는 맞은편 자리에 수저를 놓았다. 어서 와 앉으라는 듯.

그제야 수저를 놓은 자리에 앉은 환은 음식을 밀어주는 그녀와 눈을 맞췄다.

"온다고 했으면 오지 말라고 했을 거야."

"날씨, 그 정도는 아니야. 어서 먹어."

하루는 환이 먼저 먹기를 기다리며 보온병에 가져 온 허브 차를 따라주었다.

차를 그리 좋아하지 않는 환이지만 지금은 기호를 따질 때가 아니었다. 그저 도움 되고 나을 수 있는 그 무언가를 시도하고 음복하는 밖에는.

"그래야 약을 먹지. 대체 가라는 병원은 왜 안 가서⋯⋯."

"조연출이야?"

"아니. 남궁환의 대단하신 심복은 아무런 말도 언질도 하지 않았어."

"그럼?"

"내가 아는 남궁환은 갈 사람이 아니잖아. 지금 눈앞에 첩첩산중으로 쌓인 일감을 미루고 제 몸부터 챙기면 남궁환이 아니지. 미련할 땐 한없이 미련한 곰이잖아, 당신."

그랬다, 남궁환은.

야릇한 생김이나 주저 없는 행동은 순혈주의에 입각한 야수와 맹수 그 어디쯤인데 무언가에 빠져 타이밍과 적정선을 넘으면, 환은 세상에 다시없는 미련 곰탱이였다.

그런 그 의외의 허술함. 틈이자 흠도 환의 일부이기에 싫은 적은 한 번도 없었다. 되려 그런 부분들이 그녀의 존재를 필요로 하고 증명하기에 좋았다. 그런 남궁환이.

그 같은 지적에 환은 반론 없이 펼쳐진 음식을 묵묵히 씹어 넘기기만 했다.

하루는 허브 차를 다시금 밀어주었다. 마시라는 말 대신.

마치 정물화처럼 앉아 식사를 하는 두 사람 사이로 창밖 거센 빗소리만 가득했다.

실내등을 켰다 해도 밖에서부터 파고들어 오는 농도 짙은 어둠으로 인해 실내는 기묘한 어둠이 내려앉아 있었다. 거칠게 노크하는 빗소리마저 없다면 두 사람의 숨죽인 숨소리로 방 안은 진공상태 그 자체였다.

미묘한 분위기는 전적으로 환의 공이자 활약이 컸다.

지연된 스케줄과 전혀 개일 생각이 없는 듯 보이는 날씨로 환의 기분은 제로점인 듯했다.

그 제로 지점에 선 하루는 환의 짙고 익숙한 체취까지 더해져 긴장이 됐다. 또한 경직된 신경으로 인해 금세라도 편두통이 일 것만 같았다.

궁여지책으로 생각난 게 코트 속에 있는 약봉지였다. 하루는 레인코트 주머니에서 약봉지를 꺼내 환에게 건넸다.

"일주일 치야. 그렇다 해도 중간에 병원 가야 해. 이렇게 임시응변 같은 약 가지고 고쳐지는 병도 아니고 병원에서……."

순간, 두 사람의 숨소리는 낮게 잦아들었다.

복도와 계단을 통과해서 올라오는 사람들의 기척에 환은 하루를. 하루는 환을 쳐다보았다.

한두 명이 아닌 적지 않은 수의 발자국과 발걸음이 두 사람이 있는 방 앞을 지나가고 또 지나가는 듯했다. 그렇게 잡음과 대화는 끊어지지 않고 복도에서 반복되었다.

환은 자리에서 일어나 방문 손잡이를 잡고 최대한 소리 나지 않게 잠갔다.

"왜? 잠그면 어떡해?"

일어나지도 그렇다고 마냥 앉아 자리를 지킬 수만도 없는 하루는 되도록 작은 소리로 물었다.

"분위기 잡아주고 가드해 줄 윤호도 없는데 이 상황에 나가게? 그보다 이런 날씨에 서울도 아니고 여기 섬까지 꾸역꾸역 온 것도 그렇고, 이 방에 단둘이 있다는 것도 그리 일반적이지는 않아. 그러니까 있어봐. 전화해 보게."

하루는 젓가락을 손에 쥔 채 전화하는 환을 쳐다봤다. 한참 동안 핸드폰을 쥐고 선 환은 결국 응답 없는 핸드폰을 끄고 맞은편에 앉았다.

"안 받아."

그 소리에 잠시 망연자실한 하루는 한숨과 함께 테이블을 치우기 시작했다.

얼마를 먹었던 지금 상황으론 더는 들어갈 것 같지 않았다.

애초 의도는 아무도 모르게 환을. 환만 보고 가려 했었다.

역류성 식도염이 걱정돼 도저히 그냥 지나치고 무시할 수가 없었다. 그 같은 이유로 무리수를 둔 게 이 순간 조금은 후회됐다.

물티슈까지 동원해 테이블 위를 말끔히 치운 하루는 종이 가방에서 생과일이 담긴 일회용 용기를 꺼내다 아니지 싶어 도로 집어넣고 약봉지를 환에게 내밀었다.

"줘. 밥보단 과일이 좋아."

"역류성 식도염에 과일은 도움이 안 돼. 냉장고에 두고 좀 나아지면 내일이나 모레 아주 조금만 먹어. 지금은 그 약 먹고."

긴장과 어색함으로 저녁을 먹은 탓에 하루는 물보다 비타민 음료를 챙겨 마셨다.

그녀에게 약봉지를 받아 물과 함께 삼킨 환은 다시금 어딘가로 통화를 시도했다.

밖은 규칙적인 빗소리를 BGM으로 점점 더 소란스러워졌다. 그러면서도 누구 하나 환의 방문을 두드리거나 인기척을 하는 이는 없었다.

평소 감독의 위엄이. 남궁환의 민낯이자 진면목이 드러났다.

잘 알지 못하는 상태에서 환은 접근이 망설여지는 희귀 관상용 인상에 약간의 담력. 적지 않은 용기. 티타늄 멘탈이 필요한 부류였다. 물론 여자들에겐 그 모든 불합리한 면들이 긍정적인 평가와 함께 호기심 유발. 마지막엔 내 거 하고 싶은 승부욕. 소유욕을 충동하게 만들겠지만 일로 연관된 스탭들에겐 그저 불편하고 단단한 유리벽 하나를 끼고 지내는 듯한 난해한 인물로 평가될 게 뻔했다.

"편하게 있어."

편하게 있으라니. 무슨 수로 편하게 있으라는 건지 모르겠다.

"아무래도 금방 나가지는 못할 것 같아. 난 밖에 가보고 올게. 일단 윤호부터 찾아봐야 할 것 같아."

"그냥 있어. 그러다가……."

"누구도. 아무도 안 들어와. 문도 잠그고 갈 거고. 그러니까 편히 있어. 휴대폰은 진동으로 하고."

아무도 안 들어올 거란 건 말하지 않아도 알았다. 그렇다 해도 마음이 불안한 건 어쩔 수 없었다.

"불은 끌 테니까 침대 옆 스탠드 켜고."

그 말을 끝으로 환은 방을 나섰다. 금세 방문이 철컥 하고 잠기는 소리가 들려왔다.

잠그는 그 소리에 왠지 긴장이 풀리면서 전혀 새로운 긴장감이 그녀를 에워쌌다.

어둠을 길잡이 삼아 얼른 침대 옆 조명을 켰다.

은은한 불빛이 안정감과 함께 낯선 불안감을 동시에 안겨주었다. 혹여라도 창밖으로 그림자가 생길까 일단 침대에 누웠다.

이 우중에 남이섬으로 들어오기까지 타이트한 시간과 함께 우여곡절이 많아 머리에서 발끝까지 촘촘히 파고드는 피곤함은 천근만근이었다.

일단은 없는 시간을 쪼개 환의 식사를 준비하는 게 가장 우선순위면서도 고난도로 신경을 소모하게 만들었다. 다음으론 일주일에 한 번 영화사 시민 참여 이벤트와 파주 출판단지에 있는 출판사와 연계한 이벤트 행사에서 진행 요원간의 불통으로 참여하는 시민들의 민원과 불만 사항이 하루의 귀까지 들려왔다.

그 일로 시민들과 부딪히는 현장 직원들이 아닌 기획팀 직원들이 호되게 된서리를 맞았다.

어떤 일도 현장에서 갑자기 사고처럼 일어나는 상황보다 당혹스럽고 불안한 일은 없기에 하루는 현장 스탭들보다 애초 소통을 원활하게 하지 못한 기획팀 전원의 눈물 콧물을 쏙 뺐다.

그 모든 일들을 슈퍼맨 저리 가라 하는 속도로 진도를 빼고 도착하니, 평균치를 상회한 봄비가 하루의 심신을 더욱더 고달프게 만들었다.

밖에서 들려오는 소음은 여전했다.

왜인지 모르나 다들 쿵쿵거리고 문을 부술 것처럼 닫아대는 비매너도, 복도에서 소리 지르며 장난을 치듯 웅성거리는 것도…….

아무래도 예민하고 난해한 젊은 감독이 없다는 걸 스탭들이 아는 듯했다.

밖은 야외 콘서트가 벌어지거나 말거나 살짝 머스크 향이 도는 환의 체향과 깨끗한 얼굴을 한 침대. 적당하게 퍼지는 조명과 빗소리에 자꾸 눈이 감겼다.

금세 연락이 올지도 몰라 핸드폰을 꼭 쥐고 있지만 그 기세가 무색하게 쏟아져 내리는 잠과 반갑게 조우했다.

절대 편할 수 없는 공간이건만 근거 없는 느긋함에 스스로도 신기해하면서 결국 인간으로서는 절대 방어하고 대적할 수 없는 수면 세계로 **빠져들었다**.

007 작전 버금가게 신중을 기하며 지문이 닳도록 전화를 걸었건만 강하루는 누가 덮은 줄도 모르는, 비위생적인 게 분명한 기하학적 패턴의 기막힌 칼라 조합의 이불을 덮고 곤히 자고 있었다.

자는 모습으로 봐서는 기다리다 지쳐 자는 게 아니라 피곤에 절어 기절하듯 자는 게 분명해 보였다. 순간 망설였지만 환은 밑에서 기다리는 윤호에게 방으로 돌아가라고 일렀다.

지금은 강 대표가 수면 모드니 새벽에 깨워 보낸다고 간략하게 상황을 설명했다.

문을 잠근 환은 소파에 주저앉듯 앉았다.

피곤은 둘째 치고 우선 이 표현할 수 없는 찝찝함에서 제발 좀 벗어나고 싶었다.

어깨와 손가락을 뒤덮은 깁스는 예상보다 오랜 시간을 잡아먹고 그로 인해 불편은 물론 일상생활 전반의 지각변동은 쓰나미 급으로 엄청났다.

대표적인 예로 강하루와 이런 장소에서 이런 모습으로 있게 될 거라곤 한 번도 상상한 적이 없었다. 보는 자체가 악몽이라고 말은 하면서도 덩달아 피곤해지고 바빠진 강하루를 보는 것도 마음이 편치는 않았다.

환은 침대에 모로 누워 받지도 않을 핸드폰을 꼭 쥐고 자는 하루를 쳐다봤다.

주황색의 조명을 받고 자는 강하루를 보고 있자니 대학 신입생 때 처음 봤을 때가 떠올랐다.

그때도 하루는 강의실 창가 볕이 잘 드는 자리에서 책상을 온돌바닥으로 인식했는지 태평스럽게 잠이 든 상태였다.

아무런 잠 냄새가 없는 걸로 봐 숙취로 인한 기절은 아니었다. 그렇다고 해도 너무 깊이 빠져든 모양새는 신기하기까지 했다.

청소년 시절을 거의 외국에서 지내 괴짜 부류를 꽤나 섭렵한 그로서도 여학생의 저 같은 무방비 수면 모드는 상당히 낯설었다.

그 순간, 여학생의 뒤에 앉은 환 주위로 알 수 없는 꽃향기가 진동을 했다.

향수를 들이부은 그런 지독한 향은 아니면서 딱 하나로 규정할 수 없는 봄꽃 향기가 주위를 감싸더니 바람을 타고 환의 코끝에서 보슬보슬 어지러운 춤을 췄다.

봄볕을 받으며 창가에 퍼진 꽃향기는 피아노 선율처럼 넘실거렸다.

기어이 좁은 창문을 파고드는 강약의 바람은 그렇게 계속 상큼한 꽃향기를. 따뜻한 봄볕을 자극적으로 실어 날랐다.

그때 느꼈던 감정은 분명 두근거림과 두려움이었다.

수면파 여학생이 금세 깨면 어쩌나 하는 두려움과 일어나 뒤를 돌아서 환하게 웃어 보이면 어쩌나 하는, 괜한 기대가 될 수밖에 없는 두근거림.

상상과 기대는 쓸모없는 망상이었다.

강하루는 그 상태로 몇 시간을 더 잤고, 강의실을 잘못 찾은 환은 결국 꽃향기 기지개는 보지도 못했다.

하루에게는 늘 꽃향기가 났다.

유달리 아침잠이 많은 어머님의 강압적인 미션으로 매일같이 새벽 꽃시장을 유랑해야 하는 하루는 자신에게 어떤 향기와 어떤 유의 꽃가루가 날리는지 알지 못했다.

그저 매일같이 꽃 없고 가시 없는 밋밋한 세상을 꿈꾸며 졸업식에서도 꽃다발 대신 사탕 다발을 달라고 했다. 꽃이라면 넌덜머리가 난다며.

지금의 하루에게서는 그때의 풋풋하고 청신한 꽃향기 대신 시간이란 누룩이 더해져 더욱 농밀하고 농익은 완숙미, 절정의 동백꽃을 연상케 했다.

지금처럼 조금이라도 가까이하면 그 매혹적이고도 살인적인 유혹에 환은 더욱더 까칠해져야만 그들의 분명한 경계과 거리감을 유지할 수 있었다.

이렇게 환 외에 그 누구도 없는 공간, 하루에게서 피어오르는 체향은 오랫동안 스스로를 가두고 있는 환을 미치게 만들기 충분했다.

난생처음으로 무언가에 대한 미친 듯한 갈증과 소유욕을 알게 해주고 일깨워 준 여자.

첫사랑이란 설레는 단어가 진짜 있음을. 있어 감사한 마음을 갖게 해준 상대.

사랑해. 라는 말의 의미와 그 깊은 충만함을 처음으로 가르쳐 준 사람.

그런 사람이. 그런 사랑이 그를 기만하고 그들의 공간에서 환의 심장을 난도질했다.

그런 이를 상대로 지금 무슨 생각을 하고, 어떤 다양한 층위에 욕망을 꿈꾸고 있는 건지……

남궁환을 다시는 사랑할 수 없는 사자이자 삶을 지옥으로 만든 강하루가 지금 그의 눈앞에서 과거의 모습으로 자고 있었다.

너무도 태평스런 그때의 사랑스런 모습으로.

순간 놀라서 눈을 뜬 하루는 스프링처럼 일어나 앉았다.

조용한 사위 속, 거센 빗소리는 여전히 진행 중이었다.

찬찬히 둘러본 방 안은 자기 전 모습과 다르지 않았지만 혼자였던 방 안엔 흡사 거지 몰골의 환이 이불도 없이 소파에 기대 자고 있었다.

벽에 걸린 시계를 보니 새벽 3시 20분이 넘어가고 있었다.

대체 얼마를 잔 건지 가늠도 할 수가 없었다.

미안하고 무안한 마음에 어서 이 자리를 피하고도 싶었지만, 성정과 성격은 물론이고 저 얼굴과도 전혀 어울리지 않는 꾀죄죄하고 꼬질꼬질한 몰골의 환을 보는 순간 도저히 그냥 갈 수가 없었다.

"……남궁환."

하루의 조심스런 손짓과 호칭에 몸을 움츠리고 자고 있던 환이 스르르 눈을 떴다. 눈앞에 선 그녀를 본 환은 눈을 비비며 정신을 차리려 했다.

"좀 깨우지 그랬어."

하루의 투정 섞인 채근에 환은 손목시계를 확인했다.

"일어나. 씻자 좀."

깨우자마자 대번에 씻자고 해 그런지 환은 멀뚱한 표정으로 그녀를 쳐다봤다.

"당신 정말 너무 남궁환 같지가 않아. 저기 어디 지하철 인근에 사는 부랑자 아저씨 코스프레하는 거 같아."

하루의 잔혹하고 냉정한 평가에 환의 표정이 금세 굳어졌다.

"제작자이자 대표란 직함으로도 도저히 묵과가 안 돼. 현재 우리 영화사 대표 얼굴과도 같은 사람이 이게 뭐야? 그러니까 좀 씻자고. 그래야 이 난감한 상황을 타개할 묘안이 생길 거 아니야."

굳어진 얼굴은 점점 본연의 까칠함으로 회귀했다.

"깨끗한 육체에 건강한 아이디어라는 소리도 있잖아. 그러니까 씻어.”

“됐어, 그런 말 들어본 적도 없어. 또 이대로도 좋아. 이젠 내 스스로도 그러려니 해. 그러니까…….”

“그러니까?”

하루는 눈에 힘을 주고 더는 반항과 반론을 못하게 야무지게 노려봤다.

“남궁환 당신한테 이상한 냄새 나. 아직 보여준 게 없으니 감독으로서의 권위는 미미할 수 있지만 그래도 이미지와 아우라 관리도 재능 못지않게 중요한 시대야. 뭔가 보여주기도 전에 냄새에 질색한 스탭들 도망가는 거 보고 싶어?”

하루는 조금 심하다는 걸 알면서도. 환의 감정을 건드리고 화를 돋우었다.

어느 정도 무안함을 비롯해 치명타를 주지 않으면 환이 이 새벽에 자신의 몸을 하루에게 맡기지 않을 것 같았다.

“그렇게. 그 정도면 가면 될 거 아니야? 내가 언제 강하루한테 부탁했어? 나 봐달라고? 쳐다봐 달라고?”

난생처음 듣는 지독한 평가에 환은 제대로 화가 난 듯했다.

“안 했지, 당신은.”

“그런데?”

“근데 나는 이대로 그냥 갈 수가 없어.”

“가, 안 말려. 그냥 가버려, 강하루.”

환은 이 자리 이 순간을 비롯해 자신의 인생 전반에서 사라지길 바라듯 톤을 높였다.

"그래, 붙잡아도 때 되면 갈 거야! 근데, 남궁환 당신 깨끗이 씻기고 제 페이스 찾는 거 보고 내 갈 길 갈 거야."

하루는 성이 난 환에게 지지 않고 맞대응했다.

서로를 노려보다 어느 순간 정도 이상으로 목소리 톤을 높였단 사실을 알게 된 두 사람은 놀라서 숨을 삼켰다.

"……."

"……."

다행히 옆방이나 복도에서 다른 기척과 낌새는 없지만 순간 자신들에게 놀란 두 사람은 이 순간 하나가 돼 몸을 사렸다. 그러면서도 하루는 의지를 굽히지 않았다.

"오늘이 기회야. 나 언제 또 올지도 몰라. 촬영 재개되면 당신도 전혀 틈 없을 테고."

이젠 적막한 주변 공기와 분위기에 기대 달래기로 마음먹었다.

당근과 채찍은 상당히 신빙성이 있는 교육 방법이기에 그 매뉴얼대로 따랐다.

"몸이 개운하면 힘이 날 거야. 아이디어도 그렇고. 그러니까 씻어."

하루는 약간 애절과 애걸 모드도 잊지 않고 첨가해 뜻을 이루고자 했다.

"환 감독님……."

혹시나 해서 감독님이란 호칭도 써가며 긴장을 늦추지 않았다. 그 같은 지독한 권유와 청유에 환은 긴 한숨과 함께 소파에서 일어났다.

"그럼 머리부터…… 부탁해."

"그래, 알았어."

"머리에 전혀 다른 종이 대단위로 집을 짓고 사는 것 같아."

"뭐…… 어?"

"무거워. 엄청 불쾌하고."

환은 그의 표현대로 엄청나게 힘겨워 보였다. 하루는 대답 대신 미소로 답했다.

이로써 난항이었던 샴푸 협상이 타결됐다.

하루는 욕실로 들어가며 이번엔 완전히 벗겨서 씻겨야지, 하는 야무진 계획을 세웠다.

어차피 지금의 환은 절대 적응 안 되는 위생 상태로 인해 제대로 날이 선 멘탈이 아니기에 기회를 노려볼 만했다. 또한 빠르게 행동해 오늘은 상체는 물론 하반신까지 매매 씻겨주자 생각했다.

지금 이 순간은 둘의 해묵은 난도질과 난해한 관계는 뒤로하고, 서비스를 주고받는 선진적 관계와 널리 인간을 이롭게 하는 홍익 인간이란 개념만 생각하기로 했다.

그래야만 환의 아름답고 섹시한 몸을 보고도 다른 생각은 하지 않을 것 같았다.

환과의 이별 이후, 타인의 체향을 이리도 가까이 맡는 건 처음이라 긴장되고 떨렸지만 하루는 반야심경을 외우는 마음으로 스스로를 단속했다.

절제와 실체를 넘는 공의 개념과 마음으로 먼저 욕실로 들어갔다.

순간 지옥의 문은 현실에서 그리 멀지 않은 공간이지 싶었다.

4부
어쩌면 너와 나

타이트한 일정으로 인해 스탭들은 5일 만에 기적적으로 섬을 탈출했다.

기습적인 폭우를 비롯해 각종 악조건 속에서도 젊은 감독은 빛나는 비주얼과 존재감으로 남이섬을 물들였노라며 흥분한 담당 프로듀서가 전해왔다.

섬에서 기사회생한 스탭들을 위해 하루는 다음 촬영 장소인 한강변에 출장 뷔페차를 보냈다. 담당 기획자에게는 저녁쯤에 들른다고 전한 하루는 점심 약속을 위해 본관 복도에 있는 스툴 의자에 앉아 정원을 기다렸다.

요사이 딱따구리의 정체성을 잃은 시호도 그렇고 정원의 낌새가 하 수상했다.

정원이 강의하는 날을 기준으로 앞뒤 날 시호의 기분은 경이로운 상승과 급락은 물론 종종 폭락을 오갔고, 환자의 안부를 전하려 이틀에 한 번은 연락을 하던 정원은 잠수부도 아니면서 잠수를 탔다.

아무래도 두 사람 사이에 사건이나 이변이 생긴 듯했다.

오전에 정원에게 문자를 넣은 하루는 오늘은 무조건 그녀와 점심을 먹을 것이며 느긋하게 티타임까지 가질 것을 강력하게 어필했다.

이제 찬란했던 벚꽃은 다 떨어지고 그 짧은 시간으로 인해 비장미로 천지를 물들였던 꽃의 향연은 끝이 났다.

꽃잎과 분리돼 외로운 벌거숭이가 된 벚꽃나무를 보자 환이 떠올랐다.

외모와 이미지는 상이하지만 무언가를 한 꺼풀 벗었다는 팩트만 보면 둘은 일맥상통하는 부분이 있었다.

"가…… 강하루! 뭐 하는 거야!"

실수를 빙자해 상의를 흠뻑 적신 하루는 고개를 숙이고 엎드린 상태의 환을 찍어 눌렀다. 이어 거부하는 상의를 벗겨 한쪽 팔을 제외한 상체를 씻겼다.

슬림하면서도 재색을 겸비하듯 유지하고 있는 잔 근육의 미세한 전율은 여전했다.

남자의 자존심인 등 근육과 활배근도 보기 좋은 세이프 그대로며 무엇보다 미끈한 근육만큼 매끈한 피부 결도 찰져서는 손에 감기는 그립감에 어화둥둥이 절로 나왔다.

여름이면 늘 환의 등목을 해주었었다.

타인의 손길이나 터치는 그렇게나 질색을 하면서도 그녀의 손길은 늘 애타하며 칭얼거리듯 탐닉하고 욕심냈었다.

자꾸 그립던 그때로 시간 여행을 하게 만드는 아름다운 등 때문에 하루는 몇 번이나 손길이 멈추고 움츠러들길 반복해야만 했다.

욕실이라 해도 조용해야 하는 공간적 제약으로 인해 상의가 강제 탈의된 환은 예상보다 순도 높은 반항은 하지 않았다. 허나 마지막 실수를 빙자한 머리 잡아당기기로 유치함의 극치를 보여줬다. 또한 유치한 방어전이 난무했지만 결과적으로 완벽하진 않아도 환의 청결함에 일조할 수 있어 좋았다.

사실은 행복했다.

원색적인 비난과 모멸감 등. 온갖 험악한 감정들로 씻을 수 없는 상처를 주긴 했지만 환은 하루에게 소중한 사람이었다.

"아무리 영화사 대표라고 해도 그렇지, 이런 무경우. 무매너가 어디 있어?"

어느새 곁으로 다가온 정원은 항의성 발언으로 하루의 의식을 현실로 이끌었다.

"이러면 강의하는 자의 특권으로 공강으로 대처하는 수가 있어."

"한 학기라고 해도 겨우 몇 번이나 된다고 공강이야? 그리고 작가님이 사인하신 계약서를 한번 떠올려 보세요."

하루의 자신만만한 대응에 정원은 머릿속 어딘가에서 잃어버린 계약서의 일부분을 꺼내려는 듯 얼굴을 찡그렸다.

"한 번이라도 강의를 하지 않을 시, 대표인 강하루가 어떻게 하기로 했는지."

"기억 안 나."

"기억해 봐. 어마무시한 벌칙이 기다리고 있는 걸로 아니까, 이 연사는."

하루는 혹시나 해 정원의 껌딱지를 기다리는데 얼마가 지나도 시호는 보이지 않았다.

낭창낭창한 비주얼과 행보를 보이긴 해도 시호는 결코 가볍게 행동하는 이가 아니었는데, 오늘은 강의를 듣지 않은 듯했다.

본능적으로 무슨 일이 있지 싶었다.

이대로 이 장소에서는 솔직히 묻기가 어려워 하루는 정원을 앞세워 걸었다.

하루가 직접 운전을 해 도착한 곳은 파주에서도 조금 외진 곳에 위치한 식당이었다.

주문을 하고 정원과 야외 테이블에 자리를 잡은 하루는 늘 그렇듯 시선을 주위로 돌리는 정원을 불러 시선을 맞췄다.

"이시호, 오늘 강의 안 들어왔어?"

"응."

"왜?"

"그 질문은 내가 아니라 본인한테 해야지."

"지금 그 본인이 여기 없잖아. 그럼 그 사람과 관련이 있는 사람이 대신해 주는 게 맞는 거 아니야?"

하루는 돌려 말하지 않고 직접적으로 물었다. 그러자 늘 골목길을 돌 듯하다 이 순간 뛰어오듯, 튀어 오르듯 바로 질문을 하는 그녀를 정원은 물끄러미 쳐다봤다.

"왜?"

"나, 이시호랑 아무 관련 없는데."

관련이 없기는. 딱 봐도 공범에 사건 연루자 포스가 폴폴 풍겼다.

"관련 없는 거 확실해?"

연이은 도전적인 질문에 정원은 한숨을 내쉬었다. 마치 스스로를 단속하듯 보였다. 늘 그런 것처럼. 또 늘 그래야만 하는 것처럼.

이대로는 그 어떤 말도 그렇고 반응 자체를 기대하기 어렵다 판단돼 하루는 노림수이자 초반 강수를 두었다.

"일전에 이시호가 나한테 충격적인 말을 했어."

정원은 관련 없다는 이치고는 상당히 관련이 있는 듯 동요하는 모습을 보였다.

"그 말을 듣고 내가 뭐라고 했는지 알아?"

"……."

"물론 모르겠지."

늘 무감하고 무채색의 표정을 표방하는 정원의 얼굴에 단색의 어두운 톤이 조금씩 내려앉는 듯했다.

"하고 싶은 대로. 마음 가는 대로 하라고 했어. 고작 스물여섯에 무슨 고민을 그렇게 심도 있게 하냐고."

사실 그날 하루가 시호에게 말한 상당 부분은 그녀 자신에게 하는 말이었다.

현재를 살면서 아직 오지 않은 미래를 걱정하며 사랑하지 않으려는 그녀 자신에게 하는 말. 해주고 싶었던 말. 동시에 정원과 시호에게도 동일하게 해주고 싶었던 말.

"브라더가 부처님처럼 꼼짝도 않는 게 본인의 선택인 것처럼 이시호가 누굴 바라보고 사랑하는 것도 시호 선택이니까, 괜히 타인의 선택에 청기 백기 들면서 훈수 두지 마."

"……."

"설령 그 상대가 브라더라고 해도 권한 없어."

평소 주어나 맥락 없이 흐릿하고 설렁설렁한 그들의 대화하곤 근본적으로 다른 공격적 멘트에 정원은 눈썹을 움직였다. 미세하지만 눈에 띌 정도로.

"왠지 알아? 브라더는 부처님이 아니라 겁쟁이거든. 이렇게 현재를 살고 있는 사람이 미래에 일어날지도 모르는 가능성과 두려움 때문에 현재의 감정을 전부 묵살하고 살잖아."

"……."

"그러니까 스물여섯의 현재를. 오늘을 열심히 살고 있는 시호를 브라더의 이기적인 선택으로 인해 막지 말라고."

"어떻게 그런 무책임한 말을 해?"

물론 사람에 따라서는 무책임하다고 할 수 있었다.

하루가 사랑을 하라고 말하는 것처럼 서로의 다른 생각과 평가는 너무도 당연한 것이니까.

"이시호 직원 상당히 아끼고 좋아하는 걸로 아는데."

치사한 정원 작가님. 딴엔 거리감 유지한다고 이시호 직원이란다.

그때나 지금이나 흔들리는, 동요하는 눈빛을 이렇게 다 보여주는 사람이.

"본인은 모르는데 많이 아껴. 좋아하고."

"그런데 두라고?"

"그냥 둬."

"……."

"사랑 때문에 아프고 깨져도 그게 현재를 살아가는 사람들의 특권이자 살아 있다는 정확하고 분명한 증거야."

하루는 말처럼 분명한 눈빛으로 정원에게 말했다.

"대머리 캐스퍼도 아니면서 유령처럼 사는 브라더는 절대 모르겠지만."

"강하루."

가끔 이렇게 제대로 화가 난 정원의 목소리를 들을 때가 있었다.

이럴 땐 극히 적지만 사실 그녀가 작정하고 들면 전혀 볼 수 없는 광경도 아니었다.

"본인은 그러지 않으면서 나나 이시호한테 그렇게 무책임한 말을 하는 이유가 뭐야?"

"경험이 있는 것과 없는 건, 전혀 다르니까."

하루는 오늘을 그리 많지 않은, 작정한 날로 만들기로 했다.

"나에게 브라더랑 같은 비겁자라고 하지 마. 난 아니야. 난, 사랑 그거 했어. 그리고 지금도 사랑해. 길들여지지 않기 위해 사랑 않고 살면서 여행을 인공호흡기처럼 달고 사는 누구랑은 다르게 난 지금도 뜨겁게. 매일매일 그 사람. 그 사람만을 사랑하고 있어."

"그렇게 사랑하는데 왜 도망쳤어?"

"도망친 거 아니야."

"아니면?"

"둘이 같이하다가 이젠 나 혼자도 잘할 수 있으니까, 그 사람 꼭 내 곁에 두지 않아도 이 감정은 계속될 테니까…… 그 사람에게도 선택할 기회를 준 거야."

"그게 선택이야? 일방적으로 준 상처지."

"선택의 범주는 넓고도 넓어. 그때는 그 같은 과정이 최선의 선택이었고."

"네 말은 억지야. 전혀 말이 안 돼. 그리고 네 말처럼 우린 전혀 다른 사람들이야."

선까지 깍듯하게 긋는 정원이 무슨 말을 할지 기대됐다.

이렇게나 흥분한 정원을 보는 건 흔치 않은 일이기에 걱정과 기대가 동시에 됐다.

"그래서 난, 누군가 다가오면 주저 않고 경고할 거야."

"……."

"저지, 제지, 막기 위한 행동은 전부 다 할 거야. 절대 다가오지 못하게. 중간에 끊어내는 그런 기막힌 쇼 하지 않아도 되게 원천 봉쇄할 거야."

단호하다 못해 맹서 버금가는 톤으로 정원은 스스로를, 이시호를 보호하려 했다.

정원은 참 바보였다.

벌써 시작됐음을. 이미 그의 마음이 누군가를 염려하고, 의식하고 있음을 모르고 있었다. 아니면 모른 척을 하고 있거나.

"난, 나를 비롯해 타인이 상처받는 거 싫어."

이럴 때 보면 여리여리하고 샤방샤방한 이미지는 가면일 뿐, 기실 정원은 무척이나 단호한 이였다. 이렇게나 조금의 틈조차 허용하지 않는다는 모진 남자한테 대체 누가 이 시대 여행 유전자를 타고난 음유시인이란 거창한 타이틀을 허한 건지.

"오빠는……."

"……!"

"겁쟁이야. 그리고 날 비겁하다고 할 순 있어도 오빠처럼 겁쟁이 취급은 하지 마. 왠지 알아? 시도조차 않는 이와 노력하다 상대를 위해 모질게 끊어내는 건 근본적으로 다른 장르야."

그랬다. 정원 작가님과 강하루는 다른 선택을 했다.

비록 현재의 결과는 같은 모습처럼 보일지라도 차이는 분명 있었다.

"누군가 그랬잖아. 이 세상은 시도하거나 하지 않거나 그 둘로 정의할 수 있다고. 그 말에 중도하차를 폄하하는 이는 아무도 없었어."

장장 18년. 물과 기름처럼 서로의 주위를 겉돌고 맴돌다 서로의 존재를 인정하고도 내내 부르지 않고 피하던, 어렵고 어려운 이름.

부지불식간이라고 해도 진심을 담아 처음으로 오빠란 호칭으로 불렀는데 이어서 나온 말이 겁쟁이라니…….

참으로 짠한 남매가 아닐 수 없었다. 그렇다 해도 후회하지는 않았다.

하루는 여전히 정원의 원천 차단 이론은 동의할 수 없었다.

물론 두 사람의 이론과 방식은 다를 수 있고, 다른 게 당연하지만 정원은 사랑을 전혀 하지 않는 삶을 정한 이처럼 이제껏 스스로를 가두고 살고 있었다.

그 같은 선택은 옳지 않았다.

사랑은 하지 않는 것보다는 하는 게 행복하다.

물론 하루처럼 중간에 이탈할 수도 있다.

끝까지 하지 않을 수도 있고.

뷔페를 한강으로 보낸 강하루는 하루가 다 가도록 아직 모습을 보이지 않고 있었다.

입이 쩍 벌어지는 뷔페를 보냈으니 알아서 먹으라는 소리인지, 가끔 보내는 문자도 오늘은 울리지 않았다.

환은 인기와 인지도에 비해 대체적으로 무난한 성격을 가진 두 배우의 액션 신을 찍고, 약간의 사고로 지연된 틈을 타 시나리오를 분석 중이었다.

한강에 떨어지는 주인공을 대신해 몸을 날린 스턴트맨이 몸싸움 도중 떨어지는 신이었는데 떨어지는 순간 다리가 난간에 부딪히고 떨어졌다. 그러면서도 끝까지 카메라를 의식해 다시 찍어야 하는 불상사는 피할 수 있었다.

기실 불상사를 당한 건, 스턴트맨뿐만이 아니었다.

남이섬의 악몽으로 인해 환은 오늘까지 편한 밤, 잠다운 잠을 자지 못하고 있었다.

누적된 피곤으로 인해 잠깐씩 기절 잠을 자고, 쪽잠을 잘 때도 꿈속에서의 환은 남이섬 어느 방 안 좁은 욕실에서 강하루를 안아 삼켰다.

옷조차 벗지 못하고 서로에게 미친 듯 몰입해 빠져드는 섹스는 강렬하고 짜릿했으며, 후희나 여운을 느낄 새도 없이 지친 하루를 범하고 탐했다.

그토록 본능과 욕망에 충실하니 맹목적인 그를 꿈속의 하루는 한 번도 거부하거나 밀어내지 않았다.

차가운 타일에 기대어 파고드는 거친 손길도. 샤워부스 좁은 공간에서의 야릇한 체위도 강하루는 전부 받아주며 목이 마른 그를 제어 불능으로 만들었었다.

지금도 눈을 감으면 꿈속의 하루가 귓가에 밀어를 속삭였다.

"……환아, 더…… 많이 안아줘."

"휴우……."

북소리 같은 빗소리에 미칠 것 같던 그날, 강하루가 겁도 없이 상의를 벗긴 게 문제였다.

엎드린 채 그의 등과 등뼈를 고루 만져 면밀히 도포하듯 미끄러지는 섬세한 손길에 하반신은 지옥 그 자체였다.

근 3년, 여자와는 그 어떤 접촉도 없었다.

그 같은 지조가 강하루가 그들의, 그들만의 침대에서 낯선 이와 있던 그 모습을 보고 받은 충격 때문인지 모르나 결벽증에 배가되며 덧칠해진, 강하루를 비롯한 불특정 다수에 대한 분노는 그를 더욱더 고독하고 고립되게 만들었다.

단 한 시간이라도 그날 남이섬의 악몽을 도려낸 잠을 자고 싶었다.

환의 마음 깊은 속, 분노와 증오. 상처와 환부는 너무도 극명하게 자리하고 있는데, 강하루를 대면할 때면 그 선명한 자국들은 제 아픔의 깊이와 순도를 적극적으로 토로하지 않았다.

그로 인해 강하루가 얼마나 사악하고 최악인지 잊게 되었다.

절대 잊어서도 안 되고 잊어지지 않는데도 하루가 눈앞에서 그의 이름을 부르며 그를 챙기는 모습을 볼 때면 아픈 과거는 힘을 내지 못했다.

죽기 살기로. 전력투구로 미워해야 하는데도…….

"감독님, 대표님 오셨는데요."

조연출인 윤호는 어서 밴으로 가라는 눈짓을 했지만 환은 꼼짝하지 않았다.

더 이상은 꿈속에서 꿈을 꾸는 채로 지낼 수는 없었다.

꿈은 현실이 아니기에. 절대 현실일 수 없기에 그만 꿈에서 깨고 싶었다.

"배우들이랑 다 같이 보게 이쪽으로 모셔. 아님 함께 저녁을 해도 좋고. 뷔페 시작한 지 얼마 되지도 않았잖아."

환의 제안에 윤호는 순간적으로 멈칫했지만 알겠다며 뒤돌아갔다.

잠시 후 창의 대표 강하루와 주연 배우들, 감독이 함께하는 저녁 식사가 이뤄졌다.

충무로 배우 파워지수 5위 안에 든다는 두 남자 배우들은 이제
껏 보인 과묵한 모습은 어디에다 두고 온 건지, 식사 내내 자신들
의 화려한 필모그래피를 내세우며 천만 관객 배우라는 자랑질을
반복적으로 했다.

대학 때 같으면 척하는 인물들과는 성격상 안 맞는다며 피했던
강하루는 마치 두 배우들을 위해 상비된 비타민처럼 환하게 웃으
며 적당한 응수를 해주었다.

과거 환이 알고 있는 다혈질이자 웃음 전도사 강하루의 모습.
현재 꾸준히 히트작을 내는 전투적인 영화사 창의 대표 강하루.
이 순간 현장 사람들 전부를 아우르고 함께 가려 하는 제작자로서
의 강하루.

전부가 강하루인데 그중 어느 모습이 그녀 내면에 가장 근접하
고 솔직한 모습인지 알 수가 없었다. 사실 환의 입장에서는 전혀
알 필요도 없는 일이지만.

다음 신을 위해 분장을 하고 대기하는 배우들을 격려하며 모든
스탭들까지 신경 쓴 강하루는 잠시 보자는 말을 했다. 환은 현장
가까운 공터로 하루와 함께 걸었다.

"팔은 어때? 병원 가봤어?"

"아직."

"한번쯤 가서 확인하고, 다시 깁스를 하든 어떤 조치를 해야 하
는 거 아니야?"

"병원 갈 정도의 시간이 있으면 자는 게 먼저야."

병원보단 진심으로 자고 싶었다.

꿈꾸지 않고 야한 강하루 귀신이 등장하지 않는 평화로운 잠을.

"참 바버숍 예약했는데……."

"잠잘 시간도 없는데 무슨 바버숍?"

"남궁환, 잠은 못 자도 씻어야 사는 남자잖아. 나도 모레까지는 시간이 없어. 영화 스케줄 참고해서 시간 맞춰보려고 했는데 소규모 영화제 참석도 해야 하고, 여성영화제 심사도 해야 돼서 짬이 안 나."

"안 나면 그만이지. 바버숍은 취소해. 거기까지 갈 시간도 맘도 없어."

사실이었다. 이렇게 촬영장 근처를 잠시 걷는 정도는 몰라도 몇 시간을 통으로 비워 개인에게 투자할 여유는 없었다.

"그래, 그럼. 근데 그 손가락도 어깨처럼 아직인 거야?"

강하루는 꽤나 걱정이 되는 듯 말했다.

보폭을 맞춰 걷는 두 사람은 빠르지도 느리지도 않은 걸음으로 공터에 도착했다. 공터라고 해봤자 머리 위로 가림막이 있을 뿐 거창한 무언가가 구비된 건 아니었다.

두 사람은 한참 다음 신을 준비 중인 현장을 서로 각자 쳐다보았다.

모두가 제자리에서 맡은 일을 부지런히 준비하고 기다리고 있었다. 멀리서 보는 그 모습은 치열하기보다 평화로우며 조명으로 인해 아름다워 보이기도 했다.

현재 강하루가 근사한 제작자이고 남궁환이 성공한 감독의 모습인 것처럼 치열함이 제거된 현장은 어느 사진 속, 거리쯤으로 보였다.

"이번 영화 잘될 것 같지 않아? 난 왠지 느낌이 좋아. 이번처럼 현장 분위기 좋은 영화 없었거든. 늘 수시로 보고 참관하는데도 이 정도의 팀워크 보기 어려워."

"……."

"감독이 복이 많은 건가? 아님 우리 영화사 운 탓인가?"

하루는 말은 재치 있게, 기분 좋은 말들을 골라 하면서도 표정 은 그다지 밝지 않았다.

이곳에 오기 전 무슨 일이라도 있었는지 표정과 말투는 정반대 였다.

"예전에 당신과 나 늘 이런 관계를 꿈꿨었는데…… 난 당신 영 화 제작하고, 당신은 자신이 쓴 시나리오로 영화 찍는 그런 이상 적이고 서로가 윈윈 하는 관계."

하루는 마치 그들이 꿈꾸고 이야기했던 그때로 돌아간 듯, 그 시절에 보았던 표정을 했다.

아무것도 없으면서 전부 다 가진 이처럼 웃고 웃었던 친구이자 연인이며 부부였던 두 사람.

"그 시절 희망하던 대로 그 위치에 서 있네."

"그래서 행복해?"

환도 모르게 갑자기 튀어나온 질문이었다. 결코 가슴 안에 그 같은 말을 준비하거나 내내 달고 산 것도 아는데 그렇게 불쑥 질 문은 말이 돼 나와 버렸다.

강하루는 아직 그때의 어디쯤에 있는 건지 약간은 몽롱하니 아련했다.

"행복하지, 그럼."

"……."

"그렇게 바라고 꿈꾸던 일들을 이렇게 눈으로 직접 보고 있는데."

"다행이네."

다행이네라고 말하는 환의 목소리는 조금 차갑고 약간은 비아냥이 섞여 있었다.

동일한 곳을 향했던 하루의 시선이 환의 얼굴에 꽂혔다.

"하나를 버리면 하나쯤은 손에 쥐어지는 게 있으니 손해나는 장사는 아닌 거잖아. 강하루가 남궁환 대신 잡은 그 황금 수저."

언젠가 말하리라, 벼르고 작정한 것도 아닌데 말은 쏟아지듯 흘러나왔다.

"……그래, 그러네."

환은 끝까지 하루를 쳐다보지 않았다. 이 또한 마음먹은 건 아닌데 보고 싶지 않았다.

목표 달성을 한 강하루가 지금 어떤 표정으로 그를 보고 있는지. 얼마만큼 만족하는지. 혹여라도 아주 조금의 후회도 없는 건지.

그 모든 것들을 두 눈으로 확인하고 싶지 않았다.

만약 본다면, 보고 무언가를 확신하고 실망한다면, 그의 꿈에 찾아와 환과 뜨겁게 사랑하는 강하루를 이젠 다시 볼 수 없을 것 같았다.

그와 거칠게, 아찔하게 사랑을 나누는 강하루는 오래전 그들이 함께했던 수면파 잠보 강하루이기에 그 같은 환상을 깨는, 깰 수도 있는 지금의 강하루는 보고 싶지 않았다.

　사실은 이 모든 생각과 말, 변명과 상상, 반복되는 꿈속의 섹스가 전부 다 우습고 미친 짓이란 걸 알면서도 아직까지는 그 꿈에서. 미친 환상에서 깨고 싶지 않았다.

　꿈은 여전히 계속돼야 했다.

　오직 환의 꿈속에서.

　점점 유쾌한 딱따구리로서의 정체성을 잃고 있는 시호를 이끌고 도착한 시사회장은 늘 그렇듯 쓸데없는 조명 세례로 어수선했다.

　이 시사회를 마치고 바로 옆 영화관에서 상영하는 유럽 영화까지 함께 보기 위해 하루는 여전히 얼빠진 채인 시호를 앞세워 자리를 잡았다.

　몇몇 안면이 있는 영화인들. 기가 막힌 단어와 한 줄 논평으로 영화를 혹평하기도 하고 촌평하기도 하는 영화 잡지사 기자들과 전략적 인사를 나누고 자리에 앉은 하루는 육체와 영혼이 분리된 시호를 쳐다보며 한숨을 쉬었다.

　스물여섯이란 나이에 걸맞게 예쁘고 무겁지 않은 연애를 경험해도 좋을 시호는 마치 사선에 선 듯 위태로워 보였다. 만약 시호에게서 엄마를 보고 느끼지 않았다면, 이시호가 눈이 짓무르도록 희망하며 바라보는 대상이 정원이 아니었다면, 하루는 결코 이 시대를 사는 스물여섯 청춘의 연애에 관심을 두지 않았을 거다. 그렇지만 이시호가 해바라기를 시작한 이는 다른 이도 아니고 심쿵 유발자 정원이었다.

오랜 시간 하루의 곁을 맴돌기만 해 되려 어린 하루가 어른인 정원과의 주파수를 간절하게 기다리던 그때가 생각났다.

정원의 존재를 처음 알게 된 건, 중학교 때였다.

365일 중 364일을 호호 하하 아줌마로 사는 엄마가 유일하게 어설픈 철학자가 되는 날.

바로 하루의 생일이었다. 엄마는 딸내미의 생일이면 우울하다 센치하다 시무룩하다를 반복했다. 그러다 중학교 3학년 생일부터 는 일관되게 트랄랄라 해피모드였다.

그때 멀리서 엄마가 누군가와 인사를 하며 헤어지는 걸 봤다.

무지 작은 얼굴에 비해 아주 키가 컸고 엄청 잘생기다 못해 후 광이 번쩍번쩍 나던 오빠인지 아저씨인지 하는 남자와 어색하고 도 어설픈 인사를 나누는 모습을.

그 같은 기이한 한 컷은 그렇게 매년 빠지지 않고 이어졌지만 하루와 마주치는 신은 없었다. 그러다 만났다. 그 200미터 미남을 신입생이 된 하루의 대학교에서.

긴가민가하면서도 한편으론 확신이 있었다. 눈썰미는 타고난 강하루였다.

먼저 다가가 확인한 것도. 물어본 것도. 인사한 것도 하루였다.

통성명 이후에도 200미터 미남이 먼저 다가와 인사를 하거나 묻는 경우는 결코 없었다. 소심하고 쪼잔한 성격은 그때나 지금이 나 동일했다.

배다른 오빠란 것도. 언제부턴가 하루를 지켜보고 엄마를 도와주며 그러면서도 결코 다가오지 못하던 우울미의 절정이자 모든 계절의 아름다움을 투영하던 투명한 눈동자의 정원.

배다른 동생을 보는 정원의 깊은 속내나 적나라한 이면은 알 수 없지만, 정원이 절대 일반적이고 평범한 부류는 아니라는 것. 굉장히 섬세하다는 것. 타인과의 교류가 남궁환만큼 좁고 깊다는 것. 이복동생과의 대화를 생각보다 많이 즐거워한다는 그 정도의 정보는 캐치할 수 있었다.

그 상태로 간간히, 그러면서도 절대 놓지 않던 그들의 관계는 엄마의 사고와 하루가 영화사에 취직한 스물여섯 되던 해, 조금 더 가까워졌고 유대감은 깊어졌다.

그 모든 중심에는 어느 유명 영화인의 지병과 그 사람이 강하루를 위해 만든 창 영화사가 중심에 있었다.

정원은 하루가 제 몫을 하는 사회인이자 제작자로 클 밑바탕을 다지기까지 맞지 않는 옷인 영화사 창을 전면이 아닌 뒤에서 묵묵히 이끌고 있었다.

오직 이복동생 하루의 손에 온전히 쥐어주기 위해서…….

"아아, 오늘 이 자리를 빛내주신 귀빈……."

장내 웅웅거리는 소리와 함께 사회자의 멘트가 시작되고 금세 시사회가 시작됐다.

이시호는 눈이 뱅뱅 돌아가게 잘생긴 제 또래 배우들이 나와 무대 인사를 하는데도 일말의 관심이 없어 보였다.

어찌 그리 뽕 가는 지점이나 선호하는 스타일까지 돌아가신 강

유라 여사와 동일한지.

그리 기대감이 없는 영화가 그렇게 시작됐다.

불이 꺼지고 이시호는 본격적으로 제 깊은 우울에 빠져드는 듯했고, 하루의 추억 놀이도 그렇게 시작됐다.

초등학교 때, 아니, 그보다 더 어릴 때 누군가의 손을 잡고 영화관에 간 기억이 있었다.

지금도 얼굴은 정확하게 기억나지 않지만 그 어른의 손이 무척이나 따뜻했고, 작은 하루의 손을 절대 놓지 않았다는 건 기억한다.

또 하나. 그 어른 남자가 보여준 엄청나게 컸던 사진 잡지를 지금도 기억한다.

남자. 여자의 이상하고 특이한 사진들이 엄청나게 많이 있고 그 사람들은 전부 윤곽이 크고 약간은 아름다웠던 그런 사진들.

나중에 집에 남아 있는 잡지들을 보면서 알았다.

그 책이 어떤 잡지며 어느 나라에서 발간된 귀중한 잡지였는지.

영어로 라이프라고 크게 박힌 잡지는 1936년에 처음 발간된 미국의 시사 사진 잡지였다.

어른 남자가 하루에게 보여주며 설명한 라이프지는 특집호로 발간된 호인데, 미국 영화계를 총망라하며 일련의 사건들과 배우들의 스틸 컷. 홍보 사진 등이 담긴, 지금은 구하기도 무척 어려운 귀하고 귀한 잡지였다.

어쩌면 그렇게 영화라는 유전자가 하루 안에 스며들었는지 모른다.

한글도 잘 모르던 그때, 하루는 그 잡지로 우울한 청춘의 빛 제

임스 딘과 안면을 트고, 순수한 영혼 마릴린 먼로와 사랑에 빠졌으며, 뒷집 쌀집 아저씨를 닮은 말론 브란도와 인간이길 포기한 개미허리 비비안 리까지 전부 다 알게 되었다.

그중 하루가 가장 좋아하고 사랑한 이는 마릴린 먼로였다.

대중이 아는 그녀와 하루가 사랑한 그녀는 전혀 달랐다.

섹스 심볼인 그녀는 누구보다 지적이며 다독을 하는 굉장한 독서광이었다.

어느 철학자와 예술가 못지않게 많은 명언도 남겼다.

앞선 세대로서의 충고도 현실적이며 총명하고 유머러스했다. 결론적으로 너무도 매력적이고 사랑스런 여자였다.

그 모든 이유로 하루는 영화가 좋았다.

라이프 잡지에서 본 그런 영화를. 그보다 훨씬 재밌고 기막힌 영화를 만들고 싶었다.

그 사람이 강하루를 위해 세우고 하루에게 맡긴 영화사 창에서 삶을 돌아보며 생각을 할 수 있는 그런 인생의 영화를 만들어내고 싶었다.

장내 불이 켜지고 시사회는 끝이 났다.

특별 시사회를 통해 느낀 건, 이 로맨스 코미디 영화가 손익분기점을 넘기기는 꽤 어렵겠다는 사실이었다. 더불어 금세 IPTV 서비스를 통해 안방에 착륙하겠구나 하는 슬픈 현실이었다.

이시호는 불이 켜졌는지도 모르는지 꺼진 화면만 죽어라 응시하고 있었다.

저 사각의 프레임 어디에, 엔딩 크레딧 한 켠에 정원 작가님이

들어앉아 있나 싶었다.

"안녕하세요, 대표님."

주섬주섬 자리에서 일어나는데 일면식이 있는 영화 전문 기자가 아는 척을 했다. 그러면서 시선이 시호에게 향하고 있었다.

"네, 안녕하세요, 박 기자님. 오랜만이네요. 영화는 잘 보셨어요?"

"뭐 볼 게 있어야 보죠."

야박한 인간. 그래도 그렇지, 바로 평가질이었다.

"그보다 이번에 창에서 대박 터지는 영화 준비 중이라고 충무로 바닥이 전부 창 창 하던데, 나중에 따로 불러주실 거죠?"

자고로 제작자가 친해야 하는 인맥 중 영화전문 기자는 필수조건이었다. 더구나 박 기자처럼 영화에 대한 전반적인 지식과 이론. 애정이 있는 영화광들은 어느 잡지 지면보다 효과적인 광고 시스템이었다. 동시에 적으로 돌리면 피곤한 부류이기도 하고.

"그럼요. 제가 공손히 두 손 모아 전화드려야죠."

말은 그렇게 하면서도 결코 공손하거나 지고 들어가지 않는 하루를 아는지라 박 기자는 기분 좋게, 재밌다는 듯 웃었다.

"기다리고 있겠습니다. 그런데 같이 오신 분은……."

"이쪽은 우리 영화사 창에서 능력자로 인정받고 있는 이시호 기획자. 이시호 씨, 여기는 박희원 기자님. 인사드려. 앞으로 자주 뵙게 될 거야."

하루의 정리로 인사가 오갔고, 박 기자의 눈은 이시호에게서 떠날 줄을 몰랐다.

박 기자 뒤로 따라붙은 여러 기자들과 안면 있는 영화사 기획자들. 창의 영화로 데뷔하고 출연한 배우들까지 인사를 나누고 하루는 영혼 이탈자 이시호를 챙겨 시사회장을 탈출했다.

영화를 제작하는 건 무척이나 즐겁지만 그 외의 과정과 절차. 필연적으로 따라오는 인간 관계는 실로 피곤하며 흥미롭지 못했다.

"이시호, 화장실 안 가? 영화 끝나면 반드시 거치는 통과의례인데."

"다녀오세요. 전 여기서 기다릴게요."

"영화 안 봤구나. 화장실 안 가는 거 보니까. 알아서 해."

"뭘 알아서 하는데요?"

"내일까지 오늘 본 영화 리뷰 내 책상 위에 올려놔. 이 영화가 흥행할지 안 할지도 점쳐서."

"제가 점쟁이도 아니고 그걸 어떻게 알아요?"

생각지도 못한 미션에 당황한 시호가 득달같이 물었다.

"점쟁이가 아니고 기획자니까 당연히 알아야지. 알아야 우리 창은 이런 약도 없고 해독제도 없는 스타일의 영화를 기획하지 않을 거 아니야. 또 직접 분석을 해봐야 이시호가 로맨스 코미디 어쩌고 하면서 들이대지 않을 테고."

"대표님."

"왜?"

"이제 막 돋아나려는 새싹을 너무 기죽이시는 거 아니에요?"

시호는 눈을 삐쭉. 입을 뿌우 하고 내밀었다. 이제야 이시호 같았다.

여직까지는 다른 영화사 직원, 아시호 같고 가시호 같더니만.

"일을 해야 일 이외에 다른 곳에 정신을 팔지 않을 거 아니야?"

"……."

"정신 차려, 이시호."

"네."

"내가 화장실 갔다 올 때까지만 넋 놓고 있어."

하루는 아무런 답을 하지 못하는 시호를 두고 화장실 쪽으로 걸었다.

사랑은 사랑하는 일밖에는 다른 길이란 게 없기에, 저렇게 넋이 나간 이시호를 이해했다. 이해는 하지만 그렇다고 마냥 넋 놓고 있는 걸 지켜볼 수는 없었다.

이시호가 원하는 남자는 다른 이도 아니고 남궁환과 우열을 가릴 정도로 예민하신 정원 작가님이시니 저리 넋 놓고 있다가는 놓치고 만다.

시호가 정원을 진심으로 원한다면 아프고 힘들더라도 바짝 정신을 차려야 한다.

겁이 상당히 많으신 정원 작가님은 절대 넋 놓은 상태에서 잡히는 만만한 남자가 아니기에 지금은 무엇보다 시호의 정신 무장이 큰 장점이자 열쇠였다.

누군가를 사랑하고,

누군가에게 사랑을 받으려면,

사랑할 준비를. 채비를 해야 한다. 그것도 단단히.

화장실 다녀올 때까지만 넋을 놓고 있다 다시금 정신 무장하길 바랐던 이시호는 지금 이 술자리에서 딱 정신을 놓기 직전이었다.

막창 집에 들어와 한 시간이 지나니 시호는 막무가내 막가파 주정꾼이 되었다.

술을 너무 급히 마신 탓이었다.

서로 같은 마음인 것 같으면서도 전혀 다른 척을 하고 있는 정원 작가님 때문에 힘들어하는 시호를 보다 못해 정원 작가님을 부른 하루는 스스로의 행동을 후회했다.

어떤 이유에선지 모르겠지만 두 사람은 적대적 관계, 또는 뱀과 오소리처럼 천적 관계인 듯 주구장창 서로를 노려봤다.

하루는 정원이 누군가를 저 정도로 노려볼 수도 있다는 걸 오늘 처음 알았다.

속세를 떠난 불자처럼 내내 청명한 풍경 소리 나던 정원의 눈빛이 오늘은 야간학습 땡땡이 치고 도망간 제자를 잡으려 벼르는 선생님 같았다.

정원의 두 눈 가득 걱정과 근심이 창궐했다.

"이제 강의는……."

"네, 그 강의 이제 안 듣습니다. 안 들을 겁니다."

참으로 학구열이 넘치는 두 사람이었다. 이런 술자리에서 고작 강의 타령이라니.

"제가 들어서 뭐 하겠습니까? 시랑 산문에 대해 그 어떤 생각이나 고민, 정서가 없는데. 그날 작가님이 그러셨잖아요?"

도대체 뭐라고 했길래 이시호가 이리 쿠데타를 일으키나 싶었다. 그렇게나 안절부절. 노심초사하며 애타게 강의를 바라던 시호였기에 궁금증은 더했다.

"이시호 씨는 진심으로 이 수업을 들을 생각이 있는 겁니까! 진심이 없는 사람은 이 강의 청강할 자격 없습니다! 라고요."

진심은 무슨. 유명한 아파트 광고 시안도 아니고 시랑 산문 강의 듣는데 무슨 진심이 그리도 필요하다고…….

"네! 전, 저는 진심도 생각도 없네요. 더불어 재능도 엄서요!"

"크큭큭!"

엄서요, 에 웃음이 터져 버렸다. 그런 하루를 정원이 무시무시하게 노려봤다.

그 같은 기백에 놀란 하루는 웃음보를 붙들어 매고 입술을 깨물어 입을 봉했다.

역시나 이시호는 마냥 하하 호호는 아니었다. 하루의 심미안대로.

"그러니 작가님은 그리도 이뻐하시는 누구던가요? 그 학생, 이름이 전지현이라고 했었나요? 지가 영화배우도 아니고 그 화장 처발처발 한 얼굴로 전지현은 무슨. 생머리로 머리만 길면 전지현인가! 그리고 진짜 전지현은 지금 단발 정도거든요! 하튼, 그 영화전공잔지 뭐시기랑 알콩달콩 수업 잘하시라구요! 저 같은 메마른 감성에 시감 제로인 인간형은 신경 쓰지 마시고요!"

이제야 다 파악됐다.

점잖으신 우리 정원 작가님, 딴엔 이시호한테 선 긋는 방어벽 차원에서 엄한 여학생한테 약간의 관심과 친절을 베푸신 모양이다. 이시호보고 열받아 나가떨어지라고.

참으로 조악하고 유치찬란한 방어였다.

"시요? 산문이요? 그런 것들이 뭐가 대단한데요? 전 매일 밤 눈물로 시를 쓴다고요! 작가님 때문에. 그런 저보고 시를 모르고 산문을 모른다고요! 그럼 그 짝퉁 전지현은 알던가요? 진심이 없는 시는 이미 시가 아니라고요! 전 마음으로 써요! 이 상처 난무한 너덜너덜한 마음으로요!"

옳거니, 우리 시호 잘한다.

이김에 정원 작가님 코를 아주 납작하게 내리눌렀으면 했다.

별다른 말도 하지 않았는데 속이 다 시원했다.

"그간 보기 싫은 절, 인내하고 강의하시느라 고생 많이 하셨네요. 전 이만 교양수업은 작파하고, 시 없는 생활 전선에서 영화 장사나 해야겠습니다. 여기 계신 우리 대표님!"

이시호는 하루를 보며 빙그레 웃어 보였다.

그 모습이 왠지 히치콕 감독 영화에 나오는 사이코 버전 웃음 같아 보였다.

"제 롤 모델이 여기 계시네요. 시 하나 몰라도 성공해서 지금 이 자리에 계신 우리 창 영화사 대표님! 존경합니다! 강하루 대표님, 행간은 물론이고 시감도 없고 시도 모르는 무식한 저를 뽑아주시고 이처럼 이뻐해 주셔서 대단히 감사합니다."

시호는 하루에게 꾸벅 인사를 하면서도 정원 작가님에게는 말할 틈을 허락하지 않았다.

"고등학교 때 모교 방문하셨을 때부터 전 선배님 팬이었어요. 딱 저 선배님만큼만 빛나자! 아름답자! 그때 다짐했다니까요. 그래서 저 마케팅 공부하고 영화 교양수업으로 들었잖아요. 전 사실

영화보다 수작업 질감이 살아 있는 애니메이션이 더 좋은데
도……."

"……!"

순간 하루는 정원 작가님에게서 눈을 떼지 못했다.

그 자리엔 여직 하루가 알던 정원이 아닌 다른 정원이 있었다.

사랑 가득한 눈빛으로 굽어보고 살펴보는, 시호 모르게 솜사탕
처럼 달콤한 시호를 스토킹하는 정원 작가님이 거기 계셨다.

상처를 피하기 위해 선을 긋는다며 자기 자신을 검열하고 경계
하던 정원은 지금 이곳에 없었다. 오직 사랑을 훔쳐보고 바라보는
바보 천치 같은 한 남자만 있을 뿐.

"저지, 제지, 막기 위한 행동은 그게 뭐든 다 할 거야. 절대 다가오지
못하게. 누구처럼 중간에 끊어내는 그런 기막힌 쇼 하지 않아도 되게
원천 봉쇄할 거야."

사랑 이후, 그 이외 것들과 필연적인 두려움으로 인해 그처럼
말하던 정원이 지금도 눈에 선했다.

그랬던 정원이 지금은 무장해제는 물론 경계 해제가 돼 감정에
충실하고 있었다.

그랬다. 사랑이 말처럼. 계산처럼 되는 게 아니었다.

내일 죽는다 해도 오늘 확인하고 싶은 게 사랑하는 이의 마음이
거늘.

문득 그런 생각이 들었다.

한순간이라도 환이 그녀를 지금의 정원 같은 시선으로 봐준 적이 있을까 하고.

물론 없겠지만, 그런 걸 바랄 수도 없는 입장이며 처지지만, 그러다 해도 한번쯤은 저리 따듯하니 애정 가득한 눈빛과 눈길을 받고 싶었다.

이제는 불가능하다는 걸 머리로는 충분히 이해하면서도 마음은, 심장은 환에게 저런 봄날의 연한 기운 같은 따뜻하고 보들보들한 눈길을 받고 싶었다.

하루가 모르는 그 어느 순간이라도.

딱 한 번만이라도.

오래전 그때처럼.

촬영은 대학교에서 진행됐다. 그것도 하루와 환이 다녔던 모교에서.

애초 헌팅맨이 섭외한 장소는 그들의 모교가 아니었는데 사전에 허가를 해준 대학교에서 뒤늦게 철회를 해 전혀 다른 장소를 물색하게 만들었다.

급조한 곳은 두 사람의 지분이 통하는 모교였다.

학교는 유명 영화사의 제작자 선배이자 상업영화와 장편영화로 입봉하는 감독, 당신들의 후배들에게 지대한 영향을 주고 끼치는 두 사람의 청을 거절하긴 커녕 적극 지지했다. 또한 허가한 날도 애초 헌팅한 대학의 날짜보다 무척이나 여유로웠다.

하루는 새로 잡힌 촬영 일정을 살펴보며 환에게 갈 날을 계산했다.

며칠 전 한강에서 본 환은 왠지 모르게 남이섬에서 봤을 때와는 달랐다.

평소보다 까칠하고 조금 더 하루를 경계하며 그들의 거리를 확인하려는 듯했다. 사실 그 같은 행동이 이상하거나 잘못된 건 아닌데도 이상하게 쓰리고 아팠다.

계약서에 사인을 하고 같이 일을 하기로 한 이상, 두 사람은 알게 모르게 과거의 사건으로 인해 작금의 상황에 누를 끼치지 않으려고 엄청나게 애를 쓰는 상황이었다. 그렇다 해도 그게 생각과 의지만큼 쉽지 않다는 건 알지만, 며칠 전에는 그들의 현실과 간극을 극명하게 알려주는 것 같아 시선을 마주하기가 어려웠다.

절대 이전처럼은 될 수 없지만 이번 영화를 완성할 때까지 조금의 선처를 바라고 환의 인내심을 바라는 심정이었다.

남이섬에서는 아주 조금. 딱 한 뼘 정도 가까워진 것 같아 행복했었다. 그런데 모든 건 그녀의 착각이었던 모양이다.

한강에서의 대화가 환에게 가는 하루의 발걸음을 무겁게 했다.

"하나를 버리면 하나쯤은 손에 쥐어지는 게 있으니 손해나는 장사는 아닌 거잖아. 강하루가 남궁환 대신 잡은 그 황금 수저."

어쩌면 그 같은 말보다 환의 목소리 톤이. 절제하는 듯한 분노의 기운이 발걸음을 더욱더 붙잡는지 모르겠다. 그렇다 해도 이번 영화가 완성될 때까지만이라도 환 가까이서 불편한 그를 돌봐주고 싶었다.

일정상 내일 가는 게 더 좋을 듯했지만 지금처럼 어수선할 때, 현장의 동선이 아직 익숙하지 않을 때 가는 것이 환을 훔쳐보기 수월할 것 같아 오늘로 날을 잡았다.

솔직히는 그냥, 아무 타이틀이나 빌미 없이 환이 보고 싶었다. 그러면서도 이처럼 겁을 먹고 있는 상황에서 미룬다면 이후엔 발길이 떨어지지 않을 것 같았다.

엄청난 반전이, 엉큼한 정원 작가님을 주연으로 한 사건이 있었지만, 시사회장에서의 시호처럼 그렇게 넋을 놓고 느슨한 하루에겐 그 어떤 기회도 오지 않을 거란 걸 알았다.

강하루는 이시호랑은 전혀 다른 케이스였다.

마음은 전혀 그렇지 않으면서도 시호를 멀리하는 정원은 오직 자신의 불안한 상황으로 인한 밀착 방어일 뿐 환과는 근본적으로 달랐다.

환은 강하루를 경멸하고 증오할 이유가 너무도 분명했다. 그러니 미룰 수 없었다.

한번 미루면 자꾸만 미루며 마지막까지 핑계를 대고 싶을 테니까…….

그럼 그만큼 환을 볼 수 있는 날이. 그의 이름을 부를 날이 줄어들 뿐이다.

사랑할 수 없다는 것만큼이나 무섭고 두려운 건, 다시는 환의 이름을 부를 수 없다는 것이었다.

　이곳에서 영화를 촬영을 하게 될 줄은 몰랐다.

　다른 곳도 아니고 미세한 분말의 꽃가루가 날리듯 그의 마음을 제멋대로 부유하던 강하루를 만나고 그런 하루를 남궁환 인생에 겁도 없이 포함한 이곳에서.

　환은 눈에 익은 그만큼, 동량의 추억을 간직한 고즈넉한 건물 외관을 바라보며 긴 한숨을 내쉬었다. 건물 외벽을 둘러싼 초록의 싱싱한 넝쿨은 간격이 너무 촘촘해 답답해 보였다. 꼭 지금 환의 마음처럼.

　무엇보다 오늘 당장 촬영을 하는 건 어렵다고 판단됐다.

　빈 강의실과 연계해 창과 풍광으로 자연스럽게 이어지는 미장 센을 계산해야 하기에 단순한 문제가 아니었다.

　스크립터와 조연출을 짝지어 헌팅맨이 말한 장소보다 조금 더 적합한 곳을 찾아보라 지시하고, 다른 조연출에게는 조명감독과 함께 주변을 세팅하고 대기하라고 일렀다.

　환 자신도 무언가를 찾아 길을 따라 걸었다.

　하루와는 이렇게 따뜻한 볕 아래 걷는 일이 많았다.

　그들의 감성이 통한 최적의 장소를 찾아내면 그곳에서 오랜 시간 이야기하며 서로가 좋아하고 결국엔 만들고 싶어하는 영화 장르에 대해, 배역을 주고 싶은 배우를 경쟁적으로 캐스팅하기도 했다.

　그 시절, 가상이라는 틀 안에서도 학생들인지라 스케일 자체가 워낙 작아 십만 원 대부터 시작해 백만 원 대나 천만 원 대에도 최고 레벨의 배우들을 별 무리 없이 계약했다.

그때 강하루는 가상이란 전제라 해도 너무 어처구니가 없었다.

세상에도 없는 그녀의 워너비 스타, 마릴린 먼로를 턱 하니 캐스팅한 거 보면.

강하루는 스스로가 성격과 판이하게 다른 외모로 편견과 오해를 받는 부류라 그 연장선인지 모르나 먼로를 무척이나 좋아했다. 그 배우의 지적인 면들을 다양하게 소개하며 먼로 어록을 나열하기도 했다.

"먼로는 정말이지 지적 결정체야. 내가 가장 좋아하고 공감하는 명언은 이거야. 나는 이기적이며 끈기도 없고 조금은 불안스러워요. 가끔은 구제불능에다가 다루기 힘들 때도 있어요. 하지만 네가 최악일 때 나를 감당할 수 없다면, 최상일 때의 나를 가질 자격도 없는 거예요."

하루는 마치 자신이 먼로인 것처럼 오래전 들었던 성우 버전으로 빙의해 말했었다.

그때 하루는 먼로처럼 머리를 허니블론드로 염색을 하겠다는 둥, 얼굴에 점을 찍는다는 둥, 정말 먼로 병에 걸린 상태였다.

그 같은 노력으로 환도 먼로를 다시 보게 될 정도였다.

그러고 보니 하루는 외국 배우들을 남녀노소 불문하고 엄청나게 많이 파악하고 있었다. 마치 오토매틱처럼 어느 영화의 주연은 누구, 하면 바로 딸려 나오는 신기한 재능을 발휘했다.

정답을 맞히면, 스스로 그렇게나 우쭐해하며 어깨에 힘을 주곤

했다.

따가운 볕 아래서 먼로의 포즈와 표정을 따라하던 하루가 생각났다.

작정했는데도 섹시하기보다 어설프고 엉성한, 장난꾸러기 특유의 고집스런 그 표정이…….

"후후……."

그 시절을 떠올리자 웃음이 나왔다.

그때의 순진함과 순수함은 이제 없지만 안타까운 웃음은 남아있었다.

건물 곳곳에 그들이 가상으로 찍은 영화의 흔적과 기이한 스토리가 배어났고, 캐스팅한 배우가 멋있게 걸어나오기를 주문한 장면도 전부 기억났다.

꽤 오랜 시간이 지났는데도 그때의 일들이 특제 전용 망원경으로 보는 것처럼 선명하게 기억났다. 새록새록 버전 업그레이드가됐다.

기억이란 이토록 디테일하고 치밀했다.

현재 그때의 두 사람이 어떤 모습이건 늘 이렇게 앞서 질주하며추월해 나간다.

조금 덜 기억나도 좋은 그 모든 이야기들을.

누군가의 변명처럼 그 시절을 너무 열심히 살았던 모양이다. 강하루와 남궁환은.

푸르른 초록의 색이 눈에 밟혀 건물로 들어섰다. 피하지 않으면그 초록에 물들어 그때의 기억들이 한 움큼 더 소환될 거 같았다.

환은 익숙한 콘크리트 복도를 따라 걸어 마침내 그들의 시간과 역사를 가장 정밀하게 밀봉하고 개봉해 줄 강의실 안으로 조심스레 들어갔다.

"……!"

뒷모습만 보고도 알았다.

분명 강하루였다. 그 시절의 모습과는 주위 온도가 다르지만 그 시절의 모습을, 저만큼 충실히 재현하고 소환할 사람은 본인밖에는 없었다.

하루는 그때의 그 수면파 꽃향기 학생으로 빙의돼 사각의 책상을 두 손으로 훑고 만졌다. 또한 얼굴을 모로 해 엎드리기도 했다. 그 모습으로 천천히 숫자 열을 세듯, 약간의 시간을 지체하더니 일어나 창밖으로 시선을 돌렸다.

그 시절도 그랬지만 저 각도가 환을 무척이나 설레게 만들었다.

고개를 길게 빼 창밖 어느 지점을 콕 찍어 쳐다보는 저 우아한 옆모습.

저 모습을 십분이라도 표현할 수 있다면, 환은 사진가가 되고 싶었고 화가가 되고 싶었다.

환은 저도 모르게 강의실 안으로 걸어 들어갔다.

리셋돼 그때의 시간 속으로 찾아들어 갈 수는 없어도 이 순간 그와 동일한 추억을 간직한 강하루에게 다가갈 수는 있었다.

그 시절과 똑같다고는 할 수 없었다.

네 계절이 순환돼 늘 같은 이름과 모습으로 돌아올지라도 그 계절을 사는 이가 나이를 먹고 다른 기억을 쌓아올려 탑처럼 견고해지듯, 그 시절의 모습을 한 강의실이라 해도 결코 그때 같지는 않았다.

그 모든 걸 바라기엔 너무 오랜 시간이 흘러 버렸다.

철없는 엄마의 미션으로 새벽 꽃시장을 유랑한 뒤, 맞는 첫 강의는 늘 고행이었다.

매입한 꽃으로 최대 효과를 낸 풍성한 꽃가게를 꾸미는 것까지가 그녀의 담당이었기에 모든 미션을 마치고 마주한 강의실 책상은 온돌바닥 못지않게 욕심이 났었다. 그렇게 자고 있으면 뒤에 앉아 의자를 툭툭 쳐 알람을 해주는 게 영화과 반항의 아이콘이자 불친절함과 냉랭함의 대명사 남궁환이었다.

실질적으로 강의실은 바로 옆인데도 하루는 늘 이곳에서 모자란 잠을 채웠고, 환은 내내 불침번을 서다 수업 5분 전에 하루를 깨웠다.

툭. 툭. 툭.

"……!"

창밖의 풍광 속에서 그 시절을 추억하던 하루는 놀란 채 아무런 반응도 하지 못했다.

다시 툭. 툭. 툭.

딱 그때의 둔탁함으로 쳐대는 소리가 착각이 아니라는 걸 알면서도 믿지 못하던 하루를 익숙한 발차기가 다시금 깨웠다.

"……여기서 뭐 해?"

분명 환이었다. 그때처럼 뒤에서 묵묵히 지켜주다 불친절하고 무정한 성정만큼이나 툭툭 차서 깨워주던 강하루 전용 알람.

하루는 떨리는 마음을 양손을 꼭 쥠으로서 꾹꾹 감추고 덤덤하게 뒤돌았다.

그때의 모습보다 조금 더 어른 같고 날렵해진 얼굴 라인을 하고 여전히 심장을 뼈근하게 만드는 남자는 역시나 남궁환이었다.

"지금이 어느 시댄데 이렇게 혼자 있어? 위험하게."

"잠깐인데, 뭐. 근데 여긴 어떻게……."

"알다시피 촬영 장소가 바뀌어서 적당한 강의실을 찾고 있어. 낮 신도 있지만 밤 신까지 연결이 되는 거라 세팅 전에 충분히 고민을 해봐야 하니까."

그 시절 그들처럼 하루는 상체만 돌린 채고 환은 불만과 함께 불퉁한 표정으로 앞을 보고 있는 그대로였다.

그 컷 하나로 어느 봄날의 시간을 되돌리기 충분했다.

하루는 더는 질문도 설명도 않는 환을 빤히. 마치 옹달샘 속을 들여다보듯 쳐다보았다. 환도 하루를 무감한 시선으로 응시했다.

"이 강의실은 어때?"

"……."

정말 아무 생각 없이. 계산도 않고 불쑥 나온 말이었다.

"지금 준비 중인 신 말이야. 빈 강의실이야 다 거기서 거기겠지만, 여긴……."

환은 하루의 설명을 주의 깊게 들어주었다. 시선을 맞춘 채로 그때와 똑같은 모습으로.

퉁명스러운듯하면서 다정하고. 무관심한듯하면서도 애틋하게.

또 서늘한듯하면서도 특유의 애정 어린 시선으로……

"창문으로 보이는 풍광이 예술이야. 다른 어떤 강의실보다 다양한 나무가 걸쳐 보여서 단조롭지도 않고, 무엇보다 저기 건너편 건물 고풍스런 외관이 기가 막히게 앵글에 잡혀서 붉은 눈이 저쪽에서 이쪽을 응시하는 게 제대로 잡힐 텐데……"

신을 분석까지는 아니지만 남궁환이 애초 잡은 시나리오라 나름 주의 깊게 읽은 하루의 생각은 이곳도 나쁘지 않겠다는 거였다.

"시나리오 공부 좀 했나 보네."

환은 장소에 관한 긍정적인 멘트보다는 그 사실이 더 흥미로운 듯했다.

"공부를 한 것보단 난 남궁환이 좋아하는 구도나 추구하는 미장센을 조금은 아니까."

이 또한 작정한 건 아닌데 말이 나와 버렸다.

하루는 그만큼 환이 만들어내는 미장센을. 섬세한 신을 좋아했다.

영화에 관련해서는 모든 치밀하고 섬세한 그이기에 대학 때부터 촬영에 공을 들이기로 유명했다.

"……나쁘지 않겠네."

환은 그들이 있는 강의실을 전제적으로 둘러보다 피식 미소를 보였다.

"이 자리를 제일 잘 아는 사람이 하는 말이니까."

이 자리를 제일 잘 아는 이는 그녀가 아닌 환이었다.

하루는 이 장소에서 잠자기 바빴고 환은 이곳에서 많은 신과 신을 구상했을 게 뻔했다. 소장파, 아니, 푸르른 수면파 여친을 지키고 지켜봐야 하기에.

"근데…… 시간 있어?"

하루의 뜬금없는 질문에 환은 눈빛만으로 왜 그러냐는 듯 물었다.

"당신 좀 씻어야겠어. 이렇게 가까이 보니까 내가 아는 남궁환이 맞는 것 같긴 한데, 조금만 멀리서 보면……."

"……."

"원로배우 남궁환 같아. 남궁환 특유의 단정함이 부족해."

"깁스하고도 이 정도면 양호한 거야."

환은 자신이 생명처럼 유지하는 청결을 언급하자 바로 표정이 굳어졌다.

"그러니까 본연의 까칠한 정체성을 찾도록 도와준다고."

약간의 불만을 품은 듯한 환의 삐뚜름한 눈썹과 입 모양이 귀여웠다.

"가자."

좀 더 다른 말을. 근사하고 분위기 있는 말을. 사실은 여성스럽고 매력적으로 보일 말들을 하고 싶었지만 강하루와 남궁환 사이에 다시는 그런 일이 없다는 걸 알아 솔직한 속내나 바람을 토해 낼 수 없었다.

"그 말……."

환은 자리에서 일어난 하루를 앉은 채로 올려다보았다. 약간 내려다본 환은 각도와 상관없이 아름다운 사람이 맞았다.

언제. 어느 각도로 보나 남궁환은 강하루에게 아름다운 사랑이었다.

"내가 너한테 하던 말이었어."

"……."

그랬다. 변함없이 의자 세 번을 툭툭툭 치고 하던 말.

가자, 강하루. 아니면 가자, 강나루.

심심하다고 할 정도로 소탈한 말인데도 애정이 듬뿍 묻어나던 그 말. 그 목소리.

그 시절을 소환하는 두 사람만의 주문은 이다지도 쉬운데 현실은 그때로 돌아갈 수 없다는 게 가슴 아팠다.

어쩌면 이 순간, 돌아갈 수 없기에 가능한지도 모르겠다.

"가자, 남궁환."

너와 나, 이 정도는 괜찮은 거지.

적어도 이 순간만은.

드디어 촬영이 시작됐다.

두 배우가 붙는 낮 신을 찍는 감독의 머리는 여전히 살짝 눌리고 기름기가 돌았다.

하루와 환만이 아는 비밀스런 장소의 화장실에서 머리를 비롯해 얼굴이랑 목 전체를 씻겨준다는 제안에 환은 그 대신이라며 교수님께 인사를 드리러 가자고 했다.

강의실에서 교수님이 계신 곳까지는 한참이나 먼 거리였다.

교수님을 찾아가는 길, 그 길에서 하루는 환과의 추억이 깃든 모든 지점들을 거치고 걸었으며, 그 공간들 속에서 지난 추억을 떠올릴 수가 있었다.

아무도 모른다고 생각했던 두 사람만의 벤치에서 환의 다리를 베고 누워 부르던 그 당시 유행하던 노래들. 또 환이 좋아했던 외국 인디밴드들의 노래와 영화 주제곡.

아쉬운 그 벤치를 지나가다 보이던 언덕길은 하루가 자주 넘어지곤 해서 환이 늘 피해가던 길이었다. 하루의 조심성 없이 덤벙대는 성격을 탓하다 못한 환이 차라리 피해가자 했던, 죄 없으면서 죄 많던 언덕길. 평범하니 별 볼일 없는 출입구였는데 바로 앞 이어지는 길과 동선은 평이하지 않다는 이유로 상상 속의 영화 주인공들이 싸우고 나오는 문은 항상 그곳으로 정했던 그들의 단골, 18번 출입구…….

걸어가는 길마다. 지점마다 그들의 역사와 추억이 생생하게 살아났다.

하루는 그 길 위에서 환과 그녀 자신을 주인공으로 한 모든 신들을 기억하고 또 기억했다.

그 모든 이유로 한마디도 하지 않은 채 걷기만 했지만, 열 마디, 아니, 그 이상의 말을 주고받는 것처럼 가슴은 뜨겁고 감정은 복받쳤다.

만약 교수님을 뵈러 가는 길이 아니었다면, 촬영을 해야 하는 게 아니었다면, 해가 질 때까지 이 길을 환과 걷고 또 걸었으면 했다.

그런 간절한 마음과 달리 길은 끝이 나고, 어느새 교수님이 계신 건물에 도착했다.

스몰 웨딩에 주례를 서주신 교수님은 아니지만 두 사람에게 많은 영향과 다양한 소스, 꿈의 방향을 잡아주신 교수님이셨다.

교수님은 시간을 내 찾아온 두 제자를 기쁘게 맞아주셨다.

세 사람은 학교 안 카페에서 회포를 풀고 촬영장으로 복귀했다.

강의실 신은 하루와 환의 지난 추억이 배어나는 강의실에서 촬영됐다.

언제 연락을 해 준비를 시켰는지, 교수님과 헤어져 돌아오니 스텝들은 벌써 어느 정도의 준비를 하고 있었다.

하루가 웃으며 뭐냐고 물었을 때, 환은 어깨를 으쓱하며 말했다.

"터줏대감 의견을 한번 들어보려고. 그 자리에서 잔 시간만 계산해도 장소와 수면의 역학 관계에 대해 논문을 쓰고도 남을 시간인데."

주위 사람들을 의식해 내뱉는 환의 변명에 하루는 웃었다.

굳이 기억을 헤집어보지 않아도 환은 결코 쉬운 사람은 아니지만 이렇게 무심하게 챙기며, 간혹 뜬금없는 순간 상대에 대해 디테일의 정수를 보여주는 이였다.

바늘 끝 예민함과 예상 못한 지점에서 골탕을 먹이듯 부리는 까다로움에 번번이 기함을 하게 하면서도 이럴 때는 사람을 훅 가게 만드는 마성의 남자, 남궁환.

촬영을 재개한 환의 시선이 다시 매서워졌다.

모르는 이는 정면으로 마주하기만 해도 위축되게 하는 서늘함이 촬영을 하는 지금은 더욱더 날이 서 살짝 스치기만 해도 베일 정도로 아슬아슬했다.

하루는 다른 인사 없이 현장을 떠났다.

더 보고 있으면 더욱더 보고 싶고, 촬영에 대해 오래전 그날들처럼 서로 상의하고 피드백을 나누는 그런 상상을. 그런 꿈을 희망하게 될 것 같아 얼른 자리를 피했다.

차에서 환을 위해 준비한 두 개의 가방을 밴 안에 넣고 조연출에게 귀띔 아닌 당부를 했다.

어떤 감독과 일할 때보다 힘들다는 건 알지만 그렇다 해도 감독님 잘 좀 챙겨달라고……

여기까지만. 이것까지밖에 할 수가 없었다.

제작자이자 영화사 대표의 직함으로는 이 정도밖에는 범위가 허용되지 않았다.

사실은 더 많은 걸. 더 디테일하고 세심하게 보좌해 달라며 어설픈 애교라도 부리고 싶은데, 그런 권한이. 정당한 명분이 하루에겐 없었다.

그저 이렇게 조금 멀리서 지켜보고 기도하며 애쓰는 누군가를 응원할 밖에는.

20주년이란 타이틀의 무관을 쓴 영화사의 이익보다 남궁환의 명예와 영광을 위해서.

이 순간 오직 당신, 남궁환을 위해서.

5부
당신 때문에 눈이 매운 나

리스크를 떠안고 진행 중인 오컬트 영화 말고 준비 중인 영화가 또 하나 있었다.

일종의 버디 무비 형식의 코미디인데, 이 또한 존재감 갑인 두 남자의 케미가 무엇보다 중요한 역할이라 시나리오에 공을 들이고 있었다.

레벨이 있는 배우들은 계약하기 전, 극의 완성도, 이야기가 끝까지 쫀쫀한가를 확인하며 그에 따라 계약이 좌지우지되는 편이라 그 무엇보다 시나리오가 중요했다.

하루는 오전에 시나리오 작가를 영화사로 불러 회의를 거치며, 수정과 보완을 반복하고 특히 신경 써야 하는 감옥 신에 힘을 실어주라 당부했다.

이번 시나리오 작가와의 합은 잘 맞는 편이라 주문하기는 수월했다.

이 작가는 환과 하루의 후배이며, 환과도 막역한 사이였다.

이 작가 역시 단편 영화로 빡세게 단련이 되어 후년이면 메이저 영화에 도전하는 처지라, 이를테면 환이 밟은 험난한 코스를 고스란히 답습하고 있었다. 그래서 그런지 하루 입장에서는 맘이 더 쓰이고 가는 작가였다.

맘은 맘이고 현실은 감옥 신으로 부담을 떠안고 괴로워하는 작가를 골방에 처박아 넣은 후, 수정을 지시한 부분에 자신이 있으면 밖으로 나오라는 특명을 주고 작가실을 나왔다.

한 이틀은 빛을 보지도 못하고 작가실에서 매연에 찌들 것이 분명했다.

오늘은 어김없이 정원의 강의가 있는 날이라 시호에게 점심을 같이하자고 말한 상태였다. 이 같은 하루의 의도를 모르는 시호는 자신이 담당한 일이 끝나면 곧바로 식당으로 가기로 약속을 했다.

고로 하루는 정원 작가를 섭외해 그곳으로 가야 하는 처지였다.

요사이 점점 더 거리를 두려 하는, 겁쟁이 정원으로 인해 하루도 나름 신경이 날카로웠다. 정원은 주정뱅이 이시호 술집 난동은 번외로 두고 일전에 두 사람이 나눈 첨예한 대화 때문에 더욱 오리무중 그 자체였다.

그날 시호로 인해 들킨 진심을 속이고 우아한 나비처럼 날아가 버릴 정원을 대비해 하루는 강의실 앞에 진을 치듯 앉아 기다렸다.

아직 시간이 남았지만 이 같은 기다림도 나쁘지 않았다.

본관과 별관을 잇는 큰 정원이자 마당은 인근 유치원에서 견학을 온 노란 어린이 병아리들이 분수에서 나오는 물 근처에서 선생님의 보호 아래 장난을 치고 있었다.

보고 있자니 절로 웃음이, 미소가 나왔다.

하루가 보기엔 그리 웃을 일도 아닌데, 아이들은 병아리처럼 하늘을 보고 웃고 땅을 보고 웃으며 웃음을 주위에 전파하고 있었다.

환도 저렇게 천진하게 웃는 아이들을 무척이나 좋아했다.

그 비주류의 불편한 성정에 아이는 왜 그렇게 예뻐하고 좋아했는지…….

환이 조금만 아이를 덜 좋아하고, 욕심내지 않았다면 그들은 어땠을까 궁금하기도 했다. 그랬어도 자신이 그 같은 판단을 하고 결심을 했었을까, 스스로도 의문이 들긴 했다.

다시 창밖으로 시선을 돌리니 한 아이가 마당을 헤집고 다녔다.

어디서 벌레를 찾았는지 그 앙증맞은 손으로 단단히 잡고는 친구들 얼굴에 일일이 들이대며 저 혼자 깔깔거리며 웃었다. 저마다 벌레에 놀란 친구들은 다들 울기 바쁘고 선생님들은 울며 나자빠진 아이들을 달래기 급급했다.

선생님의 지적에도 이 모든 소란의 근원인 어린아이는 히죽히죽 웃기만 하며 결코 벌레를 손에서 놓지 않았다.

"꼬맹이가 제법 고집 있네."

그 순간 하루와 어린 히죽히죽 병아리의 눈이 마주쳤다. 그러자 아이는 조금의 망설임도 없이 달려와 창을 사이에 두고 벌레를 하루 앞에 떡하니 들어 내보였다.

무서워하다 울길 바라는 얄궂은 속내가 발칙하고도 귀여웠다.

그런 아이의 대담성과 도발을 뒤늦게 발견한 선생님은 빠른 걸음으로 다가와 아이를 데리고 가며 하루에게 미안하다는 듯 연거푸 눈인사를 했다.

볼수록 눈이 가고 웃음이 나는, 악동의 필이 충만한 꼬마 숙녀였다.

순간 환이 저 아이의 모습을 보면 했을 법한 말이 들려왔다.

"딱 강하루네. 넌 분명 꼬마 때 저랬을 거야."

절대 칭찬 같지 않은 말을 칭찬처럼 했을 거다, 남궁환은.

정원과 하루는 저 사랑스런 아이들의 모습 때문에 스스로를 비롯해 소중한 주변인에게 상처를 주는지도 모르겠다. 그처럼 실감이 나지 않는 아픔과 고통이 당사자인 하루와 정원에게만 해당되는 거라면, 절대 다른 이에게 영향을 끼치지 않는다면 정원과 하루도 이렇게까지는 하지 않았을지도 모를 일이었다. 허나 현실은. 앞으로의 일은 그 누구도 장담할 수 없기에 하루도, 정원도 혼자이길 선택했다.

이 세상 두 사람 이외에는 누구도 아프지 않기를 바라며…….

그 공통분모로 인해 하루는 정원에게, 정원은 하루와 한층 친밀해졌는지 모른다.

그토록 오랜 시간을 타인처럼, 타인보다 못하게 지냈지만 결국 서로의 판단과 결정을 이해하고 진심으로 아파해 줄 사람은 둘밖에는 없는 듯하기에. 한편으론 정원이 고집을 부리며 스스로를 방어하는 이유를 잘 알면서도 정원이 누군가를 진심으로 사랑하길 바랐다.

사랑이란 게 꼭 두 사람이 죽을 때까지 함께일 필요는 없다고 생각했다. 그러니 정원이 기억하고 떠올릴 수 있는, 혹시 모를 아픔과 고통을 버티게 해줄 그런 사랑을 하길 바랐다. 꼭 그 이유가 아니라 해도 하루처럼 평생을 안고 추억하며 기억할 사랑을 하길 희망했다.

짝사랑이라도 좋고 짧게 끝나는 사랑이어도 좋으며, 가슴 미어지고 찢어지게 마음 아픈 사랑이라도 사랑을 해 그 기억과 그 힘으로 고독은 해도 고립돼 외롭지 않길 원했다.

고독과 고립은 전혀 다른 이야기이기에······.

"경찰 열이 도둑 하나를 못 잡는다고 했는데 고작 강하루로 되겠어?"

고개를 돌리니 정원이 서 있었다. 조금은 불편한 심사를 하고.

"내가 또 일당백은 거뜬히 하는 한 명이잖아."

하루는 도망가지 못하게 감시와 함께 불침번을 섰다는 사실이 미안해 애교를 부리는 듯한 과한 표정과 몸짓을 했다.

"계속 그런 이상한 표정과 제스처면 더 기분이 상할 것 같은데요, 강 대표님."

강력 애교 발사에 정원은 한층 더 오만상을 썼다. 하루는 질색하는 정원이 우습고 괘씸하기도 해 더한 콧소리와 애교를 장착했다.

"아이잉, 왜 그러세요?"

"……."

"사랑하는 사람이 이렇게나 노력을 하는데."

몸을 부르르 떨면서 잔뜩 앵기는 표정을 하는 하루를 정원은 모른 척을 하며 돌아서 갔다.

"거기 서시지요, 작가님."

하루는 얼른 일어나 앞으로 직진만 하는 정원을 따라잡았다. 그러면서 슬쩍 정원의 어깨를 밀듯이 쳤다. 알았으니 이제 그만 오만상을 풀라는 의미에서 과하게 웃어 보였다.

마지막으로 이거나 먹으라는 의미로다가 제대로 활짝.

환은 한 발자국도 움직이지 못했다.

"……."

빤히 보면서도 눈만 깜박일 뿐, 숨도 쉬지 못했다.

왠지 모르게 디디고 선 대리석 바닥이 무너져 내릴 듯 발끝은 무겁고 사지는 부르르 떨렸다. 그로 인해 느껴지는 불안감과 충격은 이내 거대한 영화사 건물 바닥이 주저앉을 것 같았다.

애교라고는 없다시피 한 강하루가 남자의 어깨에 자신의 몸을 기대듯 하며 웃고 있었다. 너무나도 환하고 화사한 미소를 지으며…….

그랬다. 이제야 생각이 났다.

강하루를 뚱한 표정으로 내려다보며 끝내 웃음기를 보이지 않는 남자에 대한 기억이 환의 머리를 강하게 스쳐 지나갔다.

그 남자였다.

환과 하루의 보금자리에서. 그것도 그들이 사랑을 나누며 하루를 시작하는 그 신성하고 더없이 의미 깊은 곳에서 옷을 벗고 자고 있던 남자.

슬립 차림의 하루가 문을 열어주고 환이 그들의 집에서 목도한 그 개자식.

그 순간을 인정하고 싶지 않은 환이 다그칠 때 하루가 창 영화사에 옮기고부터 좋아한 남자라고 말했던 그 새끼. 뒤늦게 멍한 채로 일어나 환과 하루를 번갈아 보며 어떤 말도 없이 옷을 입고 자리를 피하던 그 야비하고 천하의 빌어먹을 놈.

왜 잊고 있었을까…….

강하루가 환의 가슴에 크나큰 못을 박고 상처를 준 사람이라는 걸, 왜 아닌 척하고 모른 척 잊은 척하면서 대화를 하고, 먹고, 눈을 맞췄을까…….

이런 공공연한 장소에서 저 남자를 만나고. 저렇게나 웃고 보고 걷는 저들의 저속한 사이와 부정한 관계를 왜 다 잊고, 잃어버린 것처럼 지냈을까…….

혼자일 때면 계속 환 자신에게 질문을 하면서도 정작 강하루를 보고 눈을 맞추면 지극정성으로 그를 챙기는 모습에, 그 같은 눈길과 손길이 너무도 다정해 모든 의문과 잔인한 기억들을 잊어버리곤 했었다.

그렇게나 뻔히 보고도. 귀로 똑똑히 들었으면서도. 눈도 깜박이지 않고 부정도 않고 저 사람을 좋아하노라, 그 말을 분명히 기억하면서도 환은 강하루를 기다렸다.

요 며칠 쪽잠을 자면 어김없이 꾸는 악몽으로 맘이 신산했다. 그런 이유로 환은 하루를 기다리게 됐다. 기다리며 애써 꿈의 기억들을 지워 버리려 했다.

어제도 기다렸는데 오지 않아 혹시 무슨 일이 생긴 건가 하는, 괜한 기우와 걱정에 아침부터 촬영을 미루고 택시를 잡아타고 왔다.

왠지 모를 정체불명의 불안감에 아주 잠깐이라도. 단 5분이라도 봤으면 했는데…… 강하루는 환이 없는 곳에서, 그가 아닌 다른 남자와 저렇게 환히 웃고 있었다.

"하하…… 학……."

순간 웃음이 터졌다.

이 순간 스스로의 모습이 너무도 웃기고 웃겨 웃음이 터져 버렸다.

천하의 병신같이. 너무나 어처구니없이 기대하고 기다린 자신에게 기가 막혔다.

강하루는 스카우트된 영화사 창의 대표고, 여전히 저 남자를 만나고, 저 남자와 웃고 있는데, 남궁환은 아무것도 모른 채 확인도 않고 묻지도 않았으면서 그간 제멋대로 착각하고 오해를 했다는 게 눈물 나게 우스웠다.

코미디도 이런 블랙코미디 영화가 없었다.

제대로 착각을 했다.

강하루가 예전처럼 그를 보고 웃는다고.

그 웃음은 아직도 그만을 위해서, 그에게만 해당되는 웃음이라고.

머저리같이. 미친놈 같은 착각에 빠져 지냈다.

이렇게나 변한 게 없고, 전혀 달라질 게 없는데도 저 혼자 병신춤을 췄다.

누가 추라고 한 것도 아니니 누군가에게 화낼 일도 아닌 것을.

정말 병신 같구나, 남궁환.

누가 봐도 연애하는 이들의 전형적인 모습이었다.

결코 건전한 사제지간이나 건강한 삼촌과 조카의 사이가 아닌, 연인 관계.

정원 작가님을 바라보는 시호의 눈빛은 절절 끓는 온돌바닥에 앉은 듯 안절부절못하고, 애써 시호를 외면하는 정원의 고결하면서도 고단한 심사. 인내심은 옆에서 보자니 눈물이 다 날 지경이었다.

언제 어디서든 응원하는 마음이지만 둘이서 우리 지금 연애 중이랍니다, 하며 대놓고 광고하는 것 같아 눈꼴이 시리고 심통이 날 것도 같았다.

"두 사람이 잊고 있는 것 같아서 말하는 건데 지금 이렇게 눈치 보는 내가 바로 슈퍼 갑이야. 그러니까 대화 좀 하지, 쫌."

하루의 진지한 발언에도 정원과 시호는 다른 별에 있는 사람들처럼 무신경에 무반응이었다. 화려하다 싶을 정도로 차려진 한정식은 점점 온기를 잃고 차갑게 식어가기만 했다.

누구는 이런 밥상은 구경도 못하고 깁스한 채로 날밤 새며 영화 찍는다고 온갖 생고생을 하고 있는데, 이 사람들이…….

"두 사람 연애라도 하는 거야? 왜들 밥도 안 먹고……."

하루의 콕 집은 질문에 어설픈 시호는 애처로운 눈망울로 수저를 들었고, 더 어설프신 리액션의 정원 작가님은 시크한 척을 하며 우아하게 젓가락을 들었다.

두 사람 다 손에 뭔가를 들고서도 정작 어느 방향에 무엇을 집어 먹을 것인가는 전혀 생각과 의지가 없는 듯했다.

아무래도 주정뱅이 이시호의 시적 영감 사건 말고도 둘 사이 무언가가 있는 듯했다.

그날 정원의 뿌연 안개 버전 눈빛 발사만 떠올리면 결코 나쁠 수 없을 것 같은데, 대체 또 무슨 일인가 싶었다.

"자꾸 이런 분위기 조장하면 나 이대로 나가는 수가 있어."

하루의 최후통첩 같은 발언에 어색하고도 미묘한 분위기의 두 사람은 제대로 젓가락질을 하며 이제사 숟가락으로 밥을 펐다.

서로에게 향하는 마음 길은 하나면서도 아닌 척을 하는 서투른 두 연인 때문에 기가 막히면서도 그 서투른 모습이 예뻐 내심 웃음이 났다.

정작 눈앞에서 로맨틱 코미디를 찍고 있는 연애 초보이자 새내기들은 답답하고 심각하겠지만, 제삼자의 입장에서 보는 둘은 꼭 오레오 과자 같았다. 둘 다 크림처럼 달콤한 사랑이란 감정을 사이에 두고 똑같은 모습으로 붙어 있는 검은 동그라미들.

오래전 환과 하루도 이랬을 것 같았다.

타인은 절대 모르는 저들만의 문제로 당사자들은 매 순간이 지옥이겠지만, 지켜보는 이들은 로맨틱 스릴러를 보는 듯한 긴장감과 기대감, 흥분과 설렘, 또한 행복하면서도 유치한 시절을 추억하게 만드는 기분 좋은 두근거림.

"작가님, 이거 드셔보세요. 담백한 거 좋아하시잖아요."

나이론 한참 아기지만 마음만은 정원 작가님의 직속 선배 같은 시호가 용기를 내 한 수 두었다. 그러자 칭얼거리는 우리 작가님은.

"담백한 거 심심해서 안 좋아해요, 이시호 씨 먹어요. 난 내가 알아서 먹을 테니까."

이래서 남자들은 다 애라고 하는가 보다.

뭘 얼마나 화가 났기에 저 예쁜 시호가 권하는데도 저리 칠푼이처럼 구는 건지.

"짜게 드시는 거 안 좋아요. 이제 건강도 챙기셔야 할 나인데……."

잘나가다 이게 웬 실수라니, 시호야. 만국 공통. 남녀노소 나이는 건드리는 게 아닌데.

"그러니까요. 이시호 씨보다 한참 나이 많은 사람한테 일일이 신경 쓰지 말고 본인이나 어서 먹어요."

나이 거론에 제대로 삐친 듯한 정원 작가님, 바로 치사하게 나오셨다.

이로써 더욱더 쭈그러들고 위축되며 짜부러지는 예쁜, 시호.

"그런 뜻이 아니라 나이를 떠나서 모든 사람들이 짜게 먹으면 안 좋으니까…… 전 그런 포괄적인 의미로 말씀드린 거예요."

우리 시호 잘한다. 그래, 이시호. 기죽을 거 없어. 아까워도 우리 시호가 더 아까운 마당에 겁도 없이 튕기는 저 오빠 좀 보라지.

"이시호 씨는 이타심과 인류애가 넘치네요. 근데 난 그렇게 모든 사람에게 사랑과 관심이 많은 부류가 아니라서 그런지 이시호 씨 오지랖 이해 안 돼요."

"……!"

헐. 이거 사태가 쉽게 수습이 될 것 같지는 않았다.

하루가 알고 있는 시호는 결코 맹물에 맹탕이 아니거늘 정원 작가님의 표현이 너무 과하셨다. 동시에 오늘 바로 이 자리에서 정원 작가님의 색다르고도 모자란 모습을 참으로 많이 보는 날이라 생각했다.

여직 굽히고 참을 만큼 참은 듯한 시호의 눈빛이 실로 심상치 않았다. 옆에서 보니 까딱하면 생사를 가를 레이저도 나올 것 같았다.

"작가님, 저요. 인류애 그런 거 없어요. 오지랖은 더더욱 없고요. 제 관심과 오지랖은 오직 정원 작가님 한에서만 활동하고 발동하니까요. 그러니까 오해, 왜곡하지 말아주세요."

드디어 터졌다. 꾹꾹 누르기만 하던 약자의 포텐이.

정원은 이제 순정 모드에서 벗어난 듯한 시호를 빤히 내려다보다 한마디 하려는 순간, 이 사태를 매우 흥미진진하게 관람하는 하루와 눈이 마주쳤다. 하루는 날 선 정원이 무슨 말을 할지 알 것 같아 슬며시 시선을 피했다.

"강 대표님, 실례지만 그만 자리 좀 피해주시겠습니까?"

"어머, 왜 그러시는데요? 정원 작가님."

하루는 모른 척 시치미를 떼며 아직 손도 안 댄 갈비찜 하나를 집어 들었다. 마치 이 갈비찜 좀 보란 듯이.

"저희가, 아니, 정확하게는 제가 여기 이시호 씨랑 할 얘기가 있어서 그럽니다."

하루는 단호하게 말하는 정원을 향해 실하고 윤기가 잘잘 흐르는 갈비를 들어 보였다. 이거 하나만이라도 먹고 가면 안 될까, 하는 심정으로.

"……전 신경 쓰시지 마세요."

어마무시하게 내려 보는 정원으로 인해 하루는 다음 말은 시작도 하지 못했다.

정원을 알고 이날까지 저리도 노골적이고 공격적으로 자신을 노려본 건 오늘이 처음이지 싶었다. 정말 너무도 흥미진진해 이대로 퇴장하고 싶지 않았지만 더 있다간 정원에게 끌려 나갈 것 같아 눈물을 머금고 갈비를 내려놓았다. 동시에 자리에서 일어났다.

"그럼 전 이만 퇴장할 테니까 두 사람은 남은 식사 맛있게 하시고, 작가님은 제게……."

저리도 잘 노려보는 이가 어찌 이제껏 그리 무감하고 무심한 눈빛을 하고 살았는지 의문과 함께 경이롭기까지 했다.

"제가 계산하고 갈게요, 작가님."

하루는 씨익 웃는 억지 미소를 정원에게 보였다.

"이시호."

살의를 숨긴 정원의 눈빛을 피해 하루는 이 작금의 사태에 안절부절못하는 어린양 시호의 이름을 호기롭게 불렀다. 그리고 주먹 쥔 팔을 들어 보였다.

"홧팅!"

시기적절하고도 황당한 구호에 시호를 비롯해 정원이 음흉한 눈빛으로 하루를 노려봤다.

그 같은 집요한 시선을 뒤로하고 하루는 식당 문을 밀고 밖으로 나왔다. 근래 보기 힘든 로맨스 스릴러를 한 편 찍고 나오니 하늘이 잔뜩 흐려져 있었다.

한동안은 봄비가 여름 장마처럼 내리더니 오늘도 한바탕 내릴 것처럼 하늘이 우울했다.

"비 오면 안 되는데……. 현장 사람들 고생할 텐데."

금방이라도 무언가 쏟아낼 것 같은 하늘에 비싼 몸값의 배우들을 비롯해 현장 스탭들, 그리고 그 모든 상황을 끌어안고 갈 감독님이 신경 쓰였다.

무엇보다 오늘 야외 옥상 신이라 일정이 험난할 게 뻔했다.

종로에 위치한 옛날 건물은 장소가 협소해 쉽지 않은 촬영이 예상됐다. 그로 인해 컨디션이 엉망일 게 분명한 환이 신경 쓰였다.

오늘은 창 영화사 인근 출판도시 2단계 부지에 영화 편집 회사, 사운드 회사가 들어오기로 한 날이었다. 내내 고대하던 일정이라 벌써부터 가슴이 두근거렸다.

이것으로 충무로가 아닌 파주에서 영화를 준비하고 후반 작업까지 해 작업의 효율성을 꾀하며 원스톱으로 영화를 만드는 게 가능해지는 시스템이 안착되는 첫 발걸음인 셈이었다.

그런 이유로 오늘 입주하는 사무실에 인사를 하러 가야 하는데, 날씨가 영 시원치 않았다.

내심 아닌 척하며 숨기고 있겠지만 매 순간 불편한 팔과 손가락. 청결함도 그렇고 개운하지 않은 채로 작업 중인 환이 흐린 하늘 속 선명하게 떠올랐다.

"대체 어느 쪽으로 가야 하는 거야……."

이렇게 뻔한 일정을 두고도 고민할 때 환의 전화가 오면 어떨까 싶었다. 그런 일은 없겠지만 만약 그녀를 찾는 환의 전화가 온다면, 이대로 달려갈 것 같았다.

남궁환 감독이 있는 그 뜨거운 현장으로.

그처럼 맥없이 유혹에 넘어가고 싶은 순간, 핸드폰이 가방 안에서 숨죽인 신음을 토했다. 혹시 하는 마음에 가방을 여는 손길이 바빠졌다.

다급하게 꺼내보니…… 환은 아니었다.

예정된 일정처럼 그녀의 방문을 기다리는 인근 사무실 영화사 사람들이었다. 앞으로 함께 일을 하며 가까운 미래 한국 영화를 주도해 나갈 핵심 브레인이자 보배들.

"네, 강하루입니다. 이제 가려고요. 그럼요. 맛있는 거 사갈게요."

전화를 끊자 왠지 모르게 기운이 빠졌다.

뒤돌아본 식당엔 사랑싸움인 줄도 모른 채 아웅다웅하는 나이 차 커플이 있고, 정면엔 시너지 효과는 물론이고 도움을 주고받을 영화인들이 기다리고 있었다.

이처럼 너무도 분명한 현실 앞에서 왜인지 모르겠으나 자꾸만 환이 어른거렸다.

간다고 해도 반겨주지도, 바라는 만큼 함께 있지도 못하면서도 마음은 저 안에 있는 저 둘처럼 유치한 싸움이라도 하고 싶었다.

남궁환과 그렇게라도 같이, 함께 있고 싶었다.

3년 동안 너무나 힘들게 다잡은 마음이 자꾸 유치해져만 갔다. 또 속절없이 흘러갔다.

늘 그렇듯 환에게.

환에게로만.

환은 화가 난 자신에게 환멸을 느꼈다.

그 같은 이유 때문인지 오늘 하루 찍어낸 신들이 전부 마음에 차지 않았다.

진행은 하면서도 뭔가 분명하지 않은 이유로 배우들 연기는 미진했다.

그의 불편한 심사를 캐치한 스크립터나 조연출은 안절부절못했고 백 프로 배우들의 문제가 아니기에 환은 중단 없이 촬영을 계속했다.

주연 배우는 스턴트맨이 대신해도 될 신 전부 몸을 사리지 않고 연기했다. 전문적인 느낌은 아니라도 배우의 근성이 드러난 신은 결코 아쉬운 정도가 아니건만 계산된 동작에 감탄보단 답답함을 느꼈다.

마지막으로 이어진 배우의 일격이 상대 배우 얼굴에 내려앉았다.

"컷!"

"악!"

"……!"

제대로 맞은 듯하더니 결국 일이 터졌다.

동선과 액션의 합을 충분히 맞추고 진행해도 이렇듯 엇박자가 나 사고가 생기는 일이 다반사였다. 주연 배우의 신음에 현장이 술렁거렸다. 환은 자리에서 일어나 배우에게 다가갔다.

주연 배우의 코가 함몰까지는 아닌데 엄청나게 부어올라 일단 병원으로 보냈다.

갑작스런 사고로 인해 또 일정에 차질이 생겼다. 현장에서는 밥 먹듯 수시로 생기는 일인데 오늘따라 이 모든 상황이 짜증스러웠다.

일정 조정을 위해 조연출을 불렀다.

사고와 점심식사가 맞물려 약간의 공백이 생긴 환은 점심을 권유하는 조연출을 뒤로하고 밴으로 향했다. 지금은 그저 쉬고 싶었다.

밴 문을 닫고 앉은 환은 힘이 들어간 어깨와 등을 기댔다.

팔도 팔이지만 하루 종일 등과 어깨가 굽어질 듯 힘이 들어가 이젠 목까지 결려왔다.

멍하니 밴 천장을 바라봤다. 그리 높지 않은 천장이 서서히 내려와 바로 코앞까지 내려앉는 듯했다. 압박감과 답답함에 숨이 막혀 눈을 감았다.

눈을 감자 어김없이 반복되는 신.

강하루가 누군가에게 친밀히 몸을 기대 터치를 하며 오래전 환에게만 허용되고 보여주던 미소로 차분한 느낌의 남자를 올려다보는 모습.

순간 내내 빈속이라 그런지 신물이 넘어왔다. 다시금 시작된 역류성 식도염은 절대 만만한 녀석이 아니었다. 시도 때도 없이 시큼한 물을 내뱉으며 환을 시험에 들게 했다.

"젠장, 골고루 하네……."

골절에 식음 전폐라니……. 꼴이 점점 우스웠다.

강하루와는 하등 상관없는 증상들인데 원인 추적을 하니 맨 먼저 강하루가 떠올랐다.

"못 볼꼴을 봐서 그런 거지."

순간 헛웃음이 나왔다. 언젠가 지나가듯 보던 TV에 오랜 시간 혼자 지낸 남자들 다수가 혼잣말을 하고 이런저런 대답까지 한다더니, 지금 환이 그러고 있었다. 생각해 본들 강하루에게 그 어떤 감정이나 배신감을 논할 일이 아니었다.

제 실리와 명분에 입각한 강하루는 제작자이자 영화사 대표 권한으로 규격 상자 같은 일정한 선의와 호의를 베풀었고, 그는 그 사각의 종합선물 세트를 받아먹다 그만 목이 메고 체한 것뿐이었다.

그답지 않게 너무 달달한 과자에 취한 탓이다.

그것도 그의 가슴과 정신을 원자탄과 수소폭탄이 안겨주는 듯한 잔혹한 상흔을 새기고 떠난 당사자에게 받아먹고 탈이나 난 꼴이라니…….

이 같은 감정엔 맥락이. 이유가 없었다.

강하루가 피를 토하는 심정으로 용서를 빌고 돌아온다고 한 것도 아니고, 그때의 남자와 깨끗이 헤어졌다고 한 것도 아닌데 혼자서 무엇을 상상하고 바란 건지.

설령 돌아오고 싶다고 한들 받아줄 그도, 자존심도 아닌데 대체 혼자 무슨 생각을 했던 건지 스스로에게 미치도록 화가 나면서 다시 한 번 환멸이 느껴졌다.

"미친놈……."

순간 창문을 두드리는 노크 소리와 함께 밴의 문이 열렸다.

이 맥락 없는 분노의 원인이자 씨앗인 강하루 대표였다.

환과 시선이 부딪힌 강하루는 눈인사 비슷한 제스처를 하더니 무거운 두 개의 종이 가방을 들고 맞은편 의자에 앉아 문을 닫았다.

"오면서 들었어. 사고가 났다고. 바로 병원에 가봐야겠어. 여기 속옷이랑 점심. 저녁 따로 나눠놨어. 갈아입을 옷은 가방에 넣어뒀고. 빨아서 당신 집에 가져다 놓을게."

"……."

"근처 모텔이라도 잡아서 씻겨주고 싶었는데 바로 가봐야겠어. 이런 때 주연 배우가 다쳤으니……."

"모텔에 가서 씻겨주기만 하고 다른 볼일은 없어?"

환의 갑작스런 질문에 당황한 듯한 하루의 동공이 그지없이 커졌다.

"무…… 슨 말이야?"

"들었을 텐데 다시 물을 필요 있어?"

좁은 공간과 가까운 거리, 긴장과 함께 당황하고 놀란 하루의 숨결이 더없이 가깝게 느껴졌다.

"정확하게 무슨 소린지 모르겠……."

환은 되묻는 하루를 한 손으로 잡아끌어 하반신 위에 올린 후 마주 봤다. 요 근래 어느 때보다 강하루의 숨결과 체향이 진하게 풍겨왔다.

"이왕에 희생 봉사하는 거 다른 부분에서도 잘 좀 부탁한다는 소리야. 왜 안 되나?"

한 뼘도 안 되는 거리, 환은 눈앞에 하루를 삼킬 듯 노려봤다.

"당신이라는 여자, 이번 영화를 위해서 못할 게 없는 것처럼 굴었잖아. 개인적으로 엄청 중요한 일이라고 당부 아닌 당부도 했고. 그래서 하는 말이야."

하루의 길고 진한 눈썹이. 숨결이 부르르 떨리는 걸 고스란히 느낄 수 있었다. 동시에 하루의 가슴과 하반신의 따뜻한 기운도 가감 없이 전해졌다. 환의 촉각과 오감에.

"난 지금 여자가 필요해."

"……!"

"그리고 그 여자가 강하루 당신이면 좋겠어."

환은 역시나 턱까지 부르르 떨고 있는 하루의 입술을 손가락으로 짓누르며 훑었다. 미세한 떨림과 달큰한 체향이 도톰한 입술로 퍼져 나왔다.

결코 접촉하지 말았어야 했는데 스스로를 너무 자만하고 과신했다.

오류를 범한 이상 이대로 물러서고 싶지는 않았다.

그 남자에게 몸을 기대며 사랑스럽게 애교스럽게 올려다보던 강하루의 표정이 환을 미치게, 되돌릴 수 없게 만들어 버렸다.

이 모든 건, 전부 강하루 탓이었다.

"아앗!"

거친 시작을 알리듯 하루의 입술을 씹어 깨물었다.

아픔과 비명으로 벌어진 입술을 파고들어 좁은 우물 안에서 갈팡질팡하는 요물을 정신없이 찾았다. 단번에 포착한 혀를 이번에도 벌주듯 강하게 물었다.

아픔을 넘어 고통스러운지 긴장한 하루의 전신에 스르르 힘이 빠졌다.

그 순간을 놓치지 않고 하루를 밴 의자에 눕혀 올라탔다. 틈 없이 짓눌렀다.

이어서 파고든 입안은. 입술은. 혀는 미치도록 달았다.

강하루에게 어떤 마음이건, 어느 정도의 깊은 상처를 받았건 이 순간 강하루라는 여자의 타액은 환을 활개 치고 흥분시키기 충분했다. 하루의 얼굴을 두 손으로 다잡고 폭압적이고도 강압적인 키스를. 미처 다 내보이지 못하는 갈급한 욕망을 풀어냈다.

부드러운 혀와 뜨거운 입술에 정신을 차릴 수 없었다.

점점 환의 체중이 하루에게 실려 맞닿은 하반신이 들썩거리며 몸부림을 쳐댔다.

3년의 공백으로 목마른 욕망은 환 스스로 다잡기엔 너무도 거대하며 이제껏 억누르기만 했던 열망은 강렬한 만큼 뜨거웠다.

질리도록 입술과 혀를 농락한 환의 입술이 드디어 하루의 목에 다다른 순간,

"그…… 그만, 그…… 만해."

그만이란 그리 크지도, 절박하지도 않은 소리에 욕망이 주춤하며 정지선을 밟았다. 그 순간 번쩍하고 무언가 환의 뒤통수를 치고 달아났다.

그동안 강하루가 보인 정성을 무위로 만든 치졸함과 간악함. 순간적인 농간에 자중하고 절제하지 못한 스스로에 대한 비웃음. 제어하지 못한 욕망이 남긴 굴욕과 허무감.

너무도 많은 감정들이 스치고 지나갔다.

하루에게서 몸을 뗀 환은 그대로 의자에 기댔다. 이 순간 강하루에 대한 복잡한 마음만큼이나 스스로에게도 역한 신물이 넘어왔다.

지독하게 썼다. 스스로가 자신에게 가하는 지독한 환멸은.

"오늘……."

강하루는 이 순간을 피해 달아나지도, 내빼지도 않고 천장을 응

시하는 그를 향해 그지없이 차분하게 말을 뱉었다.

"주연 배우 사고. 또 처음 맡은 상업영화의 부담감과 압박감에 그런 거라고, 난 그렇게 해석하고 이해할 거야."

훗. 그런 건 없었다. 적어도 이 순간엔.

이 순간 환을 집어삼킨 건 스트레스가 아닌 단순하고도 명징한 욕망이었다.

강하루에게 느끼고 열망하는, 오직 강하루만 풀어줄 수 있는 익숙하고 농밀한 욕망과 허기.

"그러니까 당신도 이 일로 위축되거나 페이스 잃으면 안 돼."

"……."

"일전에 내가 말했지. 이번 영화 우리 영화사나 내 개인적으로도 굉장히 중요하다고. 실수는 실수라고 인정하고 이 순간부로 완전히 잊어버릴 테니까, 남궁환 감독도 그렇게 생각하고 앞으로 일정 잘 부탁해. 그럼 갈게. 좀 쉬었다 나와."

밴의 문을 열자 빗소리가 들려왔다. 이내 조용해지고 잠잠해졌지만.

기댄 채로 눈을 감으니…… 이 빗속을 제 박자로 뛰어갈 강하루가 그려졌다.

눈을 감으나 뜨나 결국 보이는 건, 강하루였다.

그동안 까마득하게. 애초 존재하지도 않은 것처럼 잊고 살았다고 자부했는데, 대단한 만용이자 기분 좋은 착각이었을 뿐이다.

저리도 냉정하게 제 할 말을 쏟아내고 가는 강하루는 여전히 누군가와 사랑을 하는 중이었고, 그로 인해 오늘 일쯤은 상처도 충격도 아닌 모양이었다.

환 혼자서만 들뜨고 뜨거워 혼자 원맨쇼를 한 듯했다.

강하루는 제가 잡아 쥔 영역에서 안전하게 잘살고 있다는 거다.

환처럼 이렇게 혼란스럽지도 흔들지도 않은 채 사랑하는 사람과 단란하게.

비가 조금만 더 내려줬으면 싶었다.

이 모든 거지같은 감정의 부스러기와 알갱이를 전부 씻어버리게.

딱 그만큼만.

그 정도만이라도.

환과 함께였던 밴을 뛰쳐나와 인근 약국을 찾았다.

들어서자마자 돈을 치르고 전통 있다 믿는 우황청심환을 단번에 삼키고 뒤돌아 나가려는데 약사가 붙들어서 알았다.

지금 비가. 억수 같은 봄비가 내리고 있음을.

전혀 몰랐다. 비가 내리고 있다는 걸.

하루는 환에게 받은 격렬한 키스로, 환하고 나눈 뜨거운 입맞춤으로 몸이 달아올라 이렇게나 추운 건지 알았다. 자꾸만 시야를 가리는 빗방울은 그녀 자신의 눈물인지 알았다.

그 모든 착각과 오해를 하며 물에 빠진 쥐 꼴을 하고 약국에서 우황청심환을 달라고 했으니 연세 지긋하신 약사님이 제법 놀란 듯 보였다.

출입문 한 켠으로 비켜서 창밖을 내다보니 비는 오늘 일에 대한 분명한 기억과 깊은 상흔을 남기려는 듯 끊임없이 내렸다. 마치 오늘의 비까지도 새겨 넣으라는 듯.

가만히 빗속을 들여다보며 생각했다.

이 또한 누군가에게 가한 가혹한 신의 농간과 셈법의 일환인가 하고. 만약 그게 아니라면 정말 순전히 환이 하루에게 품은 순간적인 욕망일 뿐인 건가 하고.

신의 장난이던 환의 본능의 불고든 결국 놀라고 당황스러운 건 사실이었다.

당황스런 맘과 함께 환의 유혹에 넘어가고, 전부 받아들이고 싶었던 이 부도덕하고도 내밀한 욕망을 뭐라 표현할지 모르겠다.

단 한 번의 실수라고 치부하고 환을 열망하는 스스로에게 선물을 주고도 싶었다.

그동안 환의 몸 일부분을 씻기고 속옷을 챙기면서 마음속 또 다른 강하루는 얼마나 흔들리고 흔들렸는지 환은 알까…….

매 순간이 고역이었고 일분일초가 수난이었다.

안고 싶었다. 안기고 싶었다. 이 두 손을 환의 부드러운 신체와 기관. 머릿결 전부를 파고들고 깊숙이 꽂아 젖어드는 황홀감도 욕심났었다.

그녀 전부를 환에게 맡긴 채 그대로 격랑에 떠내려가 정신 못 차리게 휩쓸리다가 정말이지 맨 마지막에 어쩔 수 없이 현실을 자각하고 싶었다.

오늘 이 순간, 분위기 탓에 실수했구나 하는 변명을 하면서 또 다른 강하루는 그 기억으로 또 얼마를 살고 버티고도 싶었다.

지난 3년 아무렇지 않은 듯 살아냈지만, 단 하루도 아무렇지 않은 날은 없었다.

의지에 반한 각오였고 결심이었기에 늘 힘겨웠다. 아팠다. 보고 팠다.

고통으로 굳어가는 어느 이의 소망을 들어주고 싶은 마음과 함께 모두를 위한 대의였다고, 명분 있는 쇼였다고 혼자 자축하면서 몇 날 며칠을 미친 듯이 울었다.

남궁환이 너무 보고 싶어서.

강하루의 심장인 남자가 너무도 안고 싶고, 안기고 싶어서…….

"……아무래도 그칠 것 같지가 않네."

정말 비는 그칠 것 같지가 않았다.

마치 이대로. 고작 이만큼으론 성에 차지 않아, 그칠 수 없다는 듯 고집스럽게 내렸다.

"여기 이 우산 가져가요."

하루는 인상 좋은 약사님이 건넨 오렌지색 우산을 쳐다볼 뿐, 받아 들지도 감사하단 인사도 하지 않았다.

이 순간 아무것도 할 수가 없었다.

다시금 밴 안으로 기어 돌아가고 싶어서.

방금 전 키스에 남김없이 함몰되고 싶어서.

누군가에게 달려가고 싶어 하루는 오렌지색 우산을 꽉 잡아 쥐기만 했다.

❖

영화계 관련자란 입장에서만 보면 기쁜 일이었다.

창과 우열을 다투는 메이저급 영화사가 올봄에 야심 차게 내놓은 사회성 짙은 범죄 드라마가 엄청난 사고를 쳤다.

역대 청불 영화 흥행 순위 역사를 갈아치우는 것도 모자라 하루가 다르게 새로운 기록을 갱신하고 있었다.

이번 달 국내 영화의 허리 격인 중박을 가뿐히 넘고 대박을 넘어 천만을 바라보는 입장에서 확장판을 내놓을 거란 기사가 신문 지면을 화려하게 장식하고 있었다.

이런 상황에서 아무리 스스로에 대한 믿음과 시나리오의 확신에서 출발했다 하더라도 불안감은 어쩔 수 없이 따라붙는 편두통과 같았다.

주연 배우의 살짝 주저앉은 코로 인해 영화 촬영은 주인공의 단독 샷과 두 배우가 붙지 않은 신부터 찍고 있었다. 그렇다 해도 분위기는 내내 가라앉은 채였다.

하루는 이번 영화의 담당 프로듀서의 보고를 받으며 무거운 마음을 애써 털어냈다.

모두가 힘 빠져도 총책인 그녀만은 힘이 빠지는 일이 없어야 했다.

이번 일에 전체를 총괄하고 모두를 서포트하려면 정신력만이 최선이었다.

다행이라고 해야 할지 모르겠지만 이전에 선보인 애니메이션이 장기 흥행과 더불어 해외 판권 수익률이 좋아 이 아슬아슬한 상황을 무난히 넘기게 해주고 있었다. 이번 애니메이션의 성공으로 영화사 창에선 다른 장편 애니메이션을 준비하고 있었다.

볼로냐 아동도서전에서 선정한 올해의 일러스트레이터에 뽑힌 작가들을 비롯해 국내 숨어 있는 많은 동화 작가들과의 긴밀한 접촉과 미팅도 병행하며 흔치 않은 장편 애니메이션의 모험과 도전을 다시금 준비 중이었다.

"스케줄이 지금처럼 계속 연기되면 촬영 전반에 대한 예산을 다시 짜야 할 것 같습니다. 뭐 중간에 미비한 점을 보완하는 시간으로 보면 출혈이라고만 얘기할 수 없습니다. 무엇보다 이번 영화는 완성도가 중요하니까……."

"그런 말씀하지 않으셔도 돼요. 저도 그 정도는 계산하고 있어요."

예상치 못한 자잘한 사건이 연이어 터지고 라이벌 영화사는 샴페인을 터트리고 있는 격이라 어쩔 수 없이 위축되면서 눈치를 보는 듯한 정 부장으로 인해 하루는 더 크게 미소를 지어 보였다.

"부장님이랑 저 올해로 7년 함께하고 있어요. 이보다 더 곤혹스러운 경험 많이 했잖아요. 그러니까 걱정하시지 말고 현장 분위기 신경 써주세요. 무엇보다 스탭들 이런저런 소문 듣고 다운되지 않게 해주시고, 감독이랑 조연출도 불편하지 않게 챙겨주세요."

"조연출들이야 자기들 우상 남궁환 감독 믿고 잘하고 있으니까 걱정하지 않으셔도 될 것 같고, 감독님은 며칠 슬럼프 같단 얘기가 돌더니 지금은 스크립터랑 쿵짝이 잘 맞아…… 저 대표님께 이런 얘기 드려도 되는지 모르겠지만 조만간 국수 먹는 거 아니냐고 현장 스탭들이 막 그러던데요."

"……."

"보셨는지 모르겠지만 그 미녀 스크립터 시나리오도 곧잘 쓰고 젊은 영화인들 사이에서는 제법 인기도 있고 나름 인지도도 있더라고요. 여러 가지 고려해서 환 감독이 섭외하고 이번 작업에 참여시켰겠죠. 서로들 다 잘 아는 처지고 스탭들이니까요."

"그런가요."

하루는 정 부장과 나머지 일정, 후반 작업에 대한 논의, 이번에 2지구에 증축해 들어온 영화인들과의 만남까지 언급한 후 기나긴 미팅을 마쳤다.

혼자 남은 하루는 테이블 위에 놓인 서류들을 꼼꼼히 확인했다.

현재 진행 중인 영화의 전반적인 현황과 건물 사용 허가권 등을 비롯해 하반기 대내외적으로 기획하고 있는 각종 행사와 일정들이라 눈여겨봐야 하는데…… 마지막에 정 부장이 흘리고 간 이야기로 인해 시선은 10분 넘게 같은 행간에 머물고 있었다.

"그 미녀 스크립터랑 잘 맞아서……."

매일 보는 사이고 늘 곁에서 눈을 마주치는 관계인데 충분히 그럴 수 있었다.

남궁환이 아무리 결벽증이 있고, 예민하며 까다로운 나쁜 남자의 전형을 보인다 해도 매력적인 남자인 건 분명했다.

하루는 더는 이런 생각들을 하고 싶지 않고, 하는 게 불필요해 자리에서 일어났다. 창가로 가 내려다보니 오후의 한가함이 본사 건물 앞마당에 주저앉아 있었다.

파주는 서울이나 다른 곳과 다르게 넓은 공간 배열이 주는 특유의 서늘함이, 쓸쓸함이 있었다. 좋게 평가해 서울 같은 답답함은 없지만 그 대신 이렇게 어둠이 내려앉으려는 시간 혼자라면, 누군가의 존재와 손길이 요긴할 정도로 거리는 황량했다.

하루는 양손으로 제 몸을 감싸 안았다.

기온이 그리 낮지 않은데도 피부에 소름이 돋았다.

사무실 온도가…… 실내 온도는 아무 문제가 아니지 싶었다.

지난 시간들 속 내내 마음을 다잡고 오늘 같은 이런 말들이 당연히 들리고 들려올 것도 예측했건만, 실제로 들으니 속속들이 몸 전부가 아팠다.

마치 누군가 대바늘로 가슴 정곡을 콕콕 찔러대는 듯했다.

마음 또한 동일하게 무너져 내렸다.

그동안 개인 생활에 대해 별다른 말이 들려오지 않아 괜히 마음을 놓고, 긴장을 하지 않고 있었던 모양이었다. 그러다 야간 정찰조에 기습을 당한 듯, 정 부장의 한마디로 인해 다리에 힘이 실리지 않았다.

서 있는 게 마냥 힘들고, 이대로 버틴다는 게 괜히 서러웠다.

누군가 이런 자신을 곁에서 보고, 속내를 읽는다면 돌을 던지고 욕을 할 게 분명하다는 걸 알면서도 한번 무너져 내린 마음은 평정심을 찾기 어려웠다.

도저히 이대로는 버틸 자신이 없어 핸드폰을 찾았다.

"나 좀 봐, 오빠."

간사한 게 인간이라고 했던가, 딱 한 번 불러봤다고 그새 오빠란 소리가 신음처럼 새어 나왔다.

지금 이 순간, 살려달라 매달릴 수 있는 이는 오빠뿐이었다.

늦은 저녁인데도 포장마차는 두 사람 전용 호박마차처럼 휑하니 단출했다.

전 국민이 다 아는 주황색 원단 사이 좁다랗게 뚫린 비닐 창으로 기분 좋은 훈기와 연기가 보일 텐데도 포장마차는 조용했다.

그 모든 분위기에 하루는 빠르게. 마치 회전초밥을 골라 먹듯 술을 홀짝였다. 그러다 어느 순간 술병을 가로챈 정원으로 인해 그 같은 속도가 반감되고 늘어졌다.

하루는 따르라고 있는 술병을 허공에서 붙잡고 있는 정원을 올려다봤다. 생명수 같은 술이 하늘 위에서 하루를 향해 손을 흔들고 있었다. 그로 인해 마음은 초조하니 다급해졌다.

"자꾸 이러면 혼자 마실래."

"이미 마실 만큼 마셨어."

"그 마실 만큼은 정원 작가님이 입이 아니라 내 간이 정하는 거고. 어서 따라줘. 아님 돈만 내주고 가든가."

"이유를 말해."

"……."

"그럼 바로 이불 깔고 누울 정도로 따라줄 수 있어."

너무도 유혹적이고 충분히 선동하게 만드는 말이었다. 그렇다 해도 오래전 그날 아무것도 모르는 순진한 정원 작가님을 섭외해 꾸민 자작극 이후 3년, 오늘 이 자리가 그 결과로 파생된 술자리라고는 죽어도 말할 수 없었다.

그저 영화사 일이 고되고 생각보다 재미가 없다고 하는 수밖에는.

"원래 영화가 그렇잖아. 크랭크인하면서부터 개고생 시작인 거. 여기서 터지고 저기서 터지고. 그런데 오늘은 폭죽처럼, 불꽃놀이처럼 팡팡 터지는 게 좀 버겁네. 주연 배우의 주저앉은 코도 살짝 걱정되고."

"……."

"난 그 남자 배우, 코 수술한 거라고는 상상도 못했거든. 코가 어찌나 본인 코 같으신지."

"……."

"그래서 이 연사 오늘 술이 당긴답니다."

"혹시라도 자금 때문이면 주식으로 해결해. 그럼 이럴 일 없는 거잖아."

생각만으로도 든든한 마음에 엄지를 세우며 말했다.

"인정. 역시 정원 작가님은 99.99999 퍼센트 금수저다워. 일말의 주저함이 없어요. 이복 오빠만 아니면 우회 없이 작업 들어가는 건데."

하루는 오뎅 국물을 퍼 먹던 스테인리스 수저를 들어 보이곤 바로 내렸다.

"내 이 스탱 수저랑은 차원이 달라."

결코 자금 때문이 아니었다. 그런 금전적인 문제라면 그 사람한테 받은 현물과 주식, 또 정원 작가님한테 양도받은 회사 지분과 신탁으로든 해결할 수 있는 방법은 많고도 많았다.

사람을 죽이고 살리는 돈은 이럴 때 보면, 전혀 영양가가 없었다.

돈은 결코 시간을 되돌리지 못한다. 시간을 붙들지도 못하고.

결코 무용지물은 아닌데 정작 요긴한 순간 행복으로 가는 기차표는 구할 수가 없었다. 어느 오래된 노래 가사처럼 세계로 가는 기차표는 구할 수가 있을지라도……

"강 대표님, 그만하고 말을 하지 그래요."

정원은 더는 이 상태로 술을 따라줄 마음이 없다는 걸 확실하게 어필했다.

우아함과 동시에 냉동 건조시킨 듯한 서늘한 품성이 인내심의 한계에 다다랐다 말하고 있었다. 하루는 전혀 모르겠다는 듯 오뎅 국물을 퍼 마셨다.

"아님 대대적으로 인터뷰해서 강 대표님 이름을 신문지상과 검색어 순위에서 하루 종일 확인하게 할 수도 있는데."

"치사하네, 작가씩이나 돼서."

"어느 영화에서 그러던데. 이건 집안일이라고."

무슨 소린가 해 하루는 정원을 빤히 쳐다봤다.

"작가라는 직업과는 아무 상관없어, 이건 우리 남매 일이야."

"……"

"그러니까 말해봐."

단호할 때는 이렇게나 단호하시고 고집스러운 이가 정원 작가 님이시다.

이러니 우리 여리고 어설픈 이시호가 얼마나 맘의 상처가 클 것 이며 눈물의 나날을 보낼까 싶었다.

결국엔 창피하고 어이없어 할 게 뻔한데도 누군가에게는 토해 내고 싶은 게 사실이었다. 아무리 생각해도 하루 주위에 그런 희생과 봉사의 아이콘은 정원 작가님뿐이고 이복지간이라 해도 정원 오빠뿐이었다.

"강하루……."

"그 사람, 연애하나 봐."

결국 했다. 이 유치하고 잔망스럽다 못해 신파가 철철 넘치는 짓을 하고야 말았다.

"이혼한 싱글 남자가 연애하는 거, 당연해. 축하해 줄 일이고."

"……."

"근데 말이야…… 그 확인도 하지 않은 말을 듣는 순간, 여기가, 있지 여기가……."

하루는 자신의 가슴 한쪽에 손을 올리며 지그시. 아주 천천히 눌렀다.

"쪼개지듯이 아프더라고."

쪽팔린다는 말. 딱 그 말이 맞았다.

그렇게 뜯어말리던 정원 작가님의 원망과 원성을 그렇게나 받고도 결국엔 강하루 하고 싶은 대로 한 결과가 바로 이거였다.

지금 이 상태였다.

생가슴이 쪼개지고 찢어지는 듯한 아픔. 고통. 절망감.

"한심스럽게 보지 마. 그것 봐라 하면서 고소해하지도 말고."

"……."

"집안일이라며……. 그냥 삭여, 맘속에서."

하루는 아무 말도 하지 않는 정원 작가님의 생각을 읽는 듯, 혼자 지껄이고 혼자 질의응답을 했다.

"잔 들어."

"……!"

"마실 만한 이유잖아. 그럼 마셔야지."

정원 작가님은 그 어떤 채근이나 무안, 책임 추궁 하나 없이 술잔을 채워주었다.

"작가님……."

"말해."

"이래서 가족이 좋은가 봐요. 이렇게 스리슬쩍 넘어가 주는 것도 있고."

"안 넘어가. 내일 그 자식 찾아갈 거야."

장난이라고는 전혀 느껴지지 않는 다부진 정원의 말에 하루는 긴장과 함께 가슴이 주저앉듯 두근거렸다.

"오빠!"

하루는 절대, 제발 그러지 말라는 의미로 정원을 애절하게. 눈물 그렁한 채로 쳐다봤다.

"마셔. 여기서 바로 돗자리 펼 정도로 취하게 만들어줄 테니까."

"……."

"괜히 오빠겠어. 하고 싶으신 대로 해."

절대 울 생각까지는 없었다.

뭐 잘난 게 있고, 잘한 게 있다고. 그렇다 해도 눈물은 벌써부터 철철. 줄줄 흘러내렸다.

"남들은 후회할 게 뻔한 짓을 하고 3년이 지난 지금, 이제 와 바보처럼 술수정하는 이복동생 뭐라고 하는지 몰라도……."

모르긴. 미친 동생 년이라고들 하겠지, 다들. 어쩜 갖다 버리라고 할지도 모른다. 매정한 인간성을 가진 위인이라면, 충분히.

"나한텐 세상에 하나밖에 없는 소중한 동생이야."

"……!"

"무슨 짓을 해도 난, 강하루 예뻐."

진짜 이 정도로 울 생각은 없었다. 양심도 없지, 강하루.

뜬금없이 떠난 여행에서 정말 오랜만에 돌아와 그 귀향에 기쁜 동생이 따뜻한 밥 해준다고 꼬여 집으로 데려와 본인 모르게 수면제를 먹여 치정극의 남조로 만든 주제에 뭘 잘했다고 무슨 눈물 바람은…….

"오…… 빠."

"응."

"……."

"……말해.

아무 말도 할 수가 없었다. 그저. 그냥 오빠를 불러보았다.

강하루가 부르니 따박따박 대답해 주는 가족이. 오빠가 있어 한

번 불러보고 싶었다.

그 모든 이유까지 보태 눈물이 주룩주룩 흘렀다.

정말 주룩주룩.

눈물인지 콧물인지 성분 분석이 안 되는 흥건한 물기가 얼굴 전체를 완전히 뒤덮었다.

그날 이후, 강하루는 현장에 모습을 보이지 않았다.

대찬 강 대표 성격에도 그날의 일은 충격이었는지 오늘로 5일째 모습을 감췄다.

그 5일 동안 환을 배려한 정성스런 식사와 옷가지들을 챙기는 건 결코 잊지 않았다.

영화사 직원을 보내든, 택배를 보내 그가 필요하고 부족하다 싶은 것들은 귀신처럼 알아 보내어주었다. 그 때문에 강하루의 빈자리를 더욱더 체감했다.

현장 분위기는 그야말로 초상집처럼 어중간하고도 뒤숭숭했다.

여전히 때가 꼬질꼬질한 깁스를 한 채 머리는 어느 시절 망나니처럼 봉두난발을 한 험악한 감독에, 주연 배우는 누구도 예상 못 했지만 분명 젊은 시절에 한 코가 주저앉았고, 스크립터는 감독의 구박에 매일 울고 앉았으니…… 현장 분위기가 좋을 수 없었다.

오늘은 현재 공사 중인 미개통의 다리 위에서 찍는 액션 신이었다.

다리라고 해도 시원하게 뚫린 8차선 도로도 아니고 좁은 민자 도로라 신을 찍는 게 결코 만만하지 않았다. 오늘 신을 커버할 스턴트맨은 무술 감독의 추천으로 인해 처음 스턴트를 하는 이였다. 그리 믿음직하지 않은 기분까지 무술 감독에게 어필할 필요는 없지만 믿음이 가지 않는 건 환도 어쩔 수가 없었다.

그 모든 이유로 신경이 날카로웠다.

며칠 전 스크립터가 갑자기 집안에 우환이 생기고 또 이제 와 일이 맞지 않는다는 황당한 핑계를 댔다. 그만두겠다는 선언에 안 그래도 화가 머리끝까지 차 있던 환은 결국 그 같은 무책임함에 감정이 폭발했다.

이번 영화를 위해서라도 제발 좀 달래주라며 사정사정하는 조연출로 인해 따로 불러 냉정하게 협박했다. 이대로 그만두면 절대 이 바닥에서 갱생하는 일은 없을 거라고.

사색이 된 스크립터는 바로 생각이 짧았다며 책임 완수를 하겠다고 했다.

환은 인자한 마음으로 받아주었다.

그 일이 이상하게 옷을 입어 와전됐는지 현장 스탭들 시선이 곱지 않았다. 그러거나 말거나 당장에 수습이 급했고, 마냥 늘어지는 스케줄로 인해 더욱 강하루가 신경 쓰였다.

그날 비가 억수같이 온 것도 걱정을 부추겼다.

정 부장은 강하루의 안부는 전혀 전해주지 않았다. 관심 없는 타 영화사의 청불 영화 성공과 부수적으로 따라붙는 기삿거리만 확인시켜 주었다.

이 현장에 대한 책임감과 함께 영화의 완성도를 높이라는 무언의 압박인 건 알겠는데, 감독은 흥행을 먼저 생각하고 영화를 만들지는 않았다.

영화는 결코 자신하거나 과신하며 만드는 영상매체가 아니었다.

모든 걸 쏟아부은 하드와 소프트의 결정체이나 선택은 늘 그렇듯, 관객의 판단이며 관객의 몫일 뿐. 또 하나 하늘이 약간 보우하심과 함께.

이 모든 상황과 별개로 의식은 강하루에게만 향했다.

지금도 하루에게 한 키스의 거친 달콤함과 황홀했던 감각을 잊을 수가 없었다.

강하루는 남궁환이 아니어도 다른 이와의 접촉이 가능한 듯하지만 환은 전혀 아니었다.

결벽증과 강박증을 차치하더라도 환에게 접촉 가능하고 허용 가능한 여자는 강하루뿐이었다.

증오의 대상이고, 잊어야 할 치욕적인 기억을 선사한 인물이라 해도 이 세상에서 그를 만지고, 그를 애무하며, 그의 본능을 깨우고 욕망을 채워줄 이는 하루밖에는 없었다.

"빌어먹을……."

맞바람도 있고, 보복성 애인 만들기도 있으며, 하룻밤으로 만리장성을 쌓는다는 믿지 못할 아라비안 나이트도 있는데 그 모든 게 환에게는 그저 공상 만화영화 같았다.

"감독님."

이번 영화로 눈치의 달인으로 등극한 조연출이 곁으로 다가왔다. 이것저것 신경 써서 그런지 조연출인 윤호는 크랭크인 때보다 몸무게가 많이 준 듯 보였다.

이렇게 가까이서 보니 거의 반쪽이라고도 할 수 있었다.

생각해 보니 이번 영화가 다른 영화 촬영 때보다 많은 우여곡절과 변수가 있긴 했다.

"대표님 오셨어요. 영화 촬영 전에 잠깐 밴에서 보시자고 하세요."

강하루가 왔단다. 환이 있는 이곳에.

"얼른 가보세요. 촬영 준비는 거의 끝마쳤어요."

조연출은 시간을 확인하며 그와 함께 밴으로 향했다.

밴으로 향하는 발걸음이 무거우면서도 어쩔 수 없이 가벼웠다.

복잡한 마음 때문인지 그리 길지 않은 거리를 걸으며 몇 번이나 멈춰 서기를 반복했다.

저 앞에 익숙한 밴이 보이자 뭔가 무거운 짐이 심장을 내리누르는 듯했다. 그러면서도 얼른 밴의 문을 열어 강하루가 있는지 확인하고 싶었다.

"저, 감독님."

윤호가 밴의 손잡이를 잡으려는 환을 불렀다.

"오늘 차량 스턴트라 시간이 없어요."

틀린 지적은 아니었다.

"되도록 빨리 나오세요. 그리고 여긴 스탭들이 많이 왔다 갔다 해서 위험해요. 안 그래도 대표님이 워낙에 미인이신데 갑자기 유명해져서요."

미인이라는 건 알아듣겠는데 유명해졌다는 건 무슨 소린지 알 수가 없었다.

대답 대신 알겠다고 고개를 끄덕이고 바로 밴 문을 밀었다.

차량 손잡이를 잡은 환은 자신이 손아귀에 필요 이상으로 힘을 실었다고 생각했다.

이 순간, 긴장감은 스텐바이 중인 차량 신 버금갔다.

문이 열리고 환이 밴 안으로 들어왔다.

그날 이후, 딱 5일 만이었다.

남궁환의 비주얼을 잡아먹은 비위생적인 모습을 이처럼 목도하고 확인하는 게.

그 같은 새집머리를 하고도 모자를 쓰지 않고 무엇으로든 커버하지 않는 에누리 없는 스스로의 원칙과 자존심은 여전했다.

"어서 와요. 근데 머리는 전혀 안 감았나 봐요."

하루의 그 같은 말투에 환이 그녀를 빤히 쳐다봤다.

피곤이 덕지덕지 배고 차오른 환의 얼굴은 여지없이 선 고운 단정함과 날렵함으로 눈길을 끌긴 했다.

가까이서 마주한 머리는 간결한 라인의 커피 잔을 채운 카푸치노 거품처럼 손이 갈 듯 말 듯했다. 확실히 약간의 고민과 거리감이 필요한 일이었다.

"오늘도 같아요. 속옷이랑 면 티. 탄산수랑 간단하게 요기할 거 전부……"

"말투가 왜 그래?"

"……."

"이제 높으신 영화사 대표만 하기로 한 거야? 친절한 전부인 모드는 집어치우고?"

갑작스런 질문에 가방 확인을 멈추고 환을 봤다. 환은 집요하고도 불편한 기색. 불쾌한 듯한 자신의 감정을 숨기지 않았다.

사실 작정하거나 의식한 건 아닌데, 말이 그렇게 나와 버렸다.

이제라도 남궁환 옆에 누군가 있다면, 또 있다니까 무의식 속의 강하루가 뱉은 일종의 거리 두기 같은 건가 싶었다.

그녀가 모르는 무의식의 강하루는 판단력이 무척이나 빠른가 싶었다.

"그런 거 아니에요. 그냥……."

"아니면 하던 대로 해. 대표한테 이런 대접 받을 만큼 영화 촬영 잘되고 있는 것도 아니고, 그렇다 해도 대단하신 제작자랑 있다고 생각하고 싶지도 않아."

"왜요?"

"……."

질문은 그녀조차도 예상 못한 반격이었다. 이 또한 무의식의 발로인건지.

"왜 제작자나 영화사 대표로 날 마주하는 게 싫은 건데요? 우리 맨 처음, 이 관계를 비롯해 서비스를 제공하는 취지나 명분은 그런 거였잖아요. 생각해 보니까 그때 했던 관계 설정이 맞아요. 우리가 선을 넘었어요."

환이 아닌 자연스레, 은근슬쩍 선을 넘은 스스로를 탓하고 있었다.

"하던 대로 하라고 했어, 강하루."

"아니요. 이제부터는 당신이랑 나 이렇게 이런 대화 말투 유지해요. 이게 맞아요, 우리한테는."

"왜? 그런 말투면 내가 강하루 안 덮칠 거 같아서?"

하루의 고군분투를 비웃듯 환은 그날의 일을 꺼내 분명하게 확인시켰다.

"그런 거 전혀 없어. 제작자든 대표든 그 이름들 때문에 내 행동이 위축되거나 의지가 꺾이는 일은 없다는 거야. 또 그날의 일을 경계하기 위해서라면 더욱더 그럴 필요 없어. 그날, 실수는 아니었지만 다시는 그런 일 없을 거야."

"왜요?"

"……."

"누가 생겼나요?"

이건 아니다. 이 같은 질문을 하는 건 정말 아니지, 강하루.

"뭐…… 야?"

뭐긴. 하루도 모르는 그 무언가를 어찌 설명하라고 묻는 건지.

"물었잖아? 제대로 말하라고. 지금 그 말……."

난처해진 하루와 그 난처함을 집요하게 물고 늘어지려는 남궁환의 말을 끊은 건, 다급한 노크 소리 후 열린 밴의 문이었다.

노크 소리만큼이나 상기된 조연출이 얼굴을 내밀고 마치 급한 불을 끄려는 소방관처럼 다급하게 말했다.

"감독님, 이제 가셔야 해요. 시간 없어요. 스턴트맨들도 전부 준비 마쳤고요."

"가보세요, 감독님. 오늘은 저도 이만 가봐야 할 것 같아요."

하루는 환이 다른 말을 하기 전에 선수를 치듯 끼어들었다.

"촬영 잘하세요."

정중한 인사말과 대기하며 기다리는 조연출로 인해 환은 어색하게 미소 짓는 하루를 빤히 바라보다 밴에서 내렸다. 늘 고마운 조연출의 인사를 받으며 하루는 밴의 문을 닫았다.

일단 숨을 좀 돌리고 싶었다.

당혹스런 질문도 그렇고 어처구니없는 그녀 자신이 한 질문으로부터 벗어나고 싶었다.

도대체 무슨 정신으로 그런 말을 했는지 모르겠다.

너무도 순간적이고 충동적인 발언이었기에 하루 자신이 더 놀란 상태였다.

마음이. 낮게 몸을 숙이고 자제하며 끝까지 감춰야 하는 이 뜨거운 마음이, 스크립터와 환을 교집합으로 묶은 말로 인해 자꾸 엉클어지고 분산됐다.

이 정도밖에 안 되는 가볍고 경박한 깜냥이었나 싶었다.

숨기려면. 무언가 감추려면 프로의 자세로 철저하고 간교해야 하는데도, 환을 보면. 환이 만드는 공간과 공기에 흡수되면 이렇게나 의지 부족에 나약한 강하루일 뿐이었다.

남궁환이 강하루에게 끼치는 영향력은 여전히 강력하고 절대적이었다.

그 같은 명제는 왜 이렇게나 변하고 달라지질 않는 건지.

토네이도는 해가 지나고 시간이 지나도 역시나 토네이도였다.

남궁환이 강하루를 집어삼키는 토네이도라는 사실도 여전하고.

이젠 억울하기보단 체념이 됐다.

마치 내려놓음이란 말처럼.

촬영장에서 파주로 간 하루를 기다리는 건, 이시호가 병원으로 실려갔다는 사실이었다. 파주에 적당한 병원이 없어 일산병원까지 갔다는 말에 하루는 주차한 차를 다시 뺐다.

이동하는 사이 무슨 일이 있고 어떤 진단을 받았는지 이시호는 1인용 병실에 죽은 듯이 누워 있었다.

그 모습에 당장 정원 작가님부터 섭외하려 했지만 일단 이시호의 상태를, 기분을 확인하는 게 우선이라 핸드폰을 쥔 채 이시호가 깨어나길 기다렸다.

시호가 잠든 사이 들른 간호사는 세균성 장염에 무엇보다 영양의 불균형과 체력 저하를 언급했다. 하도 황당한 병명에 기가 막혔다.

다른 곳도 아니고 바로 영화사 창, 하루의 그늘 아래서 일하는 직원이 소위 말하는 영양실조에 피로 누적으로 인한 체력 저하라니…….

간호사는 기본적인 체력이 유지됐다면 장염으로 입원하는 일은 없었을 거라 말했다.

이시호로 인해 단번에 악덕 대표와 호형호제하는 사이가 돼버렸다. 또한 정원 작가님을 호출하기 위해 들고 있던 핸드폰은 도로 가방에 집어넣었다.

이대로 불렀다가는 동생이고 뭐고 맞을 것 같았다.

천재지변처럼 당하고 피어난 마음을 기반으로 너무도 아끼고 소중해서 제대로 말도 못하고, 표현도 못하는 제 어린 연인을 잘못하면 굶겨 죽일 뻔했다고……

저녁 식사 시간 직전, 이시호는 눈을 떴다. 장장 세 시간 넘게 잠만 잤다.

일어나자마자 노려보는 하루와 눈이 마주친 시호는 슬며시 시선을 피하며 마실 걸 찾았다.

직접 끓인 보리차 대신 구비해 놓은 보리 음료와 이온 음료 두 개를 양손에 들고 시호의 선택을 기다렸다.

"오렌지 주스 먹고 싶어요, 대표님."

"오렌지 주스 같은 소리 한다."

"저 아픈 환자예요, 대표님."

"환자 같은 소리 하지."

어떻게 해도 잦아들지 않는 분기로 인해 하루는 시호를 노려봤다.

"대표님, 그러지 마세요. 이건 분명 산재, 산업재해라고요. 엄연히 직장 내에서 벌어진 인명 사고요. 제가 오직 할 일이 많았으면 이렇게 피로 누적에 쓰러지겠어요. 그래도 신고는 하지 않을게요."

"……"

"이렇게 1인실도 잡아주셨는데."

기운 회복을 위한 링거를 꽂고 개운하게 잠을 자서 그런지 이시호는 돌아가는 주변 상황을 꽤나 시적이고 서정적으로 풀어냈다. 또 어찌나 유유자적하신지 하루의 심적 갈등은 미처 캐치하지 못하고 있었다.

"제가 사실, 요즘 들어 일을 너무 열심히 하긴 했어요. 매일 현장으로만 향하시는 대표님 대신해서 저희 영화사에서 진행하는 이벤트 챙기랴, 다음 영화 기획하랴 또⋯⋯."

"매일 정원 작가님 행동반경 살피랴, 오매불망 눈물 바람으로 복도에서 기다리고 서 있으랴. 또 작가님 생각에 밤새랴. 그지?"

하루는 미소 가득한 얼굴로 시호를 향해 하트 눈빛을 쏴주었다.

"그게 무슨 말씀이세요. 저 지금 산재라니까요. 직장 내에서 연일 누적된 피로와 과로로 실려온⋯⋯."

"그대 병명은 영양실조로 인한 가벼운 세균성 장염이래요. 내가 의사랑 간호사 만나보고 왔거덩, 이 시리도록 슬픈 이시호야."

마침 시기적절한 타임에 저녁 식사가 도착했다.

식사를 배달해 주는 분은 시호가 누운 베드 끝 테이블을 세우고 그 자리에 식사를 놔주고 갔다. 하루는 네다섯 개의 투명한 반찬 뚜껑을 열어 내용물을 확인했다.

진단 내린 의사나 간호사나 영양 불균형에 영양실조를 언급하고는 반찬이 저 푸른 초원 그 자체였다. 푸른 엽록소를 머금은 채소 파티였다.

"에계, 반찬이 이게 뭐예요. 대표님, 저 영양실조라면서요? 근데 이거 먹고 무슨 기운이 나겠어요. 고기 사주세요. 저 지금 남의 살이 마구 먹고, 씹고 맛보고 싶어요."

아무래도 정원 작가님과의 문제가 가볍지 않은 듯했다.

이시호의 정신 상태가 정상은 아니지 싶었다.

오늘은 죽어도 집에 가기 싫고, 본인은 이 병실에서 꼭 병실 신을 찍는다는 통에 하는 수 없이 대표라는 직함으로 이시호 본가에 전화를 걸었다.

자신의 업무를 탁월하게 해내는 이시호가 대표인 강하루와 소규모 여성영화제로 인해 지방에 내려갔다 온다는 극적인 시나리오를 썼다.

회사 사무실을 통해 하루의 신분 확인이며 일정을 확인하시라 말씀드리고, 그닥 죄지은 것도 없이 죄송하다는 말을 연거푸 했다.

사실 이 같은 멘트와 반성은 정원 작가님이 하셔야 할 말이었다.

시호와 목소리 톤이 비슷한 어머니는 시호에게 이야기 들었다고 하시며 언제든 방문해 달라는 초대를 받았다. 언뜻 느껴지는 기운과 이미지로도 시호의 집안이 무척이나 단란하고 행복한 듯했다. 이로써 우리 겁쟁이 정원 작가님은 더 멀리 도망가게 생겼다.

엄밀히 말해 이시호가 지금처럼 병원 신세를 지는 건, 순전히 정원의 야멸차고 거짓이 난무한 이중적 태도 때문이기에 여러 가지 의미로 정원의 고난길이 보이는 듯했다.

여튼 입원한 시호나 어른들께 사기 친 하루나 저녁은 먹어야 했다.

하루가 지하 식당에서 사온 저녁과 빵. 각종 과일을 사와 보란 듯이 혼자 먹어 치우고, 이시호는 제 병명에 맞게 나온 식단을 허겁지겁 해결했다. 두 여자는 병실을 조용한 카페 삼았다. 하루는 커피를, 시호는 보리 음료를 손에 쥐고 각자가 원하는 위치에 앉았다.

넓은 창밖으로 조금씩 해가 저무는 모습이 역시나 파주와는 달랐다.

그리 쓸쓸하지도. 황량하지도 않은 노을은 일산의 높고 낮은 건물 위로 균일하게 내려앉았다.

그리 외롭지도 무겁지도 않은 전경이었다.

누군가 곁에 없어도 지금의 저 모습은 위안이 되고 위로가 됐다.

"대표님, 저요. 혹사나 해서 말씀드리는 건데 정원 작가님 때문에 아픈 거 아니에요……."

하루는 질문이나 반문 없이 가만히 듣기만 했다. 이시호도 그녀의 대답을 기대하고 한 말은 아닌 듯했다. 마치 혼잣말처럼 하는 걸로 봐서는.

"저 혼자 좋아하고, 저 혼자 안달복달하다 왠지 억울하고 비참하고…… 그러다 제 못된 성질 때문에 탈이 나서 그런 거예요."

"……"

"대표님. 저는요, 어느 날 어느 타이밍에 작가님을 뵈면 너무 맘이 아파요. 제가 혼자 좋아해서 그렇다기보다는 그냥 작가님 옆모습이. 우울한 눈빛이. 주저하는 듯한 입술이랑 목울대가 너무 제 가슴을 아프게 해요. 대표님도 그런 정원 작가님 모습 본 적 있으세요? 두 분 굉장히 오래 알고 지낸 지인이라고 하셨잖아요. 그때."

그래, 오래 알았다. 그런데도 정원이 말하기 전까지 그의 유난스런 아픔이 그저 태생적으로 타고난 외로운 유전자 탓이라 여겼다.

하루의 엄마 때문에 아프고, 그녀 자신의 존재 자체만으로도 아프다는 걸 그때는, 어릴 때는 전혀 몰랐다.

정원의 눈빛이 너무도 따뜻하니 좋아서.

"정원 작가님이요. 전 대표님을 사랑하고 계신 건 아닌가 하고 의심한 적이 있었어요."

"……."

"사실 두 분, 비슷하시거든요. 물론 작가님이 더 아름답고 진지하시고 어른 같으시지만 그래도 분위기나 느낌, 존재감이 닮으셨어요. 가끔 보면, 눈빛도 꼭 닮은 것 같고."

언젠가 정원이 말한 적이 있었다.

자신과 하루가 그 사람을 닮았다고. 세 사람이 눈빛이 똑 닮아서 부녀 사이고 남매 사인지 누구든 한번 보기만 하면 대번에 알거라고……

그때 하루는 정원과 자신이 닮았다는 그 소리가 그렇게나 좋았다.

이 세상에 그녀 말고 하루와 똑같이 아프고 외로운 사람이 한 명 더 있다는 게, 그 사람이 정원이라는 게 그렇게도 위안이 되고 안심이 됐었다.

"근데 보니까, 대표님이랑은 말씀처럼 오래돼 친밀한 사이인 건 맞는데 연인 관계는 아니더라고요. 그럼 정말 다른 분을 사랑하고 계셔서 절 밀어내시고 그렇게 모질게. 정말 지독하게 아프게 하시는 걸까요? 작가님이요, 가끔 절대악 같아요."

"……."

"하시는 말씀이나 눈빛이 얼마나 못되고 잔인하신지 모르시죠? 자주는 아닌데 가끔 강림하시는 절대악은 절 너무 힘들게, 힘겹게 해요. 그럴 땐 저도 그만두고 싶은데…… 그게. 그게 정말 안 돼요."

의지와 상관없이 일상을 비롯해 주위를 장악한 두려움에 사로잡히면 사람은 모질고 악의 화신이 되기도 한다.

하루 자신도 그랬다. 그래서 환을 그녀의 인생에서 도려냈었다.

본인 스스로 악한 이가 되지 않으면 마음을 준 이를 인생에서 잘라내는 건, 절대 할 수가 없으니 순간적이라도 절대악이 돼 상처를 주는 일이 있어도 그 사람을 위해 사정의 칼날을 들어야 할 그 미칠 것 같은 순간이 있다.

"사실 짝사랑이. 외사랑이 그런 거잖아요. 허락도 안 받고 제 맘대로 하는 거면서도 마치 둘이 같이하는 것처럼 삐치고, 섭섭하고, 그러다 혼자 또 화해하고 이해도 하면서 할 건 다 하게 되잖아요. 참 대표님은 혼자 하는 사랑 해본 적 없으시죠?"

늘. 항상 그러고 있었다, 하루도.

환을 상대로 하는 짝사랑과 외사랑은 지독하게 아팠다.

그날, 미녀 스크립터와 감독님의 케미가 있는 듯하다는 그 아무것도 아닌 말에, 하루는 지옥을 경험하고 결국 그런 지옥에서 살아남아야 했다. 또 정원의 위로를 받으며 얼마나 울었는지 모른다.

지난 3년은 죽기 살기로 환을 지우는 시간들이었다.

그렇게 하지 않았다면 결코 버틸 수 없었다. 늘 환의 이야기를 들을 수 있을까 하며 귀 기울이면서도 결코 내색하지 못하던 시간들.

누군가를 향해 귀는 쫑긋하면서도 하루하루 마음은 죽이고 살던 그때, 정원이 아니었다면 하루는, 지금의 그녀는 없었다.

지금 이 순간도 치열한 짝사랑은, 외사랑은 진행 중이었다.

"이건 비밀인데 말이야…… 이시호, 나도 지금 짝사랑 중이야. 그래서 이시호 마음 모르지 않아."

시호는 몹시 의외라는 표정을 하다 걱정을 하듯 하루를 쳐다봤다.

음흉하신 정원 작가님의 숨겨진 진심을 모르기에 현재 누구보다 아프게 짝사랑을 하고 있다고 착각하고 있는 입장에서 하루의 마음을 이해하는 듯했다. 얼마나 아프고 아픈지.

"이시호."

"네, 대표님."

"있잖아, 내가 이시호한테 해주고 싶고, 하고 싶은 말은 정말 많은데 본인의 동의 없이 다는 할 수가 없고, 딱 한 가지만 말할게."

시호는 대답 대신 눈을 동그랗게 뜨고 하루를 쳐다봤다.

"정원 작가님, 내가 알기론 누군가를 사랑한 적이 없는 분이
야."

"……!"

나름 배려하고 내심 좋아하라고 해준 말인데, 시호는 그 말에
충격을 받은 듯했다.

감정을 갖고 살아 숨 쉬는 사람이 어떻게 지금껏 누군가를 사랑
하고 좋아하지 않을 수 있지, 하는 그런 생경하고 생소한 표정. 정
말 그럴까, 하는 의구심.

시호의 의문부호 가득한 생각은 충분히 이해하지만 설명할 수
는 없었다.

"많이 외로운 분이고 무엇보다 중요한 건, 작가님 마음속엔 두
려움이 가득하셔."

"두…… 두려움이요?"

시호는 하루의 진단에 무척 의외라는 듯한 표정을 했다.

왜 아닐까…….

평소 정원 작가님이 그렇게나 초탈하고 모든 인연에 관심이나
미련이 없다는 듯 달관과 함께 달마대사 같은 눈빛을 하고 사시
니, 다들 잘못된 짐작과 오해를 하려니 싶었다.

"두려움은 때로 소중한 사람과 생명을 살리기도 하지만, 대부
분은 두려움에 집어삼켜져서 그 사람의 일부분을 완전히 죽이기
도 해. 이를테면 정원 작가님은 지금 그런 상태야. 두려움에 잠식

당하고 삼켜진 상태."

"……."

"그러니까 이시호 마음이 진심이고, 진실된 사랑이라면 멈추지 말고 계속 두드려 줘. 작가님이 두려움을 깨고 나와서 시호 손, 잡을 수 있도록."

부탁이야, 이시호. 작가님 좀 들쑤시고 엉망진창으로 만들어줘. 이렇게는 말하지 못했다.

이렇게까지는 솔직할 수 없었다.

정원도 하루를 위해 상간남이 되고 그 같은 수모를 당하고서도 입을 닫고 있는 상황에서 하루만 혼자 비겁한 반칙을, 에이스 카드를 사용할 수는 없었다.

그건 비매너. 규칙 위반이며 신뢰를 잃는 행동이기에 그렇게는 하지 못했다.

마음은 백번, 천 번이라도 말하고 싶었지만 또 강하루와 정원이 남매지간이라고도 말하고 싶었지만 모두를 위해 참았다. 참아야 했다.

혹여 이시호가 너무 힘들 때, 지금보다 더 버티기 어려울 때, 하루가 정원의 가족이라는 걸 알면 의논하거나 도움을 요청할 때 선입견과 편견으로 움츠리거나 주저하게 될까 봐 솔직하게 털어놓지 못했다.

"대표님, 그 두려움이라는 거요……."

"……."

"어떤, 무엇에 대한 두려움일까요?"

이제껏 하루의 모든 말을 조용히 경청하던 시호는 문득 의문이 든 모양이었다.

가장 중요하면서도 핵심적인 마음을 주고받는 일에 대체 어떤 두려움이 생길 수 있는지…….

"그건 아마 사랑 이후, 감정을 솔직하게 인정한 후 닥칠 수도 있는 그 외에 것들에 대한 두려움일 거야."

"사랑 이후, 그 외에의 문제들이요?"

"응. 사랑을 한다고 해서 가까운 미래 일어날 수 있는 모든 문제와 난제들이 감쪽같이 사라지는 건 아니잖아. 둘 사이 전혀 예상치 못한 걱정과 아픔이 챙챙하게 예비되어 있는지도 모르고."

"……."

하루의 개운하지 않은 답변에 시호는 점점 미궁에 빠지는 듯한 어두운 표정을 지었다.

이 순간 전부 말할 수 없는 하루가 더 답답했다.

그저 시호가 용기 있게 사랑을. 정원을 쟁취한 후, 그 이외의 것들은 두 사람이 궁리하며 헤쳐 갈밖에는…….

만약 그런 순간이 오면 하루는 시호를 꼭 안아주고 싶었다.

기나긴 어둠과 두려움의 터널에서 정원 오빠를 데리고 나와줘서 진심으로 고맙다고.

눈물 나게 감사하다고.

인사하고 싶었다.

6부
교차로 & 플랫폼

환은 쉬는 시간 내내 강하루가 한 말을 생각했다.

그날 밴에서 했던 말 전부를 되짚어봐도 의문점이 드는 곳은 늘 같은 지점이었다.

"왜요? 누가 생겼어요?"

둘 사이 결코 묻고 확인할 말이 아니었고, 의식적으로라도 피해 갈 질문이었는데 강하루는 새침하게. 마치 분한 것처럼 따지듯 물었다.

다시 생각해도 그럴 일은 아니었다.

강하루는 어떤 이와 여전히, 행복하게 연애를 하고 있었으니까…….

환은 괜히 혼자만의 착각이며 과잉 감정인가 싶었다.

한번 경험이 있으니 이번에도 그런 건가 싶었다.

강하루가 그에게 보인 친절과 배려가 또 다른 관심과 어떤 여지라고 스스로 오판하다 바로 눈앞에서 본 충격적인 그 영상들은 환의 심장을 또 한 번 주저앉게 만들었다.

그래. 그가 놓친 다른 의미가 있는 거겠지, 싶었다.

정확하게 캐치하지 못한 질문의 의도를 혼자 왜곡하며 괜히 피곤한 일을 자처한다고 환은 그 같은 잠정적이고 당연한 결론을 냈다.

무엇보다 지금은 영화 촬영에 모든 열정과 기운을 쏟아내야 했다.

현장에 있지만 외부 소식이 전혀 들려오지 않는 건 아니었다.

지나가듯 들어도 그저 모른 척하고 관심을 갖지 않는 것일 뿐, 많고 다양한 부류가 말하고 전하는 대화 속에 지금 극장가 어떤 영화가 흥행을 한다더라. 그 영화가 곧 천만을 바라본다더라. 다 들리고 기억하고 있었다.

애써 모른 척할 뿐이었다. 마인드 컨트롤을 위해서.

환은 전혀 도움이 안 되는 일들을 생각하며 시간을 낭비하는 스스로에게 화가 나면서 어서 점심시간이 지나가길 바랐다.

여지없이 강하루가 보낸 간편식이지만 호텔 코스 요리를 축소해 논 듯한 요기로 나름의 호사를 누리고 시나리오를 분석했다.

오늘 내일은 계속 추격 신이고 차량 신이 많았다.

안전 문제는 조연출을 비롯해 무술 감독, 스턴트맨들과 상의하고 조율해 아직까지는 큰 사고 없이 찍고 있지만 이번 영화에서 가장 신경이 쓰이는 건 역시나 액션 신이었다.

독립 영화와 저예산의 단편 영화에서는 거의 없는 부분들이라 스토리와 디테일에 강점을 보이는 환에게는 액션 신은 그야말로 큰 숙제이자 아킬레스였다.

오컬트만큼이나 티가 금방 나고 어설퍼 보일 수 있는 게 차량 폭파 신이었다. 또한 제작비를 들인 만큼 뽑아내기도 가장 어렵고 난해한 난제였다.

경험 많은 베테랑 촬영감독이 있다 해도 결론적으로 영화와 영상이 판가름 나는 건, 미장센을 만들어가는 감독의 역량이고 자질이었다.

오컬트라는 장르보다 포인트를 줄 액션 신이 발목을 잡아채는 기분이었다.

"감독님."

고개를 들자 조연출이 서 있었다.

"식사는 하셨어요?"

"응, 다른 스탭들은?"

"오늘은 밥차가 아니라 도시락이라 다들 파트별로 먹고 있어요. 그보다……."

조연출은 얇은 잡지 하나를 들어 보였다.

"기사 좀 보세요. 창 영화사 대표님이 영화 잡지에 인터뷰하셨어요. 여기 감독님에 대한 언급도 있어요. 언제 파주에 있는 창 영화사 투어 삼아 가봐야겠어요. 사진으로 보니까 정말 갤러리급 문화센터 같아요."

조연출은 약간의 여유가 있으니 읽어보라며 잡지를 주고 갔다.

환은 시간에 비례에 점점 무거워지고 더없이 불쾌해지며 가닥가닥이 아닌 서로 똘똘 뭉친 머리를 조목조목 긁으며 접어준 페이지를 펼쳤다.

우선적으로 시선은 끄는 건, 여러 컷의 파주 사옥 사진이었다.

우아하면서도 간결한 외향은 품격과 고유의 정체성을 말하려 하는 것 같았다. 그다음은 그리 크지도 작지도 않은 강하루의 단독 샷이었다.

긴 머리를 자연스럽게 묶어 긴 목을 부각시키면서도 코발트 칼라의 실크 블라우스는 티 하나 없는 하얀 피부를 돋보이게 해주었다. 그 외 부차적인 장식이나 효과를 배제한 컷은 창 사옥만큼이나 기품 있는 아름다움을 드러나게 해주었다.

이 사진 한 장으로는 강하루의 내면의 속살, 이를테면 장수 버금가는 강단과 성격적인 와일드함은 전혀 짐작할 수 없었다.

가장 효과적인 전략인 자연스러움과 그 모든 것들을 집약한 듯한 눈빛은 총기와 생기, 은은한 깊이감까지 더해져 자꾸만 시선이 갔다.

기사는 이번에 창에서 준비 중인 영화를 비롯해 이제껏 얼굴을 드러내지 않던 창의 대표이자 제작자로서 일종의 출사표 같은 느낌이 강했다.

강하루면서도 전혀 강하루 같지 않았다.

어느 때보다 호황이면서 불황인 지금의 영화계에서 창사 20주년을 맞은 영화사 창이 갖는 의미와 앞으로의 행로, 추구하는 영화관. 좋아하는 인생의 영화. 친분 있는 영화인들까지 다양하고 디테일한 기사는 여직 볼 수 없었던 공격적인 홍보이자 영화사를 위한 마케팅이었다.

현재진행 중인 영화에 대해서는 최대한 말을 아끼면서도 일부러 힌트를 주듯 뭔가 흘리는 듯한 뉘앙스는 놓치지 않았다. 그러면서 이번 영화가 어느 영화보다 창의 정체성과 앞으로의 방향성을 제시한단 말도 잊지 않았다.

마지막으로 이번 영화의 감독에 대한 언급은 이랬다.

"능력과 자질이 대단한 분이시고 지금도 그렇지만 앞으로가 더 기대되는 감독님이세요. 말씀처럼 개성이 강하신 분이세요. 강하지만 그건 개인적인 부분에 해당되고 일적인 면에서는 개성보다 디테일하고 섬세하세요. 또 특유의 미소를 지으면서 웃을 땐 미소년 같고 풋풋한 청년 같아요. 그처럼 여러 가지 모습을 고루 갖춘 감독님에 대한 제 개인적인 신뢰와 믿음은 누구보다 강하고 깊어요. 마지막으로 제작자이자 대표인 저는 남궁환 감독님의 현재와 미래, 그 모두를 기대하고 있어요. 설레는 마음으로요."

인터뷰는 군더더기 없이 깔끔했다.

필요 이상으로 넘치게 내뱉지도 않았고, 자만하며 자존심만 챙기지도 않았다.

딱 보일 만큼 보이고 감출 만큼 감춘 잘 짜여진 성공 드라마.

환이 아는 것처럼 서른에 창에 스카우트되었고 그 후 3년 후 대표직에 올랐다고 했다.

국내 재벌 그룹의 외동딸과 결혼한 창업주이자 원로 영화인과의 개인적인 친분과 스카우트된 배경에 대해서는 우회도 없이 일절 언급하지 않았다.

완벽한 인터뷰에 다소 맘에 걸리는 게 있다면, 창업주의 아들이 유명 작가이자 잠시 창 영화사에서 일한 적도 있다는 대목이었는데 그 시기가 하루가 스카우트된 시기와 겹쳤다.

이후, 싱글인 창업자의 아들은 경영에서 손을 떼고 바로 외국으로 떠났다고 했다.

보면 어디 하나 흠잡을 부분이 없는 인터뷰인데…… 순간 강하루의 말이 기억났다.

"나, 저 사람 좋아해. 저 사람 배경, 지위, 갖고 있는 전부 다 탐나. 창업자 아들인 저 사람을 기반으로 오롯이 내 영화, 나만의 색을 입힌 영화 만들고 싶어. 남의 밑에서 착취당하고 영광은 상층부 사람들이 강탈해 가는 도난시스템 나 싫어. 억울해. 아무리 달려봤자 난 그 사람들한테 타이틀, 찬사 주기 위한 딱가리야. 나 이제 그런 거 싫어. 그래서 더 저 사람 잡고 싶어. 그러니까 우리 헤어져."

그때 강하루는 이혼만 해주면 금세 그 남자와 결혼을 한다고 했다.

환만 자신을 이해해 주고 놔주면 그녀 인생에는 앞으로 아무 문제가 없을 것이라고.

그 모든 이유로. 원하는 꿈꾸고 꿈을 이루라고 놔준 강하루는 지금껏 재혼을 하지 않았고 그 남자는…….

"……!"

그 남자는 외국이 아닌 이곳에 있었다.

그때 영화사에서 강하루와 친근한 모습으로 어깨를 밀착하며 걷던 그 남자.

오래전 그들의 침대에서 한참을 취한 듯 자다 뒤늦게 일어나 당황스런 얼굴도 아니고 미안하고 겸연쩍은 얼굴도 아닌 그저 담담하게 하루를 쳐다보다 밖으로 나간 남자, 그 창업주의 외아들이라는 새끼.

굳이 다시 생각할 필요도 없는데 환은 또 농락당하던 그 시절을 떠올렸다.

그래, 아무것도. 아무런 것도 아닌 거다.

강하루는 사랑보다는 다른 이가 가진 걸, 탐하고 욕심내 환을 떠났고 그 둘은 결혼만 하지 않을 뿐 지금도 이곳에서 잘 만나고 있었다.

더는 의문도, 의심할 것도 없는 있는 그대로의 사실.

그대로의 강하루 모습.

그게 다인 거다.

촬영장으로 가기 전 하루는 깔끔하게 10분이란 단서를 달고 정원에게 미팅을 신청했다.

10분이라면 굳이 볼 필요까지 있냐는 매정한 말을 서슴없이, 겁도 없이 하던 정원은 출판사 앞 카페인데 구경도 할 겸 올라갈까, 하는 소리에 한숨을 쉬더니 기다리라고 했다.

조금씩 만나는 횟수를 늘려 점차적으로 정원을 길들여야겠다……

스스로의 욕심과 각오에 놀란 하루는 쓰게 웃었다.

정원을 비롯해 하루는 길들여진다는 그 같은 말을 가장 두려워했다.

누군가가 누군가에게 길들여지는 것, 기꺼이 눈물 흘리고 아플 각오를 한다는 것이다.

유명 소설에도 언급될 정도로 인간이라면 누구나 바라고 희망하는 일.

사랑하는 누군가에게 깃들다 못해 길들여져 그 사람이 없으면 못살게 될 정도로 서로에게 꼭 필요한 반쪽이 되는 그런 무서운 감정.

하루는 완전히, 완벽하게 길들여진 채로 어느 날 갑자기 누군가를 잃었을 때가 두렵고 무서웠다.

어쩌면 강하루로 인해 남궁환이 아주 많이 다칠 수도 있는 그 감정이……

"강 대표, 우리 예전의 관계로 돌아가는 건 어떨까 하는데."

오기 싫다는 뉘앙스를 잔뜩 풍기더니 슈퍼맨처럼 날아왔는지 어느새 하루 앞에 서 있던 정원은 불순하고 반항적인 멘트를 내뱉으며 앉았다.

"예전의 관계라니?"

하루는 시치미를 떼고 모른 척하며 물었다.

"한 달에 한 번 보거나 연락하는 그런 소원하면서도 간간이 소통은 유지되는 사이."

"싫어."

하루는 단호하게 거절했다.

"이러면 강 대표랑 내가 동일하게 추구하는 것들로부터 우리 스스로를 예외에 두고 번외가 되는 거야. 기억해? 서로에게 길들여지지는 않는다는 공통의 지론."

"알지, 알아."

"……."

"근데 예외 법칙은 어디에나 있는 거야."

"강 대표."

강 대표는 무슨, 홍길동도 아니고 여동생한테 언제까지 강 대표라고 하는지 한번 지켜보자 싶었다.

"됐고. 오늘 온 이유는 우리들의 모토이자 지론을 재해석하자고 부른 건 아니고, 작가님 문병 좀 가시라고요."

"……."

"꽃 들고."

꽃 들고 문병 가란 뜬금없는 미션에 정원은 가만히 기다렸다. 하루가 좀 더 구체적이고 알아듣게 말해주기를 원한다는 듯.

"우리 영화사 미래의 얼굴 이시호가 입원했어."

"……!"

역시나. 인간은 누구나 순간적으로 솔직해지는 찰나까지 숨기지는 못한다.

순간적으로 정원의 얼굴 근육이 미세하게 떨리며 경련을 일으켰다. 이내 아무 일 없다는 듯 평정을 되찾았지만. 정말 순 사기 캐릭터시다, 정원 작가님은.

"오늘 출근해서 영화사 로비에서 쓰러졌는데 지금 정밀 검사 중이야. 난 오전에 다녀왔고 시호네 부모님들은 지금 외국 여행 중이라서. 나는 지금 영화 촬영장 가니까 올 때까지만 좀 돌봐줘. 그리 무례하거나 무리한 부탁은 아니라고 생각해."

"무례하고 무리한 부탁은 아닌데 무관한 사람이야, 나와는."

"제자야."

"청강생이야."

"그 청강, 작가님 작품에 동화되고 동요해서 듣게 된 강의야."

"……."

"작가님 눈에는 차지 않고 들지 않는 외부 청강생일지 몰라도 나에겐 소중한 재원이고 귀중한 재화야. 그러니까 더는 의견 충돌 없이 내 부탁 들어줘."

하루의 부탁인 듯 부탁 아닌 부탁 같은 말에 정원은 잠시 아무런 말도 않고 침묵을 지켰다.

이쯤에서 빠지는 게 나을 듯싶었다. 고민은 혼자 해야 제맛이기에.

하루는 목석이 된 정원을 두고 자리에서 일어났다.

"나 현장 가."

"……."

"충분히 생각해. 근데……."

그녀의 단서에 그제야 정원이 하루에게 눈길을 주었다.

"가줘."

"……."

"다른 일도 아니고 문병이야."

하루는 임팩트를 주기 위해 더는 말을 않고 카페를 나왔다.

아닌 척했지만 긴장을 해서 그런지 카페에서 나오자마자 거친 숨을 내쉬었다. 정원이 볼 수 없는 방향으로 서서 한 움큼의 공기를 흡입했다.

혹시나 의문과 생각 많은 정원 작가님이 따라나와 추궁이라도 할까 빠른 걸음으로 주차장으로 향했다.

걸으면서 올려다본 하늘은 하루의 머리 위까지 잿빛이 내려앉은 상태였다.

해가 떨어지기 직전, 촬영장은 긴장과 침묵의 도가니였다.

오늘 신을 찍기 위해 미리부터 시와 구청에 신고했고, 허가도 받았다. 그 허가를 받아내기까지의 수고는 제작자이자 프로듀서가 아니면 절대 모르는 고초가 도사리고 있었다.

현장은 몇 번의 정확하고 정교한 리허설을 마치고 이제 곧 차량 신을 찍을 만반의 준비를 하고 있었다.

환의 얼굴만 봐도 얼마나 긴장하는지 알 수 있었다.

조금 멀리서 보이는 모습은 까칠한 눈빛과 하얗게 일어난 입술로 스탭과 이야기를 하고 있었다. 몸이 안 좋은 건지 목에는 수건 같은 스카프를 칭칭 감고 있었다.

언뜻 봐도 전혀 환 같지가 않았다.

어디 히말라야 원정대 가는 산악인이자 악전고투에서 살아남은 기절 직전 병사처럼도 보였다. 그런 모습의 정점은 늘 그렇듯 대책이 서지 않는 저 머리였다. 윤기가 아닌 떡이 져 제멋대로인 머리는 어떤 종류의 새가 날아들어도 그러려니 쳐다보게 됐다.

이 정신없는 현장 속, 이 중에서 감독인 환이 가장 패잔병처럼 보였다.

어쩌면 환에게 가장 취약하고 어려운 신을 찍는 일이기에 하루의 마음도 무거웠다.

총 세 대의 차가 추격전을 하고 앞뒤로 가드처럼 동원되는 차만 다섯 대였다.

용인의 구도로라 도로 폭이 좁고 무거운 무게에 비해 낡은 간판들과 복잡하게 연결된 전선 등. 세트 전 비주얼로 봐서는 무언가 그럴듯한 미장센이 나올 것 같지는 않아 보였다.

그런 이유로 촬영은 실수 없이 단번에 합이 잘 맞아야만 하는 정교함을 요했다.

곧 시작인지 갑자기 현장이 어수선하게 움직였다.

환이 있는 반대편에서 몇몇의 시민들과 지켜보던 하루는 위험하니 라인 밖으로 물러서라는 스탭의 요청에 조금 더 건물 쪽으로 물러났다.

사실 이 현장보다 곧 무너져 내려도 전혀 이상하게 보이지 않는 오래된 건물이 더 아찔했다.

조연출 둘이 스피커와 마이크를 잡아 스탭과 뒤엉킨 사람들을 현장의 생명인 라인 밖으로 이동시키고 환은 스턴트맨으로 보이는 사람과 배우들을 불러 예리한 눈빛으로 동선을 확인시키는 듯했다.

단 몇 분의 신을 위해 참으로 많은 인력과 시간. 준비를 요하는 차량 신이었다.

이동과 함께 바로 감독의 사인이 떨어졌다.

일순간 구도로 안쪽에서 서로가 밀고 밀치며 질주하는 배역의 차량이 보였다.

좁은 구도로의 인도와 차도를 아슬아슬하게 타고 오르다 내려오며 다시 도로에서 옆 차와 거칠게 부딪혔다. 조연이 타고 있는 차의 차 허리가 받히고 빠른 속도로 인해 인도와 가건물에 부딪혀 차체가 뒤집어졌다. 뒤집힌 차를 옆 차가 박고, 받은 차도 역시나 제자리에서 몇 바퀴를 돌더니 전봇대와 차량 앞 범퍼가 충돌했다.

요란한 굉음과 무겁게 터지는 충돌음이 마치 BGM처럼 쿵쿵 울려댔다.

도로 바로 옆, 건물 앞에서 지켜보던 하루와 몇몇 시민들은 자신들도 모르게 어머나 세상에와 와 하는 탄성과 감탄사를 동시에 내뱉었다.

이로써 3분짜리 차량 신이 준비하고 소요된 시간에 비해 허무할 정도로 빨리 끝났다.

그 순간이었다. 톤 높은 비명과 고함이 뒤섞인 목소리가 하루

귀에 들려온 건.

"어…… 어, 거기 비켜요!"

"악!"

"아이고!"

그때까지도 자동차 신에서 시선을 떼지 못하던 하루는 자신을 밀치는 강한 힘에 중심을 잃고 도로변으로 기울어 넘어졌다. 묵직함과 날카로움, 감각이 다른 아픔이 동시에 밀려오면서 암전은 그야말로 순식간이었다.

자꾸만 흐르는 땀으로 인해 촬영이 중단됐다.

분장과 의상 담당은 곧장 배우에게 붙어 휴대용 선풍기 바람으로 건조시켰다. 도시 부랑자 역이라 겹쳐 입은 의상 때문인 듯했다.

선풍기에 땀이 마르고 피부가 건조해지자 분장 수정이 이어졌다.

환은 허옇게 일어난 입술을 질겅질겅 씹다 한 손으로 마른세수를 했다. 모든 상황이 짜증스럽기만 했다.

굳이 보지 않아도 윤호의 따가운 시선이 환에게 고정돼 있다는 걸 알았다.

구경하던 시민들의 사고 현장을 수습하고 바로 이동한 장소는 용인시청 건물 지하였다.

미로처럼 좁은 공간에서 악령이 씐 부랑자를 두 주인공이 추격하는 장면이었다. 허가를 받은 날과 시간이 정해져 있어 촬영은 감독의 권한으로도 미룰 수 없었다.

한번 스케줄이 밀리면 전부 다 재조정을 해야 했고, 소요되는 자금과 경비. 무엇보다 탑 배우들의 일정은 감독 권한 밖이었다.

환은 지금 제정신이 아닌 정신을 붙들어 간신히 촬영을 하고 있었다.

내내 긴장하던 차량 신을 무사히 마치고 카메라에서 눈을 떼는 순간, 환이 있던 자리의 건너편 건물 앞이 비명 소리로 소란했다.

차량 충돌 신의 여파인지 아직 확실하지 않지만 지반이 가라앉고 5층의 낡은 건물 간판이 떨어져 밑에서 촬영을 구경하던 시민들이 크게 다쳤다.

조연출과 현장 감독이 인파들을 헤치고 확인했을 때, 하루는 피투성이가 된 채였다.

마이크 스피커를 통해 다급하게 환을 부르는 조연출의 고음은 마치 지옥에서 환을 초대하는 소리와도 같았다. 대표님을 언급하는 다급한 소리에 달려가니 하루가 아스팔트 바닥에 누운 채 피를 흘리고 있었다.

그때부터 제정신이 아니었다.

조연출이 119를 불렀으니 진정하라는 소리도 듣지 못하고 환은 하루의 이름을 미친 듯이 불렀다. 희귀 혈액형인 RH-인 하루의 피를 보자 절대 제정신일 수가 없었다.

누군가 더 위험하다는 이유로 뜯어말리는데도 피를 흘리는 하루를 안고 어디서 나오는지도 모르는 피를 온몸으로, 손으로, 입으로 막았다.

하루의 혈액형을 미친 듯이 외치며 조연출에게 알렸다.

자신이 왜 그랬는지 지금도 알 수 없었다.

그저 하루의 혈액형이 흔한 피가 아니기에 그 상태로도 누군가의 피를 받고 싶었던 모양이다. 119 앰뷸런스가 오고 혈액형을 말하고 분당의 대학병원으로 가달라고 부탁했다.

인근 병원에 보유한 혈액 상황도 모르면서 환은 무조건 큰 병원으로 이송을 부탁했다. 119 대원들은 대답은 않고 하루를 차에 실어 다급하게 문을 닫았다.

두 대의 구급차가 떠나고 환은 피투성이로 아스팔트에 서 있었다.

마치 그가 흘린 피처럼 하루의 피는 환의 전신에서 진한 향을 풍겼다.

깁스 전체는 물론이고 피가 배이고 묻은 한쪽 손에 환은 얼굴을 묻었다. 얼굴이라도 처박지 않으면 두려움에 무릎이 꺾이고 그대로 주저앉을 것 같았다.

얼굴을 처박은 어둠 속으로 방금 전 목도한, 피범벅이 된 하루의 모습이 스며들었다.

"하…… 루야……."

그런 그를 누군가가 잡아끌었다. 조연출 윤호였다.

아직 마무리 못한 촬영 일정이 남아 있었다, 감독 남궁환에겐.

다음 촬영을 위해 이동하는데, 경찰차가 도착하고 사고 현장엔 또 다른 조연출과 현장 감독, 몇몇의 스탭들이 남았다.

윤호에게 이끌려 도착한 지하 촬영에서 벌써 두 시간째였다.

"자, 자, 촬영 재개합니다! 뒤편에 숨어 계신 분들 앵글에 잘 안 잡히니까 조금 나오시구요! 감독님, 준비 끝났습니다."

윤호가 깊은 우물 속에 빠진 그의 의식을 다시금 불러 깨웠다.

지하 추격 신이 재기됐다.

일정을 소화하자마자 분당 병원에 도착한 시각은 새벽이었다.

밴에서 내린 환은 병원 입출구로 들어서기 전 옷 매무새를 확인했다.

윤호의 성화로 피투성이 옷을 갈아입었지만 지하 보일러에서 진행된 촬영이라 땀과 먼지로 인해 갈아입은 티는 나지 않았다.

깊게 모자를 눌러쓴 환은 자동 회전문 앞에 섰다.

현장에서 접한 소식은 귀 뒤쪽부터 머리 부분까지 찢어져 10바늘 정도 시술했고 전신 타박상에 팔이 한쪽 부러졌다고 했다. 윤호는 곁에 있던 시민이 밀어 그나마 간판을 피할 수 있었다고 했다.

무엇보다 걱정했던 혈액 공급은 별 무리 없이 수혈 받았다고 했다. 그러면서 윤호는 환이 하루의 혈액형을 미친 듯 외쳐서 미리미리 대비한 덕이라고도 했다.

병원에 직접 전화를 하고 알아본 윤호의 노력과 부탁으로 새벽 시간 잠깐의 병실 방문을 허가받았다. 엘리베이터에 내려 스테이션에 들렀지만 있어야 할 간호사는 보이지 않았다.

이미 약속을 한 상황이라 기다리지 않고 병실로 향했다.

병실 문을 열기 전 병실에 붙은 이름표를 확인했다.

강하루. 깔끔하게 타이핑된 이름이 왠지 모를 안정감을 주었다.

거친 도로변 아스팔트 바닥이 아닌 대형 병원 병실, 의사의 진단과 보호 아래 있다는 사실만으로도 가슴은 벅찼다.

그간 병원이라면 특유의 향과 백화점 버금가는 인파, 분주함으로 질색했는데 지금은 그 모든 게 허용 가능하니 감사했다.

순간 이 병원에서 촬영을 하면 어떨까 싶었다.

틈틈이 강하루도 보고 촬영도 하고…….

조심스럽게 문을 열고 들어가니 조도가 낮은 조명에 잠든 하루가 보였다.

발걸음을 죽여 다가가 잠든 하루를 내려다보았다. 얼굴 한쪽 살짝 긁힌 자국이 눈에 띄었다. 저 상태 저대로 자국이 남으면 어쩌나 싶었다.

피부가 하얗고 결이 좋아 하루는 티 하나만 나도 유독 크게 보이곤 했었다. 본인은 티가 나든 피가 나든 전혀 개의치 않는 최강 둔녀였지만…….

1인실이라고 해도 주위 정돈이 깔끔하니 누군가의 관심과 손길을 느낄 수 있었다.

테이블 위 가습기가 풀풀 연기를 토해냈다. 병실이 건조하니 따듯해 누군가 일부러 가져다 놓은 듯했다. 이 또한 세심한 배려와 보호의 한가지였다.

숨소리조차 나지 않는 강하루를 보고 있으니 서서히 차오르는 두려움에 꼭 쥐었던 손이 저절로 움직였다. 환의 긴 손가락은 한쪽에 링거 바늘을 꽂은 하루의 손으로 향했다.

피부에 살짝 닿아 온기라도 느껴야 안정이 될 것 같았다.

현장에 최적화돼 거칠어진 손끝이 손등에 닿으려는 순간, 밖에서 남자들의 말소리가 크지 않게 들렸다.

짧은 순간, 결정은 무식하게 단순했다.

출입구 옆 욕실 문을 긴장한 채로 열었다.

숨을 돌리지도 못하고 손잡이를 잡고 있는데, 인기척과 목소리가 더 확연히 들려왔다.

"죄송합니다, 제가 대표님을 잘 보필했어야 했는데……."

의심 없이 창 영화사 정 부장의 목소리였다.

"부장님, 잠깐만요."

누군가의 조심스런 발소리가 나더니 이내 조용해졌다. 하루가 자는 걸 확인하는 듯했다.

"마취 때문인지 깊이 자네요. 이제 말씀하세요."

"제가 함께했어야 했는데 그러질 못했습니다."

"아닙니다. 많이 다치지 않아서 다행입니다. 혈액 공급도 별 무리 없어서 천만다행이고요."

"그야, 오빠분이 피를 그렇게나 많이 뽑았으니……."

"아니에요. 하루가 쏟은 양에 비하면 아무것도 아닙니다. 그보다 현장에서 혈액형을 빨리 알려줘 병원에서도 준비가 용이했다고 하던데요."

"아, 그거요?"

상황에 맞지 않게 정 부장의 웃음기 배인 숨소리가 들려왔다.

"저도, 아니지 현장 스탭들 전부 다 깜짝 놀랐습니다. 글쎄 환 감독이 대표님 끌어안고 늑대개처럼 울부짖었다니까요. 대표님 혈액형 큰소리로 외치면서 도와달라고 하면서…… 현장 사람들 다 기절할 뻔했다니까요. 바늘 끝도 안 들어가게 생긴 양반이 소리를 지르는데, 저희들은 진짜 늑대가 포효하는 줄 알았습니다. 정말 그렇게 안 봤는데…… 순간적으로 다른 인물로 돌변하더라고요. 환 감독."

"오늘 촬영은 무리 없이 소화했습니까?"

"네, 환 감독이 독한 게, 물 한 모금 안 마시고 초집중을 하더라고요. 대표님 안고 소리 지를 때와는 전혀 딴사람 같아서는……."

"정 부장님."

"네."

"나중에 강 대표 퇴원하면……."

"말씀하세요, 작가님."

"지금 나한테 한 모든 이야기 그대로 해주세요. 하나도 빼먹지 말고. 물론 여기저기서 들을 수 있겠지만 그래도 부장님이 환 감독의 오늘 행동 빠트리지 말고 전부 다 말해주세요."

"네?! 아…… 네."

두 남자는 그렇게 밀담을 나눈 후 병실을 나갔다.

환은 혹시나 해 바로 나가지 않고 조금 더 욕실에 있다가 백을 세고 욕실을 나왔다.

문이 닫힌 걸 확인한 환은 침대로 다가가 여전히 수면 상태인

하루를 빤히 쳐다봤다.

"오빠분이 피를 그렇게나 뽑았으니……. 네, 작가님."

환은 방금 전의 대화를 곱씹고 또 곱씹었다.

간호사가 들어와 신분을 확인할 때까지 그의 시선은 하루에게 고정된 채였다. 하지만 의식은 병실과 하루가 아닌 전혀 다른 시간, 다른 지점에서 복잡한 얼개처럼 이어진 의문들과 마주 선 채였다.

이 순간, 환의 의식과 무의식은 타고나고 발달된 능력대로 시나리오 작가이자 각본가의 진가를 부지런히 발휘하고 있었다.

동시에 환의 서늘한 시선이 병실을 가득 채웠다.

한쪽 팔을 완전히 잠식한 깁스로 인해 하루의 환자복은 온전하지 못한 상태였다.

그 모습이 꽤나 이상한지 시호가 환자를 앞에 두고 계속 킥킥거렸다.

"천재지변과 업무상 재해를 동시에 당한 대표님을 보고도 웃음이 나온다 이거지?"

"그게 어떻게 업무상 재해랑 천재지변이 돼요? 단순 인재지."

이시호는 하루와는 전혀 다른 진단을 내리고는 방문객들이 생색내기 위해 사온 음료와 고급진 음식들을 하나하나 맛보고 있었다. 허락은 물론 허가도 받지 않고.

"인재라니? 그럼 조사결과 그렇게 결론 난 거야? 우리 영화 촬영 때문에 그 일대 지반이 가라앉았네, 차량 전복 신 때 전봇대 들이박아서 그러니, 말들이 분분하다며?"

내심 걱정을 하고 있었다.

촬영 하나로 벌어지고 일어난 일들이 많고 시민들 사고까지 겹쳐 수습하려면 정원의 충고대로 주식을 팔아야 하나, 하고 고민 중이었다.

"아직 명확한 건 아닌데 지반 침하는 구 도로 수도관 누수로 지반이 약해져 내려앉은 건 맞고, 간판이 떨어진 건…… 아직 해결이 안 났어요. 갑론을박이 장난 아니라고 하더라고요."

그래도 다행이다 싶었다.

다친 시민들도 생명에는 지장이 없는 경상이고 무엇보다 하루를 밀쳐 내 생명을 구하고 대신 다리를 다친 분이 회복이 좋은 편이라 영화사도 그렇고 정원이 개인적으로 충분한 사례와 답례를 했다고 했다. 당사자인 하루가 찾아가는 건 일단 보류가 됐다.

그쪽에서 너무 많은 관심과 사례에 부담을 느껴 일절 개인 방문을 사절했기에.

"참, 그보다 제가 이렇게 온 건요, 대표님."

저 얘긴 이시호가 강하루 대표가 걱정이 돼서 온 건 아니라는 소리였다.

"대박 사건이 터졌어요!"

"대박 사건이라니……."

"남궁환 감독님께서 드디어 깁스를 푸셨어요! 근데……."

"뭐야? 지금 자신의 밥줄을 쥐고 계시는 대표가 이렇게 머리를 수십 바늘 수술하고 입원한 거보다 감독이 완치해서 깁스 푼 게 더 대박 사건이라는 거야!"

"아니요, 깁스 푼 게 대박이 아니라요, 대표님. 참 근데 수십 바늘은 아니잖아요. 딱 10바늘이죠."

시호는 마치 오보 기사를 바로잡는 기자처럼 지적했다.

"이시호……."

"잠깐만요, 좀 들어보세요. 여기서 대박 사건이 뭐냐면요, 감독님께서요, 그동안 깁스 때문에 제대로 씻지 못하셨는지 깁스 풀고 현장 오신 날 전 스탭 넋이 나갔다고 하더라고요."

"왜?"

하루의 질문에 시호는 답답하다는 표정을 지으며 톤을 높였다.

"왜긴요! 너무너무 잘생기셔서 그러죠! 누가 그러는데요, 특급 배우들한테서나 난다는 후광이 머리 뒤에서…… 막 그냥 현장으로 내리꽂히는데 난리도 아니었데요. 성질 예민하신 감독님 때문에 매일 울며불며 그만둔다고 하던 스크립터도 감독님 미모 포텐에 잘생김 리턴한 거 보고 일절 그만둔다는 말이 없대요. 이젠."

"……!"

"사실 현장에서 말이 많았대요. 감독님한테 이런 표현을 써도 되나? 뭐 안 계시니까."

"무슨 말이야?"

"그러니까 그게요, 현장 스탭들이 전방위적으로 능력은 출중하신데 예민함과 신경증을 개밥으로 드시는지 개지랄 떠는 감독님 때문에 스크립터가 허구한 날 질질 짜는 캔디 됐다고…….”

“풋!”

일순간 현장에서 오만상을 찡그리며 머리를 긁어댔을 환을 중심으로 그런 그에게 고문을 당하듯 쪼이는 스탭들이 상상이 돼 하루는 터져 나오는 웃음을 멈출 수가 없었다.

사실 씻는 문제가 해결이 났다면 환은 그렇게 예의가 없거나 매너가 없는 부류가 절대 아니었다. 장편에 대한 부담감에 그놈에 씻는 문제가 독이 됐구나, 싶었다.

이시호는 스크립터에 대한 언급으로 오늘 이 방에서 행한 모든 발언과 행동이 용서가 됐다.

하루는 언제 그랬냐는 듯 우울한 표정을 한 이시호로 인해 잃어버린 배꼽을 다시 제자리로 하고 시호를 쳐다봤다.

“뭐야? 왜 갑자기 심각해졌어?”

“대표님, 저요. 다음 주부터 열리는 북미 필름 마켓에 출장 좀 보내주세요. 원래 절대 저한테까지 오는 기회가 아닌데요, 선영 선배가 갑자기 일이 생겨서 투어에 합류를 못한다고 하면서 저보고 가라고 하셨어요. 근데 전, 회사 시민 참여 이벤트도 있고…….”

“가, 가고 싶으면. 담당 부서에서도 가라고 했다며? 이시호 일은 다른 팀한테 넘길 테니까 필요하면 다녀와. 공부 많이 될 거야. 나도 공부 많이 됐어.”

이시호가 왜 가려는지, 뭘 고민하는지 알 것 같았다.

하루의 생각이 틀리지 않다면 자신을 정확하게 마주하려는 듯했다.

자신의 이 감정이 정말 착각과 혼동. 소유와 집착이 아닌 그저 사랑인 건지.

열심히 일을 하면서도 결국은 그 사람 때문에, 그 사랑에 가슴이 시려오고 허전한지.

결국은 이렇게 또 그 사람인지.

마지막까지 그일 수밖에 없다면 앞으로 그 사람과 자신은 어떤 길을 가야 하는지…….

하루가 사랑하는 환을 두고 했던 생각들이었다.

환을 놓아주기 전, 생각하고 또 생각했던 생각과 스스로에게 한 수많은 질문들.

"출장이라기보다는 여행이고 그게 아니면 도피. 어쩌면 제 스스로에게 던지는 질문. 확인. 뭐 그런 이유로 가려는 걸 수도 있는데…… 그래도 되나요?"

"그래, 그러니까 다녀와."

"……."

"가서 이시호가 궁금하고, 알고 싶은 거 알 수 있다면 알아와. 그게 뭐든."

하루를 바라보는 시호의 눈에 어느새 눈물이 맺혔다.

시호는 자신의 눈가가 누군가로 인해 지금 젖었다는 것도 모르는 듯했다. 그렇게 자신은 없고, 그 사람으로 꽉 채워져 있단 소리였다.

시호의 맑고 명쾌한 음성이 지금은 깊은 우물 속 공명처럼 낮고 울울하게 떨렸다.

"지금은 제가 무슨 노력을 해도 작가님이 절 봐주시질 않아요. 근데…… 전, 그래도 포기가. 이 마음이 멈춰지지가 않아요, 대표님."

"……."

"점점 더 뜨거워지고 미치겠어요. 가슴에서 열이 나요. 이 열을 식히고 싶어요."

그 열이 자연적으로 식는 일은 절대 없었다.

그 열을 그 무엇으로든 어느 방향으로든 태워 열기가 사그라지기 전까지는.

결국 완전 연소란 방법밖에는 없었다, 하루에게는.

그 사람에게 최악의 상처를 안겨줘 그녀 인생에서 남궁환을 도려내는 것밖에는.

"언젠가부터는 꿈도 꾸질 않아요. 밤이면 꿈이 아닌 정원 씨가 제 안에 들어와요. 그 사람으로 너무 꽉 차서 그 사람이 제 모든 꿈을, 수면을 대신해요."

"……."

"그 사람이 제겐 꿈이에요."

결국 시호의 눈가를 적신 물기는 아래로, 시호의 얼굴을 타고 도르르 떨어져 내렸다.

"그게 너무 힘들어요, 그 사람이 제 꿈이라는 게. 현실이 될 수 없다는 게."

"……."

"손을 뻗어도 닿을 수 없다는 게요……."

내내 틀어막은 시호의 눈물보가 터져 버렸다.

365일 벚꽃처럼 화사한 시호는 벚꽃 잎이 떨어지듯 애잔하게 울었다. 벌써 다 져버린 벚꽃을 오늘 시호에게서 보고 있었다.

어디서도 울 수 없었던 시호가 결국 찾아든 곳이 하루 곁인가 싶었다.

문득 그런 생각을 했다.

스물여섯의 사랑이 이렇게나 아픈데, 다음에 다시 누군가를. 정원이 아닌 다른 이를 사랑하면 이만큼은 아프지 않은지. 또한 지나간 사랑을 통해 배운 것들이 정말 새로운 사랑을 통해 좀 더 나은 방향으로 실현되는지.

놓친 사랑이 정말 새로운 사랑을 위한 연습이며 새로운 사랑의 스승인지…….

그 모든 것들이 궁금했다.

강하루한테는 남궁환 하나뿐인데 정말 다른 사랑이 오냐고 묻고 싶었다.

그럼, 남궁환에게도 다른 사랑이 오면 어떻게 하냐고.

강하루는 그 같은 생각만으로도 죽을 듯이 아픈데.

청바지에 면 슬리브 차림의 하루가 현관에 서 있는 환을 쳐다보고만 있는 게 적어도 1분은 지난 듯했다.

"들어오란 소리는 언제 하는 거야?"

환은 하루가 이 상태로는 금세 답을 할 것 같지 않아 실례라는 말을 하고 안으로 들어섰다.

거실에 들어서자마자 눈에 띄는 건, 거실 중앙에 있는 철제 계단이었다.

복층 구조로 50평쯤 돼 보이는 실내는 대체적으로 깨끗했다.

"아니, 여길 어떻게 온…… 그보다 우리 집 주소는 누가 알려준 거야?"

환은 뒤돌아서 여전히 멍하고 병진 표정의 시선과 마주했다.

"누굴 거 같아?"

"그게 무슨 소리야? 내가 물었잖아…… 요? 누군지."

"하던 대로 하는 게 좋을 텐데. 내가 여길 어떻게 왜 왔는지 알고 싶으면."

깁스를 뺀 한결 여유 있는 환과 달리 새로운 버전의 깁스를 한 강하루는 전혀 여유가 있어 보이지 않았다.

환은 이처럼 상황이 극적으로 역전된 게 그 무엇보다 맘에 들고 흐뭇했다.

"그래서 도대체 누가 알려준 거야? 이 집은."

"정 부장님이 알려줬지. 전부 다."

"전…… 부 다라니?"

환의 음흉스런 대답에 하루는 눈썹을 찡긋하며 표정이 어두워졌다.

"전부 다라는 건……."

"……."

재차 확인하는 듯한 환을 하루는 잔뜩 긴장한 채로 바라봤다.

"강하루 대표가 출근을 했는지, 하지 않았으면 지금 어디에 있는지. 그걸 말하는 거겠지."

그의 대답에 하루는 살짝 긴장하던 표정을 푸는 듯했다.

"난 또, 다른 뭔가가 있는 줄 알았잖아. 당신이 괜히……."

"다른 뭔가가 뭔데? 그런 게 있어?"

"있긴 뭐가 있어. 그냥 당신이 전부 다라고 하니까 한 소리지. 그보다 여긴 무슨 일이야? 왜 온 거야?"

"왜긴, 문병 왔지."

"문병? 지금 당신이 여기에 문병 올 상황이야? 오늘 일정이…… 그러니까 영화는 어떻게 하고 온 거야? 또 무슨 일 있었어?"

하루는 살짝 긴장한 채 질문들을 쏟아 했다. 그간 현장에서 본 강하루는 늘 여유 있고 모든 문제를 알고 제 손에서 컨트롤하는 듯했는데 실상은 그게 전부가 아니었단 걸 알았다.

물론 이번 지반침하 때문일 수도 있지만 어쩌면 늘 이렇게 여유 없이, 누구도 없는 자신만의 공간에서 혼자서 해결하려 전전긍긍했겠구나 싶었다.

그간 다른 사람들처럼 환도 하루가 보여주는 부분만 보면서 그대로 믿었었다. 바보처럼.

"뭐야? 왜 그렇게 봐? 정말 무슨 일이 난 거면……."

"아니야. 주연 배우가 오늘 단발성 CF 하나만 번개처럼 찍고 온다고 해서 오후 일정 접었어. 나도 프로답지 않고 매너 없는 행동에 성질내려다 매니저가 하도 사정 얘기하고 계약금이 전부 어느 단체에 기부되는 형식이라고 해서, 그러라고 했어. 물론 나중에 기사 확인하겠다고 했고. 기증 했나, 안 했나. 안 했으면, 찌라시 작성해서 내가 직접 유포한다고."

찌라시와 유포한다는 말에 하루는 웃음을 지었다.

"이제 좀 웃네. 내내 긴장하더니."

환의 지적에 하루는 또 경계하는 듯하다 한쪽 어깨를 으쓱했다.

"긴장은 무슨. 일단 좀 앉아. 마실 것 좀⋯⋯."

하루는 말처럼 자신이 무언가 내줄 수 없다는 걸 알았는지.

"당신 좋아하는 탄산수 있어. 그거 마셔. 병째로."

하루는 냉장고로 가 병을 꺼내 그에게 건넸다. 왼손잡이인 하루는 지금 왼쪽 팔에 깁스를 한 상태였다. 재미있게도.

서로 마주하고 앉은 두 사람은 각자 상대를 쳐다볼 뿐 딱히 다른 말은 하지 않았다.

그사이 하루의 공간을 살펴보았다.

환과 하루는 공통적으로 널찍한 공간 활용과 여백의 미를 즐기기에 살림으로 채우는 걸 좋아하지 않았다. 그렇다 해도 강하루의 공간은 아무것도 없었다.

하루가 좋아하는 브랜드의 조명이 서늘한 공간을 지키고 있다는 것 빼고는 지극히 무성의하고 꾸미지 않은 인테리어였다.

마치 아무 관심도. 흥미도 없다는 듯. 이 혼자만의 공간에.

요즘 세상 모두가 이런 자신만의 평수. 공간을 가지기 위해 일을 하고 주말이면 취미 삼아 손수 인테리어를 하는 시대, 하루의 공간은 그 어떤 애착이나 집다운 특유의 안정미가 결여돼 있었다.

"그만 둘러보고 이제 말 좀 해봐. 정말 무슨 일이야? 집까지 찾아오고. 이럴 시간 있으면 좀 쉬지. 피곤할 텐데."

"들었어?

"……!"

하루는 대답 대신 뭘 하는 표정으로 환을 봤다.

"내가 그날 강하루 살린 거."

"무…… 무슨 소리야? 언젤 말하는 거야?"

"언제긴. 강하루 간판 피하다 아스팔트에 팔 부러진 날이지. 그날 내가 네 혈액형 미리 알려줘서 119나 대학병원에서 지체 않고 수급 받아 수혈 받은 거."

"……."

"들었어?"

"그…… 랬어? 아니, 몰랐어. 그날 일에 대해서는 아직 자세하게 들은 게 없어. 퇴원하고 바로 회사에 통보했거든. 며칠 쉬고 출근한다고. 그랬구나, 고마워."

하루는 진심인 듯 옅은 미소를 보였다.

"맨입으로?"

"……!"

"뭘 그렇게 봐? 그러니까 그냥 그렇게 입으로만 고맙다고 하면 끝이냐고?"

이렇게 나오는 환의 의도와 계산이 도무지 읽혀지지 않는지 하루는 버럭 화를 내며 물었다.

"도대체 무슨 말이 하고 싶은 거야!"

드디어 나왔다. 내내 어른인 척. 어른인 양 감정의 파고 없이 대화를 하던 강하루가 드디어 그 시절의 버럭 강하루로 리셋되었다.

"대단한 일은 아니고, 지금 내가 살고 있는 우리 집 아래층이 팔려서 새로 집주인이 들어온대. 그전에 대대적으로 인테리어를 하고 들어온다고 하더라고. 내일부터 장장 보름 동안 소음이 있을 거라고."

"그런데?"

"그래서 난 그 보름 동안 조용히 쉴 곳이 필요해."

"영화사에서 레지던스라도 제공해 달라는 거야?"

"거의 매일 현장에 있는 내가 뭐 하러."

"그럼? 대체 원하는 게 뭐야?"

"여기, 이 집."

"……!"

"보름 중에 내가 집에 들어와 씻고 쉴 수 있는 날은 많아봐야 네다섯 번이야. 그때라도 좀 편하게, 편한 사람과 쉬고 싶어. 나름 상대에 대한 인정과 배려도 베풀면서."

강하루는 점점 더 혼란스런 표정을 하며 도무지 감을 못 잡는 표정을 했다.

"그러니까 나는 많이 들어와 봐야 서너 번이고 왼손잡이인 당신은 지금 깁스 중이이야. 또 내가 깁스 중일 때 당신이 나한테 해준 것도 있고. 그래서 보답하는 의미로 당분간 같이 지내자는 거야."

환의 설명이 마무리가 돼갈수록 하루의 표정은 점점 더 경악을 금치 못하겠다는 표정이었다. 마치 호흡곤란이 온 듯했다.

"지…… 지금 제정신이야? 그게 말이 된다고 생각해? 어이없다, 당신."

"내가."

마치 더는 할 말이 없다는 듯, 자리에서 일어나려는 하루를 잡아 주저앉히려 환은 목소리 톤을 낮췄다.

"강하루를 내 집에 들여서 강하루 손으로 만들어준 밥 먹고, 빨래해 준 옷 입고, 날 만지면서 씻기고 머리 감겨준 걸 허용한 일은 이해가 돼?"

"……!"

"그때나 지금이나 타인의 눈으로 보면 절대 이해 안 되겠지. 블랙코미디도 아니고. 근데 우리 상황은 우리들만 이해하고 받아들이면 돼. 그때 난 당신 요구, 바람, 제안 다 들어줬어. 난 그 결정이 쉬웠을 것 같아? 내가 당신을 그 집에 다시 들이는 게, 지금의 당신보다 덜했을 것 같으냐고?"

"……."

"아니, 절대 쉽지 않았어. 그렇지만 난 우리 개인의 감정보다 우리가 공동으로 제작하고 진행하는 영화를 염두하고 계산해서, 내 감정은 전부 죽이고 당신의 그 말도 안 되는 제의 받아들였던 거야."

"……."

"알겠어? 강하루."

환은 하루가 절대 어이없는 웃음으로 빠져나가지 못하게. 거절을 절대 할 수 없게 타당한 이유를 조목조목 설명했다.

"또 말했다시피 깁스한 강하루, 돌봐주고 싶은 마음도 사실이야. 내가 몸 낮추고 희생한 당신 때문에 편하게 지낸 건 맞으니까. 그래서 이렇게 깁스도 예정보다 빨리 풀 수 있었고."

환은 하루의 빠른 판단과 결정을 위해서 예정보다 빨리 풀었다는 걸 강조했다.

아니나 다를까 환이 한 소리에 하루의 표정에 미세한 변화가 생겼다.

"차라리 그날그날 촬영장 근처 호텔을 잡는 건 어때? 알아보는 건 내가 다 알아서 해줄 테니까?"

"그럼 하루하루 매일 다른 장소와 침대에 적응하면서 트렁크 들고 유랑하라는 거야? 그러다 이상한 소문이나 나고 또 스탭들이 알면 좋게 생각하겠어? 스탭들은 좁은 여관이나 펜션에서 지내면서 감독씩이나 돼서 혼자 매일 고급 호텔 전전하는 게."

"……."

"그리고 난 말했어. 당신한테 받은 호의 나도 똑같이 되돌려주고 싶다고."

물러서지 않는 그로 인해 하루는 꽤나 난감하고 괴로운 듯 보였다. 그렇다 해도 이미 결심하고 들어온 환을 하루가 내보낼 명분이 없었다.

두 사람 사이 주고받은 거 다시 주고받자는 게 결코 틀린 말은 아니기에.

하루는 타결을 봤으니 제대로 준비를 하고 오겠다는 환을 배웅하고 다소 멍한 상태에서 소파에 기대앉았다.

별다르게 한 것도 없이 진이 빠지고 뭔가 오류를 범한 것도 같고 뭔가에 홀린 것도 같았다.

결론적으로 환이 바라고 원하는 대로, 하루는 서비스를 받기로 했다.

그 대신이라고 하긴 뭣하지만 이 공간을 같이 공유한다는 조건을 달고.

그나마 보름이란 단서가 있고 많이 들어와 봐야 서너 번이라고 했다, 남궁환은.

생명의 은인한테 보은하는 셈치고 받아들이긴 했는데 찜찜한 건 어쩔 수 없었다.

그보다 처음 벨을 누르고 선, 환을 봤을 때는 심장이 멈추는 줄 알았다.

이시호가 병실로 찾아와 환 감독의 미모가 리턴했다고 했을 때만 해도 그런가 보다 싶었는데, 오늘 말끔한 모습에 정장을 입은 환은 환장하게 아름다웠다.

다른 남자가 아름다울 땐 상관없기에 그래, 하고 응수해 주면 그만일 것을 앞으로 같이 지내야 하는 남자가 저렇게 대책 없이 아름다운 건, 수행을 넘어 고문에 고행이었다.

아무짝에도 쓸모없는 금은보화를 품에 안고 인당수에 빠지는 기분이랄지…….

리즈 시절의 모습으로 하루를 보고 멋쩍게 웃을 땐, 심장이 제대로 아팠다.

오래전 그때로 다시 되돌아간 줄만 알고. 그렇게 착각을 하고 싶어서.

이렇게 혼자면 아니라는 것 정도는 알겠는데 방금 전처럼 장난스런 표정에 아름다운 짝눈으로 쳐다볼 땐, 무릎을 쳤던 영화 속 우주 미아가 되는 기분이었다.

사실 입원했을 때 환을 기다렸었다.

촬영장 바로 그의 앞에서 당한 사고고 감독의 도움이 있었다고 언뜻 말을 들은 것도 같아, 혼자 있는 밤 시간엔 괜히 반복적으로 병실 출입구 쪽을 보기도 했다.

잠깐이라도 와서 괜찮으냐고 물어봐 주길 바랐었다.

기다릴 때는 그처럼 매정하더니 이제 와 며칠간 합리적 동거라니.

보름 동안 기대와 두근거림으로 행복하고, 서너 번의 눈 맞춤으로 평생을 길들이려 하나 싶었다.

이미. 충분히 남궁환에게만 길들여진 자신이건만 앞으로 남은 날들은 어찌하라고…….

사랑하면서 맘껏 사랑할 수 없단 공통의 아픔을 가진 시호가 오늘 미국으로 떠났다.

2주간의 필름 마켓이지만 일주일의 시간을 더 허락했다.

그 시간들로 인해 시호가 정원에게 더 가까워질지 멀어질지는 모르지만 응원했다.

사랑하는 사람을 대상으로 하는 그 같은 뜨거운 고민과 아픔, 갈증을.

지금의 하루는 시호처럼 고민조차도 허락되지 않았다.

최선의 선택을 위해 은신하거나 도피를 감행하는 것처럼 잠깐의 여유를 가질 수도 없고, 처음으로 되돌리거나 물릴 수도 없었다.

그 모든 이유로 의도가 읽혀지지 않는 환의 변명과 억지를 눈감아주었다.

남궁환이 이렇게까지 하는 이유는 모르지만, 강하루는 이제 이 시호처럼 선택할 수 없기에 환의 선택을, 결정을 그저 모른 척 따를 뿐이었다.

어차피 꿈속은 보름이다.

현실일 수 없는 환 곁에 머물고 그의 체향에 취할 수 있는 시간은 360시간.

욕심을 부릴 수밖에 없는 찰나와도 같은 미몽.

거부는 불가능했다.

7부
빈티지 영화처럼

동거를 제안한 바로 다음 날인 오늘, 촬영 스케줄을 소화하고 하드 케이스 두 개를 챙긴 환이 피곤에 쩌든 얼굴로 입성한 시간은 새벽 1시경이었다.

그대로 소파에 쓰러진 환은 1분 넘게 소파에 얼굴을 묻은 그 상태를 유지했다.

딱 보기에도 숨 쉬는 것도 버거운 듯했다.

회사 사이트에 들어가 보니 오늘 일정은 오포 인근 재래시장 신이었다.

어쩌면 차량 신보다 배로 고단한 야외 촬영이었다. 구경꾼인 시민들이 어디서 얼굴을 빼꼼히 보일지 모르고, 마이크에 생각도 못한 잡음과 소음이 녹음되기에 재래시장 신은 정말 잘해야 본전이었다. 그러고 보니 환에게서 한마디로 규정할 수 없는 오만 잡다한 냄새가 폴폴 풍겼다. 예전 같으면 스스로가 절대 못 견뎠을 텐데 지금의 모습을 보면 정말 변했구나, 조금은 더 자랐구나 싶어 기특한 마음까지 들었다.

"이렇게 새벽에 들어오면 오늘은 몇 시부터 촬영인 거야?"

"……이을 ……급 시."

"뭐라고? 웅얼거려서 무슨 소린지 모르겠어."

환은 소파에 누운 채 얼굴만 살짝 돌려 그 상태로 하루를 쳐다봤다.

"7시."

"뭐? 7시!"

7시라고 해봐야 준비하고 파주 빌라촌에서 나가는 시간 계산하면 고작 5시간이 채 안 되는 시간이었다.

"고작 그 시간 쉬겠다고 온 거야? 차라리 호텔이나 밴에서……."

"그 얘긴 벌써 끝나지 않았어."

"답답해서 그러지. 이건 명백한 시간 낭비야."

"누가 그래? 시간 낭비라고. 내겐 최고의 공간에서 최적의 시간을 쉬고 즐기는 건데. 것도 알차게."

환은 소파에서 일어나 왠지 기분 좋은 듯한 표정을 했다. 그런 후, 하루를 보며 즐거운 미션을 주는 듯 근래 보기 힘든 미소를 지었다.

"일단 좀 씻을 거야. 나 샤워하고 나올 때까지 잠자리 어떡할지 생각해 봐."

"무…… 무슨 소리야?"

이게 웬 날벼락인가 싶어, 하루는 환이 가는 길을 막아섰다.

"잠자리를 어떡하다니? 어떡하긴 뭘 어떡해? 난 내 침대에서 자고 당신은 손님방이 없으니까 서재나 옷 방에서 요 깔고 자든 가, 아님 여기 소파에서 자야지."

"내가 지금 쪽방에서 쪽잠 자고 거실 소파에서 자려고 여기 온 거 같아? 그런 잠자리였으면 밴에서 자고 호텔에서 잤어."

실로 어이없는 답변이었다. 답은 뻔한데 하나 마나 한 얘기를 하고 있으니.

"그럼, 뭐 어쩌자고? 같이 잘까? 내 침대에서."

"잠버릇 고약한 강하루가 당연히 싱글은 아닐 테고 킹이면 가 능하지 않겠어?"

"남궁환 감독님!"

"지금 여기 있는 남자는 감독도 이혼한 전남편도 아닌 당신을 위한 한 차원 높은 의료 서비스와 재활 치료를 주고받고 또 일전 에 받았던, 서로 상부상조하는 지극히 평온한 인간관계야. 병원에 서 도와주시는 분들이 다른 방에서 자는 것 봤어? 바로 옆 보조 침 대에서 항상 대기조 하잖아."

"이보세요."

"나도 그러려고. 당신 방바닥에서 요 깔고 자지 뭐."

"누구 맘대로!"

"그럼, 대안을 내봐. 내가 인정하고 받아들일 수 있는 대안을."

"서재 방에서 자. 보일러 돌리면 금방 따뜻해지고 당신 취향의 책도 있어서 밤새 책 읽기도 좋아."

"나 하루 종일 일하고 온 사람이야. 기운이란 기운 다 빠진 사람한테 무슨 책이야."

"맞춤 수면제라는 거지."

"수면제? 각성제에 폭탄주를 섞어 마셔도 이틀은 잘 수 있을 거야, 지금의 난."

"그 정도면 어디서 자든 상관없잖아."

하루의 답변에 환은 얕은 한숨을 내쉬고는 약간 답답한 듯, 조금은 아쉬운 듯한 표정을 했다. 피곤으로 인해 가라앉은 음성이 다시금 들려왔다.

"강하루, 난 한쪽 구석에 두거나 적재할 물건이 아니야. 그리고 난 사람 온기, 아늑한 체온이 느껴지는 방에서 인간답게 숙면을 취하고 싶어. 내가 얼굴 아는 동네 조폭이나 치한도 아닌데 기분 상한 채로 짐짝 취급당하는 게 아니라."

하루는 누가 시나리오 작가 출신 아닐까 봐 이보다 더 짠할 수 없는 인간극장 시나리오를 써 내려간 환을 무감동에 무감한 시선으로 쳐다봤다.

"선처라기보단 약간의 선의가 필요해, 지금 나에겐."

"……."

갈수록 이 남자의 의도를, 의중을 파악할 수 없었다.

무엇 때문에 이러는지. 무엇을 바라고 궁극에는 어떤 말을 하기 위해 그러는지.

상처받을까 두렵고 무서우면서도 어쩔 수 없는 떨림과 함께 기대가 됐다.

우리 둘 아직 무언가가 조금은 남아 있나 하는 희망과 바람을 약간 첨부해서…….

스스로 생각해도 정말 너무 뻔뻔스러운 강하루다.

남궁환은 저 하늘이 내려주신 깜짝 이벤트고.

하루는 샤워를 하는 환을 기다리는 동안, 평소에 두세 배의 시간이 걸려 간신히 요깃거리를 준비했다. 평소엔 별것도 아닌 것들이 팔로 인해 엄청난 부담이 됐다.

아무래도 내일은 손 터치 하나로 대대적인 장을 봐야겠다 싶었다.

바나나와 우유를 혼합해 간 음료와 계란 흰자, 몇 알의 아몬드.

약간 출출한 채로 잠자리에 들 때 환이 즐겨 먹던 간식이었다. 하루는 샤워하고 나온 환을 불러 준비한 간식을 밀어주었다.

"한 15분 후에 잘 생각하고 한 모금이라도 먹어봐."

"……."

"피곤해 보여."

"같은 침실 쓰는 입장에서 먹고 힘내라는 자양강장제 아니고?"

샤워를 해서 그런지 한층 고차원의 꿀 피부로 무장한 남궁환이 평소 하지도 않던 농담을 했다. 환은 농담보단 진심을 기저로 한 말과 글을 즐기는 이였다.

대체 무슨 의도로 이러는 건지…….

"남궁환."

"응."

"말해봐, 왜 이러는지. 이렇게까지 하는 나름의 분명한 의도가 있는지. 털어놔 보라고."

답답하고 궁금함보단 이젠 걱정 수준이라 가볍게라도 묻지 않을 수 없었다.

"말하면?"

"응?"

"말하면 달라질 수 있는 거냐고?"

"뭐가?

"뭐든."

"이런 거 싫어, 알잖아. 나 단순 무식해서 걸치고 우회 없는 직진 좋아하는 거."

"나도 그런 줄 알았는데 아니었어. 강하루는 직진이 아니라 일방통행을 좋아하는 사람 같아. 그것도 야밤에 아무도 없을 때 하는 위험천만한 일방통행."

환의 표정은 살짝 비웃는 듯하고 예리하게 감추는 듯한 미소가 돌아 순간적으로 섬뜩했다.

가끔 맘에 들지 않는, 일방적이고 무례한 타인에게 경고하듯 보이는 그 같은 미소는 절대 하루에게 보이지 않았었다.

강하루는 경계와 의심이 대상이 아닌 또 다른 남궁환이었기에.

"이런 식이면 보름이건 서너 번의 잠자리건 불가능해. 불편해서."

"잠자리?"

"……."

"강하루가 말하는 잠자리는 어떤 잠자리야?"

오늘은 전혀 남궁환 같지가 않았다.

멜로물로 다져진 잘생김과 달리 퉁명스럽고 거친 듯해도 하루만큼이나 솔직하고 담백한 대화를 즐기는 게 환의 방식인데, 오늘은 영화판에서 사는 음흉스런 이무기 같았다.

"어떤 잠자리긴?"

"……."

"넌 아래. 난 위. 위아래 잠자리지."

"둘 다 솔론데, 굳이 위아래일 필요가 있을까?"

"솔로라니?"

"강하루도 돌싱. 나도 돌싱이란 소리지, 현재 애인도 연인도 없는."

"무슨 소리야? 난 애인 있어. 알잖아."

하루는 너무도 당연하게 솔로일 거라 믿고 말하는 환에게 누군가를 상기시켰다.

"누구? 3년 전에 우리 침실에서 세상모르고 자던 그 남자?"

"그래."

"지금도 그 남자를 만난다고?"

환은 마치 확인하려는 듯 물었다. 마치 그 어떤 불쾌감이나 언짢음은 없다는 듯.

"물론, 만나고 있어."

하루는 그 어떤 거짓도 의심도 없이 단호한 눈빛과 자신감으로 자신의 연애를, 지금의 상황을 설명했다.

"지금은 일 때문에 해외로 장기 출장을 가서 원거리 연애를 하는 것뿐이야. 물론 연애하는 입장에서 당신과 이런 관계 유지 잘 못하는 거지만 우리 스스로가 인정하듯 지금의 우린 공통의 목적을 가진 전략적 상생, 우호 관계일 뿐이잖아."

"……."

"그리고 그 사람 돌아오면, 나중에 다 설명할 거야."

"설명하면 이해할 거다?"

"응. 우린 서로 많이 좋아해."

이 부분은 일말의 거짓도 없기에 그 어떤 말보다 진심으로 말할 수 있었다. 남궁환이 믿어 의심치 않을 정도로.

"넌 너의 꿈과 야망을 이루기 위해 사랑한 남자와도 단칼에 헤어진 여자야. 그런데 많이 좋아하는 남자라……."

환이 무엇을 우려하고 타진하는지는 모르나 하루는 동요 않고 일관된 감정을 유지했다.

"좀 위험하긴 한데 그렇게나 좋다니까……."

"……."

"믿을게. 그 사람 좋아한다는 그 말."

"뭐야? 믿을게라니? 그 사람과 내 관계가 당신한테 증명받을 일은 아니야."

"그렇긴 하지. 그런데도 믿는다고. 네 연애. 네 연인."

개운하니 뒤끝조차 없는 인정이 무슨 이유에서인지 전혀 개운

하지가 않았다.

"우리 그만 들어가 자자."

"……!"

"물론 난 아래, 넌 위에서."

환은 참으로 즐거운 대화를 마친 이처럼 흐뭇한 표정을 하고는 방으로 향했다.

마치 자신의 방인 것처럼 주저 없이 들어가는 것도 신기하지만 하루의 연인 이야기를 꺼내고 하물며 그 사람이 과거 두 사람의 이혼의 단초를 제공한 이라는 걸 알면서도 저런 유들유들하니 여유로운 반응과 말투, 표정을 짓는다는 게 정말이지 이해되지 않았다.

예민한 환의 성정이라면, 지금도 여전히 날을 세워야 하는데 이 정도로 묻고 끝낸다는 게 왠지 조금은 섭섭하고 이제 정말 아무것도 남지 않은 건가 싶었다.

어느 순간은 무언가를 기대하게 하고 떨리게도 하면서도 또 지금은 그 모든 게 하루의 대단한 착각이자 불순한 음녀처럼 느끼게 하는 환 때문에 머릿속이 복잡하고 어수선했다.

물론 마음은 아프고 초라했다.

혼자 북 치고 장구 친 이로서 더할 수 없이.

환의 스타일이 조금 달라졌다.

당일 촬영 분을 반드시 찍는 것은 변함없지만 시간 단축을 꾀했다.

한 신 한 신 디테일을 생명처럼 유지하면서도 스피드 또한 놓치지 않았다.

최대한 시간 절약을 하려 했고, 자투리 시간도 강행군한 다음 날이 아니면 허용하지 않았다.

늘 하는 것처럼 진행하면서도 전체적으론 타이트한 일정의 연속이었다. 그처럼 불만과 허용의 아슬아슬한 경계에서 환은 노련하게 현장을 이끌었다.

대신 칭찬은 전보다 더. 인정은 화끈하고 모두가 있는 데서 거하게 했다.

이 모든 게 당일 꼭 집으로 귀가하기 위한 노력이자 행보였다.

보름이었다. 하루의 집에서 비밀스런 강하루와 함께할 수 있는 시간.

보름 안에 그 무엇을 반드시 알아내 이 모든 걸, 그의 전부를 다시 그의 곁으로 되돌려 나야 했다.

아직 그가 아는 건 많지 않았고 결정적인 키워드도 아니었다.

단지 강하루가 거짓말을 하고 있다는 것과 강하루가 언급한 장거리 연인이 지금 서울에 있으며, 그 남자가 강하루의 이복 오빠라는 것뿐이었다.

결정적으로 하루가 왜 그렇게까지 잔인한 연극을 해 환과 이혼을 했으며, 그로 인해 환의 분노와 미움을 사려 했는지 그 점을 알수가 없었다.

어제도 하루는 그 남자가 연인이며 좋아하는 사람이라고 했다.

전부가 연극이고 쇼라는 걸 알면서도 듣고 있기가 상당히 불쾌했다.

거짓을 진실처럼 말하는 하루의 얄미운 입을 꽉 깨물어 삼켜 버리고 싶었다. 참으려고 부단히 노력한 결과 무사히 넘기긴 했지만 앞으로의 날들은 장담할 수 없었다.

그 같은 거짓을 말하는 달콤한 유과를 어제처럼 보고만 있을 수 있는지…….

자꾸 숨기려 하는 정 부장님에게 창 영화사의 20주년 기념 영화를 맡은 감독의 권한과 변수, 느린 진행을 볼모로 몇 가지만 알아냈을 뿐이었다.

정 부장님은 하루와 그가 부부 사이였다는 걸 모르고 있었다. 그 얘긴 정 부장님한테서 알아낼 게 그리 많지 않다는 거였다.

가장 놀라웠던 건, 하루가 혼외자 자식이란 사실이었다.

그것도 우리나라에서 최초로 해외영화제에서 남우주연상을 받고 엄청난 재벌 딸과 화려하게 결혼했던 원로 배우의 감춰진 딸.

처음 윤호가 아닌 파주 창 영화사를 투어하고 싶다던 또 다른 조연출을 시켜 아카데미에서 강의를 하는 정원 작가의 사진을 찍어오란 부탁을 했을 때까지만 해도 믿지 않았었다.

강하루가 사랑한다고 말한 남자가 이복 오빠란 사실을. 한편으론 정말로 하루가 이복 오빠를 남자로서 사랑하는 건가 하며 의심하기도 했었다. 하지만 그런 추정을 하기엔 하루를 걱정하는 남자의 말투에 격정과 열기가 없었고, 그 남자를 보는 강하루의 시선은 담백하니 애정보단 걱정과 염려. 서투르고 조심스런 애교가 있었다.

강하루는 사랑하는 남자에겐 장난스런 애교보단 수위 높은 유혹과 도발도 서슴지 않은 여자였다. 그 같은 솔직하고도 대범한 아찔함에 환은 늘 정신을, 이성을 놓았다.

남궁환을 반쯤 미치게 만들고 그런 감정과 자극에 온전히 길들여진 그를 강하루가 어떤 이유로 놓으려고 했는지 그걸, 그 이유를 알아야 했다.

또 한 가지, 의심스러운 점은 그 남자의 말이었다.

"나중에 강 대표 퇴원하면 지금 나한테 한 모든 이야기 그대로 해주세요. 하나도 빼먹지 말고……."

그 남자의 의도가 궁금했다.

환이 하루를 위해 울부짖고 했던 일. 그건 걱정이었고, 내내 감추고 싶었던 본능 같은 절대적 감정이었다.

남자는 그런 환의 진심을 하루에게 반드시 알려주라고 지시했다.

오래전 둘이 벌인 일로 짐작해 보면 되려 감추고 숨겨야 하는데도 그러질 않았다.

추정할 수 있는 건, 단 한 가지.

두 사람의 생각과 계산이 지금은 다르다는 거.

그 남자는 강하루를 흔들고, 하루를 환과 다시 이어주고자 하는 건 아닐까 하는 조심스런 사실이었다.

이 모든 것들에 대해 보름 안에 단서를 잡아야 했다.

그 이후는 이처럼 혼자만의 추정이 아닌 당사자를 만날 것이다.

그 남자, 강하루의 오빠라는 사람을. 국내 최대 기업의 후계자란 이름보다 음유시인이자 여행 작가로 알려진 인물.

그전까지는 주어진 시간 속에서 하루를 시험하고 괴롭히며 지켜볼 생각이었다.

남궁환을 기만하고 속인 강하루가 어떤 모습으로 혼자 일상을 살아가는지.

그가 없는, 그가 없이 사는 강하루는 어떤 표정을 짓는지, 웃는지. 미소를 짓는지.

환처럼 살아 있는 시체로 영혼 없이 부표처럼 사는지. 또 희로애락은 남의 나라 일인 양 혼자의 섬에서, 자신만의 별에서 의지와 상관없이 되살아나는 추억과 기억에 무너지는지.

어느 밤, 미칠 듯한 그리움과 체화된 욕망. 쟁쟁한 미련에 사무치는지.

전부다. 모조리 궁금하고 알고 싶었다. 확인하고 싶었다.

우리 두 사람 똑같은 모습으로 죽어라 버텨내고 있는지.

하루를 만나기 전까지 개인주의의 전형이던 환은 누군가에게 기꺼이 길들여진다는 걸 단 한 번도 생각해 보지 않았다.

그같이 피곤하고 피로한 소모전은 언젠가는 답답하고도 진부한 서슬이 될 거라 여겨 경계했던 감정이었다.

열아홉, 생소한 고국의 봄날.

그 생경한 감정을 상회한 충동과 설렘. 떨림의 감정을 처음으로 알려준 사람.

호기심과 낯섦. 궁금함을 기저로 커지기만 하던 무한한 소유욕과 불퉁한 애정.

동일한 관심사와 맹랑한 꿈으로 인해 마주한 건전한 경쟁과 그로 인해 더 함께이고 싶은 욕망.

그 모든 것들은 누구도 아닌 강하루이기에. 하루에게만 허락된 감정이었다.

누군가의 감정과 슬픔. 생각과 꿈. 그 모든 걸 동일하게 느끼고 원하며 바라게 되는 그 감정의 결정체이자 전부를 관통하는 말,

길들여진다는 것.

그 말은 곧 하루였고,

환에겐,

하루가 그랬다.

아주 오래전부터.

이 미칠 듯한 배신감. 약속을 기만한 행위를 무엇으로 단죄할까 싶었다.

15일 중 많아야 서너 번이라고 못을 박은 환은 4일째 되는 오늘까지 연장 하루의 집으로 퇴근하고 귀가했다.

"남궁환, 당신 대체 뭐야? 촬영은 제대로 하고 있는 거야! 제대로 전부 다 소화를 한다면 이렇게 매일 귀가 도장을 찍을 수는 없

는 거잖아? 내가 말했지. 이번 영화 개인적으로도 무척이나 중요하다고!"

"알아. 왜 그렇게 중요한지는 모르겠지만. 아니면 말을 하든가."

"지금 그게 중요해! 여기서 포인트는 당신이 일정을 소화했냐는 것이고 능력이 된다면 좀 더 앞당길 수도 있을 텐데 이렇게 매일 집으로 퇴근 도장을 찍으니 무슨 진척이 있겠냐는 거야! 당신 지금 내 말 들어?"

환은 소파에 누워 영화사 창에서 자체 제작하는 영화 잡지를 읽고 있었다.

계간지 형식으로 나오는 잡지인데 이번에는 20주년을 맞아 영화사 창의 창립자와 그의 히스토리, 더불어 영화사 창이 지금까지 내놓은 작품들에 대한 정보와 앞으로의 비전, 행보까지 전부 다 나와 있는 창의 자기소개서이자 증명사진과도 같은 잡지였다.

"당신네 영화사 창립자라는 분, 뵌 적 있어? 한번이라도."

"몰라! 못 봤어. 그런 분을 내가 어디서 봐. 그리고 지금은 은퇴하셔서 어디 계신지 아무도 모른다고 하던데. 그보다 당신……."

"사진으로는 봤지? 굉장히 독특한 미남이던데. 필모그래피도 화려하고. 이번 20주년 행사에 오실 수도 있는 거 아닌가?"

"오긴 어떻게 와! 절대 못 와."

"왜 절대 못 오시는데?"

"몰라! 나랑 상관없어. 그러니까 당신이나 어서 일어나서 당신이 있던 자리나 치워. 근데 당신 정말 남궁환 맞아? 당신 있던 자리는 늘 얼음판처럼 깨끗하니 휑하기까지 했는데 지금 봐! 당신 주위가 어떤 상태인지!"

단 거라면 질색하던 남자가 주위에 온통 캐러멜 팝콘 천지였다. 어지간히 달았던지 음료는 녹차 음료를 옆에 끼고는 탄산수와 번갈아 마시고 있었다.

"그리고 그렇게 잡지에 들어갈 정도로 정신없이 보면서 TV는 왜 켜놓은 건데? 뭐야? 저 프로 솔로 중년 연예인들끼리 돌아다니면서 노는 프로 아니야? 남궁환, 저런 프로도 봐? 이제 곧 중년이라고 티 내는 거야?"

"서른다섯한테 중년이란 단어 쓰는 사람 없어. 강하루밖에는."

"내가 지금이 중년이라고 했어? 이제 곧이라고 했지! 그러니까 TV는 왜 켜놓았냐고? 볼 거야?"

"리모컨 이리 줘봐. 채널 돌려보게."

"돌리기는 뭘 돌려! 이제 자. 12시도 넘었잖아. 안 피곤해?"

하루는 도무지 적응 안 되는 이 환경과 지저분함, 내내 하안거 동안거 하듯 혼자이다 누군가 곁에, 그것도 남궁환이 곁에 있어 느끼는 불편함과 어색함, 긴장감까지 너무도 복잡 미묘한데, 남궁환은 3년 사이 뭔가 깨달음을 얻고 현실세계에 안착했는지 이렇게나 다른 사람 같을 수 없었다.

그러나저러나 저거 좀 보라지…….

"남궁환 감독님, 잠깐 다리 좀 올려보시죠. 지금 거실 바닥이 어떤 줄 알아?"

하루는 TV에 정신이 팔린 듯한 환을 밀치고 바닥에 엎드려 소파 밑으로 자취를 감추려 하는 팝콘 부스러기들을 한 손으로 집었다. 한번으로는 턱도 없을 것 같았다.

"힘들어서 안 되겠어. 당신이 일어나서…… 아악! 이게 대체……."

"잡았다. 근데 뭐 벌써 다 쏟아져 버렸네."

갑자기 일어나다 테이블을 밀쳤는지 탄산수가 엎드린 하루 머리 위로 절반이 넘게 쏟아져 내렸다. 환은 테이블 밑 선반에서 티슈를 빼 하루의 머리를 닦아주었지만 찝찝함과 축축함은 해결나지 않았다.

그 순간이었다. 하루의 몸이 붕 하고 공중 부양을 한 건.

"뭐…… 뭐야! 이거 놔. 뭐 하는 건데?"

"뭐 하긴 씻어야지. 설마 더럽게 이러고 잔다는 소리는 아니지? 같은 침실을 나눠 쓰는 입장에서 그건 절대 허용 못해. 더러워서."

환은 하루를 욕실 바닥에 맨발로 내려놓았다.

"당신이 나한테 더럽다는 소리 할 수 있어? 남의 집 거실을 저렇게 여의도 비둘기 광장을 만들어놓고 무슨! 그리고 당신 깁스했을 때 생각하면 난 양호에 양반이야. 그냥 수건이나 물에 헹궈서 짜줘. 대충 닦아내고 내일 아침에 감…… 남궁환! 야! 푸앗!"

하루는 얼굴 전면과 머리에서 흐르는 물을 훔쳐 내며 환을 노려봤다.

"무슨 소리야. 더럽게! 깨끗이 씻고 자야지."

환은 언제부터 잡고 있었는지 샤워기를 들어 하루 얼굴과 머리에 화단에 물 주듯 분사해 뿌려댔다.

"미쳤어! 당장 꺼, 샤워기."

하루는 깁스한 팔에 물기가 닿지 않게 몸을 뒤틀었다. 그로 인해 제대로 된 저지는 아예 하지도 못했다.

"그러니까 가만히 좀 있어. 내가 씻겨준다잖아. 이 세상에서 당신 몸을 제일 잘 알고 많이 씻겨준 사람이 나잖아. 아마 돌아가신 어머님이나 할머니보다 내가 더 당신 몸을 잘 알 거야. 안 그래?"

"남궁환! 그만 그 입 좀 다무시죠. 그리고 난, 내일 미용실 가서 머리 감을 거니까……."

"무슨 소리. 당신의 몸과 머리는 미용사나 목욕관리사보다 내가 더 잘 알고 잘 닦일 수 있는데. 오늘 내가 시원하게 씻겨줄게, 강하루."

깁스를 하지 않은 상황에서도 이겨먹기가 힘든데 하물며 한쪽 팔에 깁스를 해 지금 그 무엇도 의지대로 할 수 없었다. 그런 사실을 누구보다 경험과 체험으로 터득한 환은 그녀의 몸을 숙이게 해 결국 머리에 샴푸를 묻혔다.

"걱정 마. 부드럽게 할 테니까."

바로 그 부드러움이 문제였다.

환의 손가락은 기교와 기이한 열감을 불러일으키는 데는 전문화되고 특화된 사악한, 불가사의한 마법의 손가락이었다. 일명 파탄자의 판타지아.

환과 하루는 격렬한 사랑을 하면서 그렇게 별명을 지으며 장난을, 유희를 즐겼다.

어느 날은 환의 뜨겁고 격렬한 분신보다 가늘면서도 대나무보다 곧고 유려한, 손기술과 손장난에 끙끙 앓던 날이 더 많았다.

환은 사랑을 하지 않는 날은 거의 매일 그렇게 입으로, 손으로 하루를 흥분시키고 기절시켰었다.

환의 예술적 기질과 감성은 꼭 영화와 영상에서만 빛난 건 아니었다.

이렇게, 이런 방식과 표현으로도 자신의 존재감과 우월감을 여지없이 드러내곤 했다.

"……!"

미려한 손길로 전체를 도포해 오는 손길과 자극에 길들여진 몸은 바로 자극을 받았다.

이 같은 행동에 단 한 번도 예외는 없었다.

지난 3년 죽은 듯이 지내던 감각들이 우르르. 우수수 달려들며 반응하는 게 오감으로 느껴졌다. 맥없는 항복에 너무도 즉각적인 응수였다.

"남궁환 감독님."

"응."

"……머리만 감기세요."

"지금 머리만 감기고 있잖아. 이렇게."

"아…… 훗!"

너무도 순간적으로 나온 탄성과 신음이기에 하루도 어쩔 수 없었다.

"……시원해?"

민망함으로 인해 이 자리에서 꽉 고개 박고 죽고 싶은 하루는 아무런 답을 하지 않았다.

그 답을 하지 않은 것에 대한 응징은 바로 이어졌다.

조심스럽던 이제까지와는 전혀 다른 손길로 환은 그녀를 유혹하고 능욕했다.

마치 선전포고와도 같았다.

지난 시절, 그들이 나눈 향연의 시작이자 명징한 증거를 참고 버텨보라는 미션.

하루가 최고로 취약하고 그로 인해 가장 잘 느끼는 귀 주변부를 은밀하게 자극하고 손끝 부분으로 파고드는 신공은……

"으…… 응……"

하루의 의지로는 도저히 어찌할 수 없는 부분이었다.

환이 그 사실을 제일 잘 알고 있었다.

대화가 없는, 대화라고는 상상도 할 수 없는 기이하고도 에로틱함에 불쾌감과 같은 거칠고 날 선 감정보다 체념을 하게 됐다.

두 사람의 감정과는 별개로 여자인 하루가 느껴지고, 느끼는 지점은 어쩔 수가 없었다.

그저 최대한 숨과 톤을 죽여 이 시간이 어서 지나기만을 바랄 뿐.

불필요한 반응은 꿈도 꿀 수 없었다.

하루의 몸은. 하반신은 이미 너무도 뜨거웠기에.

이제 막 연소가 시작된 감각에 때 이른 소화는 너무 이른 욕심이었다.

연이은 한숨에 정원은 그 자신이 더 힘겨운 듯 쳐다봤다.

"그렇게 불편하고 힘들면 그냥 병원에서 계속 지내든가. 병원이면 사람 두고 씻고 깁스도 교체하고 손보기 쉽잖아."

하루는 어디 딴 세상에 있는 듯한 멘탈로 세상에 그지없는 속물처럼 구는 정원을 놀라 바라봤다.

아무래도 상실감에서 오는 부작용인가 싶었다.

그러게 타고나지도 않은 이중 성격과 인격은 뭐 하러 있는 척 만용을 부려 시호를 시험에 들게 했는지…….

"깁스한 걸로 1인실 차지하고 있는 정신 빠진 사람이 어디 있다고."

"돈벌이에 매진하는 병원에서는 대환영할 일이야. 걱정할 필요 없어."

"그렇게 말하니까 무섭네, 정원 작가님."

"원래 인간은 무서운 존재야."

"뭐야? 이 철학적이고도 니힐리스트 같은 세계관은? 멘트가 너무 심오하잖애."

하루의 농에 정원이 이제야 웃음을 보였다.

"잘 생각해 봐, 농담 아니야. 그 팔도 그렇고 몸 건사하는 거 힘들면 입원해. 그룹 산하 요양원도 있으니까. 네가……."

"그냥 미국을 가지 그래?"

"……."

"정원 작가님 지금 엄청 이상해. 전혀 다른 사람과 이야기하는 것 같아. 자랑스런 작가님이 아니라 제 금수저 제대로 유용하고 활용할 줄 아는 뭘 좀 아는 재벌 후계자."

"……."

"이 사람 생각엔 벚꽃앓이. 벚꽃 증후군 같은데."

"무슨 소리야?"

"지금 우리 영화사 벚꽃이 북미로 출장을 갔잖아."

하루의 뼈 있는 지적에 정원은 모른 척 커피 잔을 들어 표정을, 감정을 감추려 했다.

참으로 어설픈 작가님이시다.

그 커피 한잔에. 내리깔은 기다란 눈썹에 자신의 헛헛함과 허기짐이 감춰질 거라 생각을 하시는지.

"얼굴에 그늘이 내려앉은 건 강 대표가 더한 것 같은데."

정원은 눈을 찡긋하고 입가를 움찔하는 듯한 야릇한 표정을 하며 하루를 도발했다.

스스로는 전혀 알지도 못하는 저런 매력 발산과 끼 도발을 서슴지 않고 해놓고 거기에 넘어간 시호에게는 아닌 척 위장술을 펼치며 나 몰라라 했으니……

실로 나쁜 남자였다, 정원 오라비는.

"무슨 일, 있어?"

일은 많았고 밤은 길었다.

일단 어젯밤엔 지옥에서 온 성격파탄자로 인해 희롱당하고 고문당했다.

샴푸는 명백한 핑계했다.

그 이후, 환이 하루에게 한 행위는 고난도 스킬로 하루의 성감대를 자극하는 일이었다.

남궁환은 오컬트 아니라 아악하고 아훗 하는 성인 에로물을 감독했어야 했다.

그동안 단편 영화도 순 갯벌. 벌교 이야기. 강원도 오지 형제의 겨우살이 겨울 이야기 등 다큐멘터리 수준이더니 속내는 엽기적 가학적 누드 영상물이었나 싶었다.

그 야한 눈빛과 해사하고도 비뚜름한 미소를 마주하고 받은 드라이 케어는 머리가 아니라 가슴과 입술이 바싹 마르는 듯했다.

어제 무슨 정신으로 잠자리에 들었는지 기억나지 않았다.

귀신이 씐 듯하다 억지로 순장을 당하는 기분으로 이불 뒤집어쓰고 잤다는 것밖에는.

단연코 내보내야 한다, 남궁환을.

"영화사 일은 메일이랑 전화로만 받는 건가?"

"응. 정 부장님이 나 때문에 고생이 많긴 해. 그분은 하루하루 보고하고 난 그 보고를 받아야 직성이 풀리는 성격이라."

"그런 건 아버지랑 똑같아. 보면 난 생김새뿐이고 강하루는 전부 다 닮은 것 같아."

"난 모르겠는데."

"욱하는 다혈질부터 시작해서 영화만 좋아하는 거. 욕심 많고 전부 자신이 하려고 하는 거. 본인의 증상과 상태는 본인이 가장 잘 알면서 위선을 떠는 것도."

"그 부분은 딱 작가님이네. 이시호 부재로 인해 딱 돌기 직전인데도 아닌 척. 평정심 장착인 척. 일상의 범위에서 감정이 전혀 벗어나지 않은 척. 그리고 또 척. 척. 척."

하루의 도발에 정원은 들고 있던 잔을 내리고 하루를 응시했다. 조금은 화가 나고 좀 많이 무시무시한 눈총을 하고선.

"그렇게 척하고 살다가 확 가는 수가 있어. 사랑도 사람도."

"본인 경험담인가 보네. 절절하고 절실하게 들리는 거 보면."

"어쩌겠어, 마흔이 낼모레인 오라비 생각하니까 절로 절박해지는데."

하루는 정원을 약 올리기 위해 태어난 사람처럼 따박따박 응수를 했다.

정원은 그런 하루를 화난 부처님처럼 쳐다보았다. 결코 자애롭지 않은 시선이었다.

"내가 시감은 없는데 예술 감은 좀 있어. 또 긴가민가한 예술 감에 비해서 교감은 뛰어난 편이고. 단 나랑 주파수가 맞는 사람과는 그렇다는 거야."

"……."

"시호는……."

시호라는 그 이름만으로도 정원의 눈가는. 눈빛은 아련해진다.

저러다가 시 자로 시작하는 단어 몇 개만 나열해도 대번에 울 것 같았다. 감수성 포텐하시는 우리 정원 작가님.

"언젠가부터 꿈을 꾸지 않는데……."

"……."

"사실 그 이야기는 해석이 다양할 수 있어. 근데 분명한 건, 시호가 정원 작가님을 대면하고 싶은 세상은 절대 꿈속이 아니라는 거야. 시호는 현실에서 작가님을 만나고, 만지고, 만족하고 싶은 거지 꿈속의 왕자님을 바라는 게 아니라는 거야."

"그 왕자님의 건강을⋯⋯."

"⋯⋯."

"마흔 이후 전혀 담보할 수 없어도 그럴까? 과연 그런 말을 할 수 있을까?"

나왔다. 정원 작가님의 영원한 테마, 이타심과 막강 두려움.

어쩌면 하루에게도 여지없이 통용되는 문제이자 아직 일어나지 않은 미래에 대한 감춰지지 않는 절대적인 두려움.

"누가 그러던데 실제로는 사람들이 걱정하고 고민하는 일의 십분의 일도 일어나지 않는다고⋯⋯."

"그런데도 강하루는 사랑하는 사람과 헤어졌지."

"⋯⋯."

"그것도 나와 같은 이유로."

정원은 비난과 조롱은 아니지만 정확하게 상기시키려는 듯했다. 겁쟁이는 자신만이 아니라는 사실을.

"두려움. 우리로 인해 사랑하는 사람이 받을 수 있는 지속적인 고통과 커지기만 하는 상처. 점점 잃게 될 자존감과 생기까지⋯⋯."

"⋯⋯."

"그것들로부터 자유로울 수 있는 강하고 이기적인 인간이 얼마나 될 것 같아?"

정원은 하루에게가 아닌 스스로에게 가하는 중대한 질문이자 담론 같았다.

이후 하루는 아무런 말도 할 수 없었다.

늘 이랬다. 이런 결론이었다.

여기서 한 발자국도 벗어나거나 나아가지 못했다.

강하루와 정원 작가님의 대화는 이렇게 조금만 깊어지면 막막하고 먹먹해 더는 서로를 쳐다보며 말을 할 수가 없었다.

가끔은 이 모든 걸 자신에게 말하고 보여준 정원이 밉고 원망스럽기도 했다.

차라리 끝까지 몰랐더라면 뻔뻔하게 계속 행복할 수 있었노라고 억지를 부리고도 싶었다. 그렇지만 그녀의 판단과 결정으로 보았다. 그리고 택했다.

만약에 닥쳐올 지옥이라면, 혼자 감당하겠다고.

절대 다른 누군가를 끌어들이거나 함께하지는 않겠노라고.

곁에 있어 보는 것만으로도 고통과 슬픔을 함께 나누어야만 하는 그런 사랑이라면,

강하루가 먼저 사양하겠다고…….

시작은 조금 우울해하는 하루를 위한 일이었다.

밤에 들어와 새벽같이 나가야 하는 시간적 제약이 있기에 많은 걸 준비하고 소비할 시간이 없었다.

할 수 있는 거라곤 TV를 보거나 야식을 먹거나 야한 생각이 나

는 이 밤 동의 없이 야한 짓은 할 수 없기에 약간의 술을 마시는 것밖에는.

하루보다는 양손이 유용한 환이 간단한 술자리를 만들었다.

손에 잡히는 즉석 탕을 데우고 믹스된 넛트, 여러 가지 생과일이 정돈된 채 한번 먹을 양으로 나온 팩을 뜯어 맥주와 함께 아일랜드식 부엌에 차렸다.

책을 보다 자겠다는 하루를 기어이 끌어 나와 의자에 앉히고 맥주를 따라주었다. 환의 잔은 스스로 채웠다.

"그냥 빨리 자고 싶다니까."

"그러니까 서로 한 병씩만 마셔. 그게 배도 부르지 않고 적당할 것 같으니까."

"그런 게 어디 있어. 한번 시작했으면."

"……."

"취할 때까지 마시는 거야. 아님 토하거나 기절할 때까지."

환은 저런 문장을 구사하는 하루를 늘 경계했었다. 강하루는 술자리에서의 말이 씨가 되는 스타일이기에.

"참, 멜로물과 함께 외국물을 많이 드신 환 감독님은 우리의 이런 문화가 미개하다고 했었지. 처음 그 얘기 듣고 내가 정말 얼마나 짜증나게 웃기던지……."

하루는 언제 다 마셨는지 술잔을 채우라는 눈빛으로 고개를 꾸벅했다.

"따르시라고요, 성격과 정서는 사이코 호러물에 얼굴만 멜로물이신 감독님."

"……!"

벌써 특유의 술기운이 상당히 도는 것 같아 잠시 주저하다 퇴근하자마자 마주한 하루의 표정 때문에 말없이 술잔을 채웠다.

환이 주연 배우들의 섬뜩한 눈빛과 주변 스탭들의 자잘한 원성을 들으면서까지 죽자 사자 촬영 스케줄을 마치고 집으로 돌아온 때부터 하루는 우울한 채였다.

내일 아침 강하루와 오붓한 아침을 먹고 싶어 빡빡하고도 살인적인 스케줄을 일사천리로 마무리하고 들어온 이로서 그런 모습은 실로 맥 빠지기 충분했다.

이 보름이라는 시간은 무언가를 알아내기 위한 것만큼이나 하루와의 끊어졌던 소통, 감정의 교감, 서로에 대한 동일한 욕망과 열기를 회복하는 것도 무엇보다 중요하다고 생각했다.

어쩌면 그 무엇보다 먼저이고 중요한 일이었다.

현재 과거와 동일한 감정이라 해도 너무 오래 감추고 숨겨 밀봉된 감정은 다시 공기를 통하고 실온에서 적응해야 하는 시간이 필요한 것처럼, 그들에게도 작은 터치와 교감이 필요한 게 아닐까 싶었다.

그 모든 이유로 만든 술자리였다.

아주 많은 의미와 탑은 물론이고 성을 쌓아도 될 욕망이 내재된 시도였고.

벌써 두 잔을 비운 하루는 손가락으로 원 모어를 주문했다.

"아니다. 잠깐 기다려 봐. 이렇게 마시다간 배불러서 못 잘 것 같아."

하루는 일어나 주방으로 가더니 서랍을 열어 소주병을 가지고
와 앉았다.

"혼자 살면서 술을 숨겨놓고 먹는 이유가 뭐야?"

"그야, 술이 어딘가 있다는 걸 까먹으려고 그러지. 장소를 알면
생각날 때마다 먹게 될 테니까."

"먹으면 되잖아?"

"먹으면 되지. 근데 매일 먹게 될까 봐…… 됐어. 말을 하면 대
번에 알아듣는 촉이나 동양적인 감의 정서가 있어야 하는데 이 나
이까지 부연 설명해야 하다니. 당신 스탭들이랑 술은 마셔?"

"마시지. 그렇지만 적당량을 마시려고 해."

"적당의 기준은 사람마다 다를 텐데."

"응, 그래서 동갑이나 나보다 어린 사람들하고만 마셔. 나이 거
론하면서 거만해지고 결국엔 무례해지는 사람들은 사절이야."

"그러고 보면 당신 주위 사람들 참 무난해."

"무슨 소리야?"

"당신이랑 술 먹으려면 필연적으로 피로 회복제가 필요할 텐데
도 같이 먹는 거 보면…… 아직도 당신이 다 내는 거야?"

"내 주위 사람들 중에서는 내가 제일 여유가 있으니까. 부양할
가족도 없고."

"그러지 말고 재혼해."

"좋지, 재혼."

환은 하루가 꺼내 논 재혼이란 말이 웃기고 왠지 실감이 나지
않아서 피식 웃었다.

3년이 지난 지금도 이혼이 전혀 실감나지 않는데, 재혼이라니…….

"진심이야."

"나도 진심으로 바라는 바야."

강하루하고 하는 거면 삼혼까지는 무난하게 할 것 같은데.

"당신, 혼자서 이 험한 세상 살기엔 좀 모자란 게 사실이잖아."

"……!"

"사실 많이 모자라긴 하지. 이 세상이 그 멜로물 버전 얼굴만 뜯어먹고 살 만큼 낭만적인 세상도 아니고…… 그러니까 이번엔 영화쟁이 말고 7급 공무원을 잡아봐."

하루는 소주병을 들어 또 제 앞의 빈 잔을 채웠다.

"사실 나 혼자 재혼하면 좀 미안할 것 같아서 그래. 더불어 사는 사횐데 다 같이 행복해야지. 하루도 환도. 우리는 정말 이름도 어쩜 이렇게……."

"어울리지. 운명처럼."

"벌써 취했어? 얘는 처음처럼이야."

강하루가 아직까지 술에 취하지 않은 듯했다. 그렇다면 시험, 실험해 볼까? 강하루.

"키스처럼……."

"……."

"……은 없어? 강하루."

환은 질문과 함께 하루를 쳐다봤다. 하루 역시 환을 쳐다봤다. 그 어떤 영화보다 사랑하고 볼 때마다 좋았던 그래서 더 사랑할 수밖에 없었던 강하루의 눈동자에 환의 모습이 고스란히 투명돼 보였다.

강하루 안이라면 환은 그게 무엇이든 좋았다.

하루의 뜨거운 여성 안이든. 지금 이렇게 흔들리는 동공 안이든…….

"취했다, 당신. 마시지 말고 다홍치마만 해라."

"다홍치마?"

"이왕이면 다홍치마의 그 다홍이. 오케이?"

아무래도 강하루에게 무슨 일이 있는 듯했다.

술이 들어가면 하는 장난과 농담. 교묘한 구박과 심통은 여전한데, 몸 전체 물기가 가득한 것처럼 하루의 기분이. 동작이. 분위기가 무겁고 버거워 보였다.

"강하루."

"……."

"하루야…….

"그렇게 부르지 마. 당신 그렇게, 그런 톤으로 부르면…….

"부르면…….

환은 마음속으로 계속 하루의 이름을 불렀다. 그 부름에 하루가 예전처럼…….

"그만 마시자. 난 환자니까 당신이 정리하고 들어와. 그럼, 난 아마 자고 있을 거야."

하루는 환의 눈빛을 피하고 자리에서 일어났다. 동시에 일어난 환은 그런 하루의 팔을 잡았다. 돌려세워진 하루가 환을 쳐다봤다.

하루의 깊은 눈망울에 환의 모습과 함께 어느새 물기가 촉촉했다.

"더 마시면 주정 부릴 것 같아서 그래."

"부려. 받아줄게."

"싫어."

"하루야……."

"다른 사람들한테는 다 해도 당신한테는 안 해, 이제……."

하루는 잡힌 팔을 빼고는 방 쪽으로 걸었다. 그런 그녀를 환이 다시 잡아 세웠다. 이번엔 억지로 돌려세우지 않고 그대로 뒤에서 안았다.

"그럼, 오늘은 강하루가 남궁환 주정 받아줘."

"……."

"내 평생에 단 한 번도 없던 일이야."

"……싫 ……어."

"딱 한 번이야."

"……."

"앞으론 다시는 없을 거야."

환은 언제부턴가 떨고 있는, 아니, 흐느끼고 있는 하루의 몸을 조금 더 깊이 끌어당겨 안았다. 끌어당겨지는 순간 차고 넘치게 파고들어 오는 하루의 체향은 아찔했다.

그 어떤 술보다 환을 취하게 하고 주정을 하게 만드는 술은 바로 강하루였다.

그의 인생에서 처음이자 죽을 때까지 처음이기만 한 사람.

"당신…… 받아주면……."

"……."

"우리…… 같이할 수 없어. 이 공간에 당신과 나 더는 함께할 수 없다고……."

"……알아."

순간적으로 너무도 많은 생각을 한꺼번에 했다.

너무도 많은 필름을 단시간에 보고 확인하듯 생각을 해도 오늘밤에 할 수 있는 생각은. 결정은. 바람과 희망은 딱 하나였다.

오직, 강하루.

결박이 조금 느슨해진 순간 하루가 돌아서 환을 바라봤다.

강하루는 남궁환에게 늘 진행형인 여자이며 죽을 때까지 연인이었다.

늘 그 봄날의 창가, 그 시간에 고정돼 버린 사람.

환에겐 하루가 그 시절 전부였다.

그 시절은 지금도. 앞으로도 최고의 시절일 테고……,

"나 깁스했는데?"

"괜찮아, 강하루니까."

"나 환자야. 아무것도 못한다고……."

"괜찮아, 내가 다 할 거야."

"……."

"내가 다 너한테 줄 거니까……."

환은 마주한 몸을 더 가까이 밀착시켜 그의 의지를. 욕심을. 열망을 전부 하루에게 전하려 했다.

"전부 다……."

그렁한 채로 올라다보는 하루는 눈물을 참으며 눈을 감았다.

물기 가득한 눈이 채 다 감기기도 전에 환의 입술이 하루에게 깃들듯 살포시 스며들었다.

사뭇 독약 같은 숨결과 타액이 그를 단번에 취하게 했다.

아주 오래전부터 오직 강하루에게만 길들여진 환의 감각이 일순간 무섭게 살아나기 시작했다. 몸의 각 기관들이 일제히 그들만의 열병식을 준비하며 흥분했다.

"으…… 흡."

키스조차도 버거운 밤이었다.

소년의 마음과 청년의 기운. 남자의 욕망으로 시작된 이 밤이 벌써부터 너무 짧을 것만 같아 환은 하루를 안아 침실로 향했다.

오늘이 바로 그런 밤이었다.

내일이 없었으면 하는 밤.

오늘이 이 지구의 마지막이었으면 하고 바라게 되는 밤.

환과 하루가 다시 시작하는 날.

시작은 분명 우울한 하루를 위함이었다.

맹세코.

8부
우리가 머물고 싶은 만큼

눈을 뜨고 든 생각은 환이 가는 걸 보지 못했다는 거였다.

어쩌면 슬플 것도 같고 아플 것도 같았지만 그래도 보고 싶었는데 무거운 눈꺼풀은 이를 절대 허락하지 않았다.

환은 그의 말처럼 딱 네 번, 하루의 집으로 퇴근하고 출근했다.

정말 늘 좋은 말만. 허무맹랑할 정도로 부푼 꿈만 꾸고. 담고. 말해야 할 것 같았다.

"바보, 처음부터 카운트를 조금만 더 하지………."

안타까움과 아쉬움에 괜히 밤새도록 분투하며 매진했던 환을 탓했다.

"그래도 촬영, 가능하겠지."

안 하면 어쩔 건가……. 밤새 밤일했다고 촬영장에서 졸지는 않겠지 싶었다.

"계약은 계약인데. 또 스케줄은 얼마나 많게."

자꾸만 구시렁거리게 될 뿐, 일어날 엄두가 나지 않았다.

이렇게나 깁스한 팔을 하고 이혼한 전남편과 밤새도록 사랑한 여자가 있었다면, 역사는 어떻게 표현했을까 궁금했다.

이혼한 전남편과 밤을 함께할 수는 있어도 이토록 우스운 모습을 하고도 그런 밤을, 그 같은 동물적이고도 공격적인 행위를 했다는 게 역시나 의지의 한국인이었다. 강하루와 남궁환은.

행위보다 둘이 한 샤워가 더 기억에 남았다.

환은 깁스한 팔이 물기에 닿지 않게 하기 위해 부단히도 노력했다. 그렇지만 허리 아래 하반신을 씻겨줄 때는 전혀 환자에 대한 배려와 적당한 안배가 없었다.

두 손으로 제지할 수 없단 사실을 누구보다 잘 알아 환은 하루를 뒤에서 안아서는 몸을 충분히 기대게 하고 자연스레 의지하게 만들었다.

지독한 자극과 전율은 방심하는 순간 약탈하듯 야금야금 취해갔다.

밤새 한 송이 한 송이 내린 눈송이가 결국엔 천지를 뒤덮듯 두 사람이 토해내는 숨이 욕실 바닥부터 천장까지 전부 채웠다.

욕실은 마치 살아 숨 쉬는 거대한 심장처럼 내내 들썩이고 요동을 쳤다.

기억을 더듬어보니 침실에서보다 욕실에서 더 야릇한 비명과 한숨, 앓는 듯 읊어대는 신음을 연신 토한 듯했다.

3년 만에 제대로 보고 만진 환은 순간순간 생경하면서도 어느 순간엔 익숙했다.

숨결은 뜨거웠고 입술은 달았으며 욕망은 끝이 없었다.

남궁환의 열정은 오직 강하루만을 위해 강성했다.

어젯밤의 기억으로 앞으로의 시간 전부를 혼자라 해도 후회는 없었다.

순간 내내 몸 안에서 찰랑거리던 환의 흔적이, 몸의 일부분이 허벅지를 타고 시트로 흘러내리는 듯했다.

이 믿어지지 않는 축축함이 하나도 불쾌하지 않았다.

어젯밤이 결코 하루의 혼몽이나 미몽의 상태에서 만들어낸 상상이나 환상이 아니란 걸 증명하기에 감사하기만 했다.

오늘은 이대로 침대에 있고 싶었다.

아직은 씻어내고 싶지 않았다.

그게 무엇이든 환이 그녀에게 준 것이라면,

이렇게 담고. 안고. 품고 싶었다.

오늘 촬영은 내내 같은 장소에서의 반복이었다.

부랑자의 몸에서 나온 악령이 고급 아파트 경비원의 몸에 들어가 평소 오만불손한 기득권층과 일명 부자병에 걸린 인간들에게 모욕을 당해 내재된 분노로 인해 점점 강력해져 아파트에 사는 시민들을 위협하고 살해하는 신이었다.

그로 인해 오늘 신은 웃을 일이 전혀 없는 전투적 촬영 현장이었다.

이런 현장 분위기를 풀어줄 주연 배우와 조연이 없으면 현장은 더 가혹했다.

그 가혹한 현장 속에서 유독 환만이 생생하니 생기가 돌았다.

영화 속 시간대도 밤 신이라 현장은 내내 어둡고 울울하기만 한데도 환은 툭툭 농담을 던지며 그 자신이 감초 역할을 대신했다.

슬랩스틱 코미디가 아닌 신과 상황에 대한 멘트이기에 몇몇 코드가 통하는 이들만 간간이 미소를 지었지만 환에게는 그조차도 일체 없던 일이라 점심시간과 맞물린 휴식 시간, 스텝들은 그런 환을 신기해하며 슬금슬금 쳐다보기도 했다.

환도 그 자신이 동물원 원숭이가 된 듯한 기분을 느꼈지만 맘이 간질간질해 별다른 트집은 부리지 않았다.

보름이란 시간을 채우지 못했고 그들의 이혼 원인에 대한 단서도 지극히 미비한 수준이었지만 하나는 분명했다.

강하루가 남궁환을 사랑한다는 것.

오늘 환이 하루 종일 행복했던 이유는 바로 그 때문이었다.

하루를 안고 품으면서 느꼈던 절정과 충만감보다 그 사실이 환을 기쁘게 하고 자신감을 갖게 하며 들뜨게 했다.

이른 아침 하루의 집을 나오며 많은 생각이 들었다.

얼마만큼의 정보로 어느 시점에 하루에게 압박과 공세를 가할지…….

일단은 영화 촬영을 끝마쳐야 한다는 상식적인 생각을 했다. 더군다나 하루는 이번 영화가 개인적인 의미에서 굉장히 중요하다고 몇 번이나 강조한 터였다.

군이 시나리오 작가로서의 가정이 아니라 해도 누군가에게 보여주고 싶어한다는 추측을 하게 했다. 환이 창 영화사의 계간지를 보며 질문을 했을 때 하루는.

"오긴 어떻게 와! 절대 못 와."

그 얘긴 분명 모르는 상태에서 한 추정이 아닌 앎에 기인한 단정이었다.

아직까지 이렇다 할 와병설은 없지만 모습도 자취도 기사화되지 않는 영화사 창립자. 그리고 그의 미스터리한 여행 작가 아들. 혼외 자녀지만 그 두 남자가 철저히 보호하며 소중히 지키고자 하고, 무슨 이유에선지 오빠까지 이용해 기어이 이혼을 강행한 강하루.

또 한 가지. 이혼한 동생을 전남편과 다시 엮으려 하는 하루의 오빠이자 작가 정원.

마지막으로 제일 중요한 사실, 강하루는 아직도. 지금도 남궁환을 사랑한다는 분명하고 명징한 사실.

지금까지 환이 알고 알아낸 사실은 이것까지가 전부였다.

어쩌면 이 모든 사실들보다 중요하다고 할 수 있는 도대체 왜가 빠졌지만, 해볼 만한 모험이자 반드시 풀어야 할 숙제였다.

단지 지금이 아닌 환 앞에 주어진 미션이자 숙제를 최선을 다해 최고의 결과를 만들어낸 후의 이야기였다.

하루와의 새로운 시작을 위해서도 이번 영화는 환의 대표작이자 최고 흥행작이 되어야 했다. 앞으로도 늘 최고의 작품을 만들려 하겠지만 이번엔 그 의미가 남달랐다.

아무리 영화가 환의 인생과 가치관을 대변하고 그가 그려보려는 또 다른 세상이라 해도 그 모든 것들이 강하루보다는 우위이거나 상회하지 않았다.

영화는 환이 최고의 가치로 세상과의 소통에 둘 문제지만 강하루는 그 모든 것들을 아우르고 그 모든 것들을 무위로도 만드는 절대적인 사람이자 사랑이었다.

지난 3년은 그 사실을 알아가고 확인하는, 단지 그뿐인 시간들이었다.

사람은 자기 자신만으로는 절대 완성과 완결될 수 없도록 만들어졌다고 했다.

하루 없이 혼자였던 시간들은 그 말을 오롯이 증명해 주었다.

환이 느끼는 결핍은 결코 영화로 얻을 수 있는 것들이 아니었다. 하루만이 채워주고 강하루만이 가능한 일이었다.

그 모든 이유로 지금 이 순간은 앵글로 통해 보이는 배우에게 몰두해야 했다.

"감독님, 다음 신 준비됐습니다."

촬영장 한쪽 좁은 창문 앞에서 밖을 보고 있던 환을 조연출 윤호가 불렀다.

지금은 촬영을 해야 할 시간이다.

그와 하루,

두 사람이 함께할 앞으로의 모든 시간을 위해서.

❖

집스에 매여 있던 두 달이란 시간이 빠르게 지나갔다.

4월에 시작한 영화 촬영은 8월 초인 지금 막바지에 이르렀다.

집스를 했던 두 달여간의 시간 동안 하루는 거의 촬영장을 방문하지 못했다.

신체적인 제약이 가장 큰 이유였고 그 외는 환과의 거리를 유지했다.

어느 밤에 있었던 믿을 수 없는, 믿기지 않은 밤 때문이 아닌 그 밤 같은 날들을 다시 또 기대하고 원하고 있는 스스로를 철저히 단속하기 위해서였다.

정 부장님의 소식통에 의하면, 환이 달라졌다고 했다.

더 매섭게. 한층 무섭게. 이전보다 꼼꼼히 촬영을 하고 있다고…….

이번 주 영화가 마무리되면 편집과 후반 작업은 창 영화사와 이곳 파주 인근에 입주한 영화 관련 업체에서 진행하기로 했다.

그때는 먼발치에서든 환을 볼 수 있을까 싶었다.

벚꽃이 다 지고 사라진 자리는 여전히 봄날의 얼굴을 한 시호가 채워주었다.

북미 필름 마켓에서의 성과로 작년 국내에서 히트를 친 애니메이션이 북미를 비롯해 남미 여러 나라에도 수출되는 성과를 이뤘다.

이번 봄 국내에서 개봉돼 히트 친, 미국 애니메이션과는 다른 한국적 정서와 회화적 그림체가 통했다고 현지 관계자들은 분석했다.

미국 애니에서 흔한 세대와 종을 뛰어넘어 하나가 되는 과정의 서사와 달리 인간인 부모 자식처럼 동물 세계 안에서 벌어지고 일어나는 사랑과 생존, 죽음과 공동체의 가치를 재조명한 부분이 찬사를 받으며 수출 성과를 이룰 수 있었다.

그 모든 과정을 체험한 시호는 제일 시급한 문제로 자신의 영어 실력을 탓했다.

"그러니까요, 제가 너무 편향적인 시각으로 일본 영화와 애니만 탐독을 한지라 미쿡 영어가 딸리더라구요, 그래서 드리는 말씀인데요, 대표님."

한여름인데도 이렇게 영화사 창에는 벚꽃나무가 아직 한 그루 있었다.

하루는 혼자서 일당 백 그루의 벚꽃 역할을 하는 시호를 보며 다음 말을 기다렸다.

"이번 학기에 아카데미 학생들을 위한 영어 수업 강의를 하면 어떨까 싶어요. 저 같은 기획자나 학생들, 결국 성공이란 말에 외국 진출과 작품 수출은 필연적이잖아요. 그러니 그때 감독. 작가. 각본가란 자신의 정체성을 영화 이외의 것으로도 부연 설명할 수 있는 말, 영어가 필수더라고요."

시호는 까만 우주 같은 눈을 반짝이며 싱글거렸다.

"기획자도 아직 세상에 빛을 보지 못한 단편 시놉이나 단편소

설에서 팁이나 영감을 받아 작업을 할 수도 있으니까 이번에 영어 수업 개강하면 덤으로, 아니, 확실한 투자 개념으로 저까지 포함해서…….."

"또 공으로 청강을 하시겠다?"

"투자를 한다고 보시면 그 같은 꽁이라는 말씀은 좀……."

"정원 작가님과의 관계에 대해서는 꽁으로 알려줄 건 없고?"

하루의 기습적인 물음에 시호는 잠깐 놀란 듯하다 피식 웃었다.

"듣기로 내가 허락한 휴가 일정도 쓰지 않고 냉큼 돌아왔다고 하던데. 왜 그렇게 빨리 돌아왔어? 간 김에 외국 남자들 보면서 세상이 이래서 넓고도 참 좋은 거구나 실감도 하고 체험도 하면서 천천히 들어오지 않고."

하루의 과감한 체험 삶의 현장 이론에 시호는 반달눈을 하고 수줍게 한참을 웃었다. 이내 자잘한 웃음기를 걷어낸 시호는 신고 있는 굽 낮은 구두 뒤축을 바닥에 콩콩 쳐댔다.

"그러니까요. 정말 세상은 넓고 잘생김을 먹은 남자들은 수두룩한데 정원 씨만 한 남자가 없다는 게…… 기가 막히고 역시 한국인 밥상엔 국내산 김이 최고더라고요."

"흡!"

한탄을 코믹으로 승화시키는 시호로 인해 하루는 두 사람 사이가 아직 끝나지 않았음을 즉감하며 감사했다.

"제가요, 대표님."

새삼 시호의 이 말투를 다시 들을 수 있다는 게 너무나도 좋았다.

정원과의 관계를 떠나서 역시나 강하루는 이시호를 편애했다.

"사실은 미국을 간 게요, 정말 많은 생각과 고민, 의도가 있었지만⋯⋯."

"⋯⋯."

"제일 큰 이유는 정원 작가님 따라오라고 한 일종의 일탈이자 유혹이었거든요. 근데요, 눈치 없는 정원 씨는 제가 포기하고 잊으려 출장을 간 줄 알더라고요. 나 참, 눈치가 없어 없어 그렇게 없어가지고⋯⋯ 그러니 여직까지 솔로겠지만요. 여튼 그렇게 모노드라마를 찍고 갔는데도 여직 그 타령이라 방법, 계략을 세웠어요."

"무슨 계약?"

시호는 하루의 질문에 이상하고 무서운 눈빛으로 흐물거리며 미소 지었다.

"제가 여직 이 비장의 무기는 쓰지 않고 그냥 저의 맑고 밝은, 여성적인 성향과 반듯한 이미지. 뭐 이런 걸로만 정원 씨를 내 거 하려고 했거든요. 그러니까 저의 타고난 매력으로만요."

정말이지 하루가 남자였으면, 이 이시호를 단박에 삼켰을 것만 같았다.

너무 예쁘고 사랑스러워 하루는 회사만 아니면 정말 찐하게 안아주고도 싶었다.

어떤 노력이든 시도든 간에 포기 않고 다시 또 정원에게 가는 스타트 선 위에 서준 게 고맙고 감사했다.

"그래서 이번에는 중상 정도의 무기로⋯⋯."

"……."

"이 바디와 섹시미로 승부를 보여고요. 사실 제가 옷에 다 감추고 있어서 그러지 한 글래머러스하거든요. 굴곡도 참 남다르게 착하고 실해서는."

시호는 멋쩍지도 않은지 아이들 체조 전 준비 동작처럼 허리에 양손을 대고 상체를 살랑살랑 흔들었다.

이런 이시호에게 아직까지 넘어가지 않은 정원이 강적이다 싶었다.

"모르는 사람들은 여자가 그렇게 값싸게 군다는 둥, 오죽 매력이 없으면 그러냐는 둥 들으나 마나 한 소리들을 할 수도 있지만, 그게 뭐요? 내 남자를 내 거 하려면 모든 수단과 노력을 다 해봐야 한다고 생각해요. 전."

"……."

"전 사랑이 반드시 전쟁과 전투의 모습일 필요는 없지만 필요하다면 그게 뭐든 시도할 마음과 꾸준한 노력이 필요한 거 같아요. 물론 단서는 있어요. 상대가 어느 정도 좋아하는 마음은 있어야겠죠. 그런 면에서 전 가능성이 있어요."

"무슨 가능성?"

하루의 질문에 시호는 또다시 반달눈을 하고 배시시 웃었다. 그 모습이 아이처럼 참 예뻤다.

"사실 정원 작가님이 절 많이 좋아하시거든요. 저 그거 알아요. 근데 결정적으로 용기가 없으세요. 그때 대표님이 그러셨잖아요. 정원 씨가 두려워서 그런 거라고."

"응."

"그 두려움을 이기는 건 뻔한 얘기 같지만, 용기밖에는 없잖아요."

용기. 그래 두려움을 무위로 만드는 건 작은 용기일 수 있다. 그게 전부일지도…….

"그래서 제가 먼저 용기를 보이면 그 사람도 언젠가는 용기를 내지 않을까 싶어요. 언젠가는요. 물론 그때까지 저는 에너자이저처럼 지치지 않아야 하겠지만요."

시호는 그 말을 끝으로 배시시 웃었다. 이시호가 출장을 가서 일만 하고 돌아오지는 않은 듯했다.

자신보다 어른인 남자를 상대하고 사랑하기 위해 단단히 마음을 무장하고 온 듯했다.

순간 하루는 자신이 환을 사랑하기 위해 어떤, 무슨 노력을 했나 싶었다.

하루가 한 행동이라고는, 어쩌면 그녀의 파괴되고 굳어져 가는 모습을 지켜볼 수도 있는 환을 애초 사전에 동의 없이 잘라내는 것뿐이었는데.

"용기의 시작, 딱 한 걸음을 하게 만들려고요, 제 이 옷 속에 숨은 비기로요."

시호는 응원을 바라듯 하루를 바라봤다.

"통할까?"

하루는 샬라라 블라우스를 비롯해 시호의 옷차림을 눈으로 훑었다.

"그 정도로."

"대표님!"

"좀 많이 약하다 싶은데……."

"무슨 말씀이세요! 여자는 벗겨봐야 진가를 알 수 있다고요!"

"그 정도의 진가면 벌써 겉으로 드러났어야 될 텐데. 그 안에 그렇게 죽은 듯이 있어서 안 보일 수가 없는데……."

"대표님, 정말!"

하루의 짓궂은 장난과 선동에 시호는 부르르 하는 듯하며 얼굴을 붉혔다.

이제 앞으로 얼마간은 정원의 걱정을 하지 않아도 될 듯했다.

두 사람의 끝. 결과는 아직 모르겠지만 시호가 또 다른 노력의 일환으로 저렇게나 몸을 불살라 대시를 하겠다고 하니 기대가 되고 기다려졌다.

정원이 그에 상응하는 노력을 하게 되기를. 그가 그 자신을 둘러쌓은 강건한 두려움의 성벽을 어서 깨주기를. 첫 시도이자 한 걸음을 이내 내딛기를.

그 자신과,

역시나 이렇게 물러서 있는 겁쟁이 하루를 위해서.

(가제) 화이트 홀 크랭크업.

드디어 영화 촬영이 끝이 났다.

누군가에겐 상업영화의 첫 시도이며 누군가에겐 시선몰이를 비롯해 천만 관객을 노리는 참신한 기획이자, 또 다른 의미에서는 누군가에게 보이고 싶은 간절한 마음이자 헌사인 작품이 4개월이 넘는 장정을 끝냈다.

조금은 아쉬웠고 약간은 미진한 마음이라 마음 한켠이 뻐근한 환은 저녁에 있을 크랭크업 자축 파티를 앞두고 그와는 별개의 약속으로 인해 이동하고 있었다.

오늘부터 새로운 시작이 시작됐다.

촬영하는 동안 마음만은 늘 하루 곁에서 숨 쉬고, 이전처럼 하루가 주는 익숙하면서도 따뜻한 기운으로 촬영을 준비하고 전념할 수 있었다.

그날 밤 함께한 이후, 환은 의식적으로 하루를 피했다.

뭐든지 처음이 어렵다는 말처럼 의도치 않은 밤이었다 해도 한번 하루를 안고 하루의 체향을 맡은 이후 몸과 마음이. 의식과 무의식이 본능적으로 하루에게만 향했다.

그날의 갈급한 호흡이. 그 밤의 나눠 가진 서로의 체온이. 그곳에서의 거칠고 야만적인 욕망이 하루의 이름처럼 하루 종일 환을 괴롭히며 시험했다.

어느 새벽은 하루의 집 앞까지 갔었다.

꿈속에서 도착했다고 생각한 지점은 현실에서도 역시 하루의 집 앞 현관이었다.

환의 마음과 음모를 모르는 하루에게 아무런 말 없이 강하루가 필요하다고 말할 수는 없었다. 거짓으로라도 애인이 있다고 한 하루가 환을 또 받아주지는 않을 것 같았다.

그 모든 이유로 환은 한참 동안 하루의 집 현관과 문, 창문과 커튼, 스탠드 불빛만 바라보다 돌아왔다. 어쩌면 하루를 안고 싶은 마음보다 하루를 보고 싶은 마음이 더 컸다.

그를 보는 하루의 불안정한 호흡. 걱정과 고민을 숨기는 표정. 불안한 눈빛과 흔들리는 동공. 그 농묵 같은 우물 안에 비치는 그의 모습.

그 모든 것들을 확인하고 싶었다.

어느 밤의 열락과 환희가 실제란 걸 확인하기 위해 그 밤 허물어지며 애원하는 하루를 몇 번이나 반복해 안고 취한 행위처럼 그렇게 그의 안에 아로새기고 싶었다.

잠시 후의 만남으로 그동안의 의문과 퍼즐들이 한 번에 맞춰질 거라 생각지 않지만, 곧 다시 하루를 품고 잠들 거란 건 확신할 수 있었다.

환이 그렇듯 하루가 그를 사랑하기에 퍼즐보다는 조금 먼저 하루를 안을 거라 스스로에게 약속하고 다짐했다.

꿈과 목표는 반드시 이루는 남궁환이라 벌써부터 기대가 됐다.

남자가 제시한 장소는 도심 속 시간을 역행한 듯 보이는 고궁 안 카페였다.

먼저 도착한 남자는 환과 눈이 마주치자 자리에서 일어나 자신의 존재를 알렸다.

남자는 환이 그를 전혀 알지 못한다고 생각을 했는지 가만히 있어도 눈에 띄는 남자가 일어나 환이 걸어오길 내내 기다렸다.

다가가면서 하루와 상당히 닮았다는 느낌을 받았다.

꼭 닮은 건 아닌데 가만히 타인을 관찰하며 쳐다보는 무감한 시선이 닮은 듯했다.

"안녕하세요, 정원 작가님. 남궁환입니다."

"안녕하세요, 정원은 필명이고 본명은 이강이라고 합니다."

두 사람은 거의 동시에 의자에 앉았다.

카페는 테이블 수에 비해 자리를 차지한 손님이 많지는 않았다. 언뜻 봐도 번거롭거나 사람들이 많은 곳은 피하는 부류 같았다. 외향과 존재감으로 인해 필연적으로 시선을 잡아채지만 정작 본인은 그 같은 관심에 피로감을 느끼는 부류라는 건 단박에 파악이 됐다.

"차 주문은……"

"자리 때문이라면 굳이 하지 않으셔도 됩니다. 단골이거든요. 그래도 주문할까요?"

남자의 목소리는 그때 병실에서도 느꼈듯 상당히 톤이 낮으면서도 정확한 발음을 구사했다. 마이너 톤처럼 그리 크지 않은데도 귀에 쏙쏙 박혀왔다.

"아닙니다."

정원 작가, 아니, 이강이라는 남자는 환의 대답에 살짝 미소를 보이고는 다시 입을 닫았다. 아무래도 환이 원하는 답을 쉽게 할 사람으로는 보이지 않았다. 그렇다면 우회 없이 바로 묻는 게 현명할 것 같았다.

"뵙자고 청했으니 제가 먼저 말씀드리겠습니다."

"네."

"이미 아시고 계실 겁니다. 제가 누군지. 3년 전에 저희 집에서 하루와 계신 모습 저도 정확하게 기억하고 있으니까요."

"그랬었죠."

"오늘 뵙자고 한 건 하루가 없는 애인까지 만들어 저와 이혼을 한 이유입니다. 하루에게 묻는 게 먼저라고 하실 테지만 하루는 말하지 않을 겁니다."

"……."

"만약 할 마음이 있었다면 그때 오빠 분을 좋아하는 사람으로 세우지도 않고, 자신의 꿈과 야망이란 이름으로 제 빠른 결단을 이끌지는 않았겠죠. 그때 하루와 저, 지금보다 어려서 영화가 인생에서 가장 중요하다고 생각했습니다. 그래서 전 하루가 그 꿈에 한 발자국 더 닿길 바라는 마음에서. 또 분명한 분노로 인해 놓아주었고요."

환은 솔직하게 말했다. 분명하고 선명한 분노에 대해서. 그러나 그 모든 것들보다 우위였던 깊은 상처와 모멸감에 대해서는 언급하지 않았다.

"지금은 환 감독 인생에서 영화가 우선순위가 아니라는 말씀입니까?"

"물론 무엇보다 우선순위입니다."

"……."

"강하루는 일반적인 순위에 세울 수 없는 사람입니다, 제겐."

하루와 영화는 절대 같은 카테고리 안에서 정의되고 규정할 수 없었다.

하루는 삶이자 사랑. 존재 자체의 문제며 영화는 그 삶 안에서의 표현과 방식의 문제였다.

"하루를 잊고 새 출발할 생각 없습니까?"

질문이 꽤나 직접적이면서도 내제된 이면의 감정들을 건드려 보려는 말투였다.

"제가 그래야 한다고 생각하시나요?"

"환 감독님이 그러시는 게 본인에게는 더 나을 수도 있다는 생각이 들어서입니다."

"동생인 하루보다 저를 생각하신다고요?"

"하루의 결정을 존중하니까요."

"……."

"설령 그 결정이 제 생각과는 차이가 있다고 하더라도 두 사람의 일이라 제 의견보다는 당사자들의 의견이 중요하다고 생각합니다."

"그 당사자들, 하루와 저를 말씀하시는 건가요?"

"네."

환은 이번에 대답을 하기 전 이강과 제대로 눈을 맞췄다. 마치 정확하게 확인하고 보라는 듯.

"제가 당사자는 맞는데 정확한 이유를 알지 못한 채 하루가 보여준 모습으로 판단한 잘못된 결정이었습니다. 그래서 이번에는 그 이유를 정확히 알고 싶습니다."

"……."

"하루와 제가 이혼을 한 정확한 이유가 무엇인지. 하루가 왜 그렇게까지 해서 이혼을 하길 원했는지, 그때나 지금이나 저를 사랑하면서 말이죠."

환은 그때와 지금의 다른 점을 정확하게 꼬집어 말했다.

그때는 하루의 거짓으로 인해 하루의 마음이 보이지 않았는데 지금은 하루의 마음을 너무나 잘 알고 있다고 말했다.

이강의 눈빛은 고민과 번민, 갈등이 촘촘히 배어났다. 그 눈빛에 그런 생각이 들었다.

어쩌면 두 남매가 같은 이유로 사랑하는 사람들에게 일부러 상처를 주지 않았나 하고.

절대 타인에게 고약하게 굴 인성들이 아닌데 사랑이란 감정으로 이어진 이에게는 마음과는 다르게 할 것 같았다.

자신들이 아닌 그 상대의 아름다울 앞날을 위해서란 이기적인 명분과 명목으로.

"나중에 이 자리에서 절 만날 걸 후회할 수도 있는데, 그래도 지금 심정으론 알고 싶으시겠죠. 또 꼭 알아야 하고요."

"네."

환의 확고한 대답에 이강은 그럴 줄 알았다는 듯 연하게 웃었다.

순간 웃는 모습이 하루와 닮아 보였다. 지난 시절, 분노로 인해 보이지 않았던 것들이 이 순간 너무도 선명하게 보였다.

"생각해 보니 하루한테 비밀을 지키겠다고 약속을 하지는 않은 것 같네요."

환은 다음 말을 기다리며 침묵을 지켰다.

"저희 부친께서 지금 수년 동안 ALS 루게릭병을 앓고 계십니다. 사실 지금까지 버티고 계신 게 기적이라고 할 수 있겠죠. 사실 그 병 자체보다는 합병증으로 인한 사망이 더 많은 병이니까요."

"……."

"지금은 임종을 준비하고 있는 상황입니다."

"……!"

무언가 상상하고 짐작한 것보다 더 큰 해일로 인해 충격은 상당했다.

그 같은 병명을 듣고 잠깐 동안 멍한 상태의 환이 평정심을 되찾을 때까지 이강은 말없이, 차분한 눈빛으로 기다려 주었다.

살짝 떨어진 환의 고개가 다시 이강을 마주하기까지는 그리 오래 걸리지 않았다. 그런 환을 확인하고 이강은 다시 입을 뗐다.

"집안 대대로 내려오는 유전은 아닌데 아버님 윗대에서도 그런 이력을 가지고 계신 분이 있었다고 하셨어요. 직계는 아니고. 저희 부친의 경우에는 가족력이 있는 유전은 아니고 산발성 루게릭인데, 부친께서는 하루가 아기를 낳기 전에 꼭. 반드시 알려주라고 하셔서 하루를 창으로 스카우트하고, 영화사 물려줄 준비를 모두 끝마치고 제가 말했습니다."

"……."

"개별적인 사람의 생각은 다 다를 수 있지만 제 부친의 생각은 당신의 피를 받은 자식들이 그 병에 대해 제대로 알고 숙고한 뒤 판단하고 결정하기 바라셨어요."

이야기를 들은 환은 한참 동안 멍한 상태에서 3년 전, 지금 이 순간도 생생한 하루의 이상 행동들을 되짚었다.

혼자인 시간을 전보다 많이 원하던 모습. 결코 울지는 않았지만 가끔 울먹이던 옆모습. 들썩이던 어깨. 자꾸 깨물고 씹어 피가 터진 입술. 불안하고 경계하던 눈동자…….

환은 그 모든 게 하루가 다른 이를 열망해서 생긴 고민이며 갈등이라고 생각했었다.

하루와 함께인 남자를 보았기에 이혼 전후, 순간순간 떠올랐던 모든 기억들은 그렇게 연관해 해석하며 판단했었다.

"하루는 자신에게 병이 생기는 것보다 환 감독과 자신 사이에서 태어나는 아기에게 영향을 미칠까 봐 그걸 염려하고 걱정했어요."

"……."

"환 감독이 예민하고 까다로운 성격과 달리 아이를 무척 좋아한다고……. 하루, 환 감독 닮은 아이 많이 낳고 싶어 했습니다."

"하…… 아."

아이를 좋아한다고 해도 강하루보다 더 좋아하지 않았다.

갖고 싶다면, 갖게 된다면 다른 누구도 아닌 오직 하루가 낳은 아기를 갖고 싶었다. 그것도 가끔 신기할 정도로 단순하고 툭 하면 다혈질인 강하루를 꼭 닮은 귀엽고 사랑스런 두 사람의 아이를.

"하루, 일 년 가까이 고민했습니다. 자신 안에서. 또 인생에서 남궁환을 잘라내는 것에 대해서. 그러니 환 감독도 충분히 생각하고 결정하길 바랍니다."

"……."

"지금 이 말은 충고가 아니라 부탁입니다. 왜냐면 전 제 소중한 동생이 더는 힘들어하는 거 보고 싶지 않습니다. 부탁드립니다."

이강은 부탁한다는 말을 한 번 더 하고 자리를 떠났다.

환은 일어나 앞을 향해 똑바로 걸어가는 이강을 한참 동안 바라봤다.

저 남자 또한 누군가를 사랑하면서도 그 분명하지도 않고 정확하지도 않은, 그러면서도 떨쳐 내기 쉽지 않은 병으로 인해 하루처럼 하루 같은 결정을 했다는 걸 이젠 확신했다.

남매가 분위기만큼이나 사고 또한 비슷하다고 느껴졌다.

환은 유난히 쓸쓸한 뒷모습을 길게 바라봤다.

"후우……."

충격은 듣는 그 순간뿐이었고 그 이후는 가슴이 먹먹했다.

행복해야 할 하루의 인생을 병에 대한 두려움이 갉아먹은 것처럼, 충분히 행복했어야 할 환의 시간도 강하루를 갉아먹은 병 때문에 놓치고 잃어버렸다.

지난 3년 동안, 지독하게 잔인한 누군가가 거대한 두 손으로 환의 심장이 절대 뛰지 못하게 하는 듯한 강한 압박감과 일정한 고통을 온몸으로 느끼며 살아왔다.

일종의 자발적 감금 상태로 살아냈다.

강하루 없이. 강하루가 없어서. 강하루 때문에.

그 같은 사실과 생각만으로도 답은 뻔했지만 방금 전, 짧게는 지난 3년여의 시간 하루의 모습을 닮은 남자의 충고를 환기하며 일어나고 싶은 충동을 간신히 내리눌렀다.

실내에 있는데도 도시의 지독한 열기가 느껴졌다.

"저 해가 질 때까지⋯⋯."

스스로의 존재 방식에 충실한 해는 아직 높았고 여전히 뜨거웠다.

"⋯⋯그때까지만, 강하루."

앞으로 딱 그만큼만 더 생각하기로 했다.

어떠한 단서나 핑계, 가볍고 경박한 마음 없이 지금의 상황을. 앞으로 일어날 수도 있는 일들을. 현재의 감정들까지 전부 고려해 생각하고 또 생각해 보기로.

다른 이도 아니고 하루의 오빠이자 형님의 충고인데 성의는 표하고 싶었다.

삶은 때론 궁금하지 않은 모습들을 적나라하게 보여준다.

오늘 새벽 하루는 그동안 본 적이 없어 궁금하지 않았던 남궁환의 술주정을 제대로 체험하고 목격했다.

이기지도 못하는 술을 이 정도로 마셨다는 것도 놀랍지만 그 정신에 하루의 집으로 올 생각을 했다는 것 또한 놀라웠다.

환은 일상생활에서 결벽증과 약간의 강박증이 있는 것 빼고는 단점이라 할 부분이 극히 적었다. 설령 단점이 있다 해도 철저히 감추는, 일테면 절제와 자기 단속의 최강자였다.

그런 위인이 새벽에 술수정이 전부인 단편 영화를 찍었다. 문을 열어달라며 소란스런 웅변도 마다하지 않았다.

집 안으로 들어와서는 거실로 진입하기까지 30분 넘게 걸렸다.

끌어당기기만 하면 밀어내는 통에 하루는 몇 번이나 뒤로 넘어갔다. 결국 나자빠진 환을 열심히 굴려 침실 바닥으로 인도했다.

기진맥진해 몇 시간이라도 자려 눈을 감으면 어느새 기어올라와 끌어안는 환 때문에 결국 몇 시간의 수면마저 포기해야 했다.

하루는 이른 아침부터 환이 즐기는 브로콜리 수프에 과일주스, 호밀빵 등을 챙겨 준비하고 환이 깨어나기를 기다렸다.

인터넷으로 확인하는 영화계 소식은 기록 갱신 중인 청불 영화로 도배된 상태였다.

어젯밤 크랭크업을 축하하는 자리에서 환이 이런 기사들을 접했던가, 하는 걱정과 우려가 들었다. 뚜껑을 여는 게 아니라 아직 뚜껑조차 성형하지 않은 영화를 두고 현재 선전하는 영화와 비교하며 계산하는 일은 불필요하지만 환의 중압감을 아는지라 연관돼 해석됐다.

"내가 여기 왜 있어?"

퉁퉁 부어 자다 깬 비주얼마저도 봐줄 만한 환이 얼굴을 잔뜩 찌푸리며 다가왔다.

"몰라, 운반해 준 기사 아저씨를 직접 보지 못해서."

"……."

"좀 앉아."

하루는 보던 노트북을 덮고 의자에 앉은 환 앞에 물을 건넸다.

환은 물 잔을 비우고 의자에 몸을 기댔다. 환에게서는 아직까지도 간밤 주신이 주고 간 잔재와 비옥한 냄새가 물씬 배어났다.

"왜 그렇게 술을 많이 마셨어?"

"기억이…… 안 나."

"어제 뒤풀이에서 무슨 일이 있었던 거야? 정 부장님은 아무 말씀 안 하셨는데…… 끝까지 계시지는 않았나 보네."

하루의 질문에 환은 답도 않고 여전히 눈을 감은 채였다.

창작의 고통도 아니고 술 때문에 이렇게 힘들어하는 환은 굉장히 낯설었다. 마치 허약한 아들을 보는 듯도 했다. 짠한 게.

"괜찮아? 약 사다 줘?"

"됐어. 그보다 출근은?"

"이제 준비해야지. 당신은……."

"출근해. 난 아무래도 더 자야겠어. 다녀와."

환은 일어나 도로 침실 쪽으로 향했다. 너무나도 자연스럽고 당당해 순간 멍한 하루는 정신을 차리고 물어야 할 질문을 했다.

"집에 안 가?"

제지가 분명한 물음에 환이 뒤돌아 그녀를 쳐다봤다.

부은 눈도 눈이라고 평소 같지는 않아도 역시나 예사롭지 않은 눈빛은 아직 챙챙하게 살아 있었다.

"약은 사다 주냐고 물으면서 더 자는 건 허용 못한다는 소리야?"

"아니, 그건 아닌데……."

"좀 더 자다 일어날 거니까 걱정 말고 출근해."

환은 그 말을 끝으로 방문을 닫고 들어가 버렸다.

황당스럽기보다는 뭐야 이거. 같은 느낌이었다. 당장 쫓아 들어가 일어나라고 하기도 그런, 애매한 기분.

"분명히 주객전돈데 그 말을 못하겠네, 너무 당당해서."

하루는 한동안 닫힌 문을 바라보다 일러도 너무 이른 출근 준비를 했다.

너무 이른 출근에 비해 늦은 퇴근을 한 그녀를 반겨준 이는 환이었다.

그것도 나름의 정찬에 샴페인까지 준비한 환은 양손에 잔 하나씩을 들어 보였다.

"옷 갈아입고 손만 씻고 와, 저녁 준비는 다 끝났으니까."

부은 기가 완전히 빠진 환은 오늘 아침의 삐딱함도 빠졌는지 천사 미카엘의 미소를 했다. 약간의 불안감은 있었지만 하루는 드레스 룸으로 향했다.

침실 안, 욕실에서 손을 씻고 나온 하루는 먼저 자리한 환의 맞은편에 앉았다.

환은 잔을 들라는 눈짓을 하곤 샴페인 병을 들었다. 맑은 액체와 기포가 순식간에 담긴 잔에서는 달콤한 향이 났다.

"아직 가제이긴 하지만 화이트 홀의 완성과 우리의 새로운 관계를 축하하면서."

부딪힌 두 개의 잔에서 청명한 소리가 났다.

환은 과일 샐러드와 크림 스파게티를 그녀의 앞 접시에 덜어주고 자신의 접시에도 소담하게 채워 담았다.

"먹어봐. 입에 맞나."

평가를 기대하는 듯한 환의 모습에 하루는 적은 양을 들어 맛을

봤다.

평소 환이 자신하는 요리라 맛이 좋았다.

"맛있어, 느끼하지도 않고."

솔직한 평가에 나름 만족한 환은 그제야 식사를 시작했다.

"하루 종일 집에만 있었던 거야? 편집실에도 안 가고?"

"머리가 묵직해서. 생각할 것도 있고……. 그보다 고마워, 강하루."

"갑자기 무슨 소리야?"

하루는 오늘 아침부터 시작해, 아니, 어젯밤부터 시작해 낯설음에 정점을 찍고 있는 환을 주시했다.

"정 부장님이나 안 프로듀서님이 추천했다 해도 쉬운 결정은 아니었을 텐데 이번 영화 내가 할 수 있게 기회를 줘서."

"……."

"그리고 영상에 힘 실을 수 있게 여러 가지로 힘쓰고 애써준 거 알아. 그래서 예산 걱정 않고 찍고 싶은 거 다 찍을 수 있었어, 그것도 고마워."

"당신이 지금 말한 거 전부 다, 제작자들이 하는 일이잖아, 감독은 영화. 제작자는 영화 빼고 그 외 전부."

"흥행 걱정은 안 되고?"

"걱정? 그게 걱정한다고 되는 건가. 참, 누군가 그러던데. 걱정도 할수록 는다고. 그러니 걱정하지 말래."

"……."

"알다시피 흥행은 시대적인 운발. 작품의 완성도. 관객의 동감과 지지가 있어야 하는 일이야. 그 말은 즉 우리가 작품을 잘 만들었다고 꼭 보상받는 건 아니란 소리야. 그러니까 당신도 마무리 잘했으니까 그 이후에 일에 대해서는 내려놓고 있어."

마음속으로 오만 가지의 걱정과 번뇌를 할 수도 있는 환의 입장을 알기에 되도록 가볍게 말했다.

"이제부터는 내 일. 내 몫이야."

"……."

"마케팅이랑 배우들 무대 인사까지 전부 내가 알아서 할 테니까 당신은 좀 쉬어. 숨 좀 돌리고."

하루는 그동안의 수고하고 노력해 준 환에게 이렇게 인사를 할 수 있어 다행이다 싶었다. 또 이런 저녁을 준비한 환에게도.

추가 촬영 없이 환이 편집까지 마무리하면 이제부터는 정말 오롯이 하루의 몫이었다.

"그렇게 다 혼자 알아서 하면 힘들 텐데."

"늘 하는 일이야."

"그러지 말고……."

환은 손에 든 포크를 내려놓고 냅킨으로 입을 닦았다. 그로 인해 살짝 얇은 듯한 입술이 평소보다 더 붉어 보였다.

"나랑 같이했으면 좋겠는데. 현재의 고민이든 앞으로의 계획이든."

"으응?"

하루는 환이 한 말의 의미를 풀어보려 했지만 정확하게 무슨 뜻인지 알 수 없었다.

"무슨 소리야?"

환은 잔에 남은 샴페인을 전부 마시고 잔을 내려놓았다.

평소와 같이 차분해진 환은 그녀를 빤히 쳐다보았다. 마치 잘 생각해 보라는 듯이.

환은 그처럼 알 수 없고, 알지 못하는 미션을 주곤 내내 입을 다물었다. 작두 타는 이도 아니고 알 길이 없는 그녀가 다시 물었다.

"그러지 말고 하고 싶은 말 있으면 해."

"지금 현재, 강하루의 제일 큰 고민이 뭐야?"

"나? 뭐, 고민까지는 아닌데 이번 영화 홍보 방식과 그 수위지. 어느 정도까지 노출시키고 정보를 흘려서 호기심을 유발할지. 또 메인 포스터는 어떤 이미지 컷으로 할지……."

"이번 영화 잘 만들어서 보여주고 싶은 분 있다고 했잖아."

"……!"

반쯤 남은 샴페인 잔을 들으려다 만 하루는 환을 쳐다봤다.

환의 눈빛은 흔들림 없이 진지했다. 그 진지함이 당혹스러웠다. 마치 모든 걸, 자신이 알아야 하는 걸 알고 있다는 듯한 그 분명한 자신감이.

"잘 만들어서 보여줄 사람 따로 있다고 한 적 없는데, 난."

"병환 중이신 아버님께 맨 먼저 보여 드리고 싶었던 거 아니야?"

전혀 예상 못한 질문에 하루는 숨이 콱 막히는 듯했다. 동시에 한쪽 머리에서 찡하는 요란한 경고음이 울렸다. 정신 바짝 차리라는 그런 노란 경고음이.

"나 아버지 얼굴 모르는 거 알면서 무슨 소리야?"

하루는 손끝에 느껴지는 차가운 샴페인 잔 밑동을 세게 잡아 들썩이는 감정을 내리눌렀다. 그런 와중에도 얼굴 표정은 유지하려 했다.

"나 어제 이강 씨 만났어."

"……!"

정원이 아닌 이강이란 말에 하루의 표정은 어쩔 수 없이 반응했다.

어떡하든 균형을 유지하려 했던 표정은 그대로 균열이 가고 파편처럼 부서지는 듯했다.

"부연 설명을 하자면, 3년 전에 이혼을 요구한 강하루가 애인이라고 세웠던 이복 오빠, 정원 작가님이자 서한그룹 아들, 이강."

남궁환의 표정은 그게 무엇이든 속속들이 전부 알고 있다는 표정이었다.

그녀가 인정하든 그렇지 않든 간에 비밀의 문은 열렸고 그는 이미 확인했다는 표정.

하루는 벌써부터 쿵쿵거리는 심장을 진정시키려 잔을 놓고 테이블 밑에서 두 손을 꼭 맞잡았다. 환은 그런 하루의 움직임 전부를 매의 눈으로 따랐다.

"나는……."

"아니, 내 말부터 들어."

하루는 스스로에게 안전 주문을 걸어 침착하려 했다.

이 정도에서 동요한다면 그동안 애써 감추고 덮고 지낸 시간들이 너무도 보잘것없어지기에. 자신의 부단한 노력이 너무도 허탈

하고 무의미해지기에 이 순간 다른 누군가의 이야기를 전하듯 담담하려 했다.

반드시 그래야 한다고 스스로를 다독였다. 환을 위해서 그리고 하루 자신을 위해서도.

"아니, 내가. 내가 먼저 말할 거야."

우선권. 발언권을 언급하는 그녀에게서 어쩔 수 없는 긴장과 고집이 배어났다. 상관없었다. 이 위기만 무사히 넘길 수 있다면.

"……그래."

환은 알겠다는 듯 고개를 끄떡였다. 그 모습에 비로소 입을, 도통 떨어지지 않으려는 입술을 뗄 수 있었다.

"당신과 나, 우리는 이미 이혼했어."

"……."

"난 그 사실을 되돌리고 싶지가 않아."

하루는 숨을 돌리고 아직 하지 못한 말을 덧붙였다.

"난 지금 이대로가 좋아. 더 이상 고민하고 생각하고 또 불안해하면서 순간순간 반응하며 변하는 내 자신을 보는 게 싫어."

"……."

"그리고 영화는, 맞아 그 사람 보여주고 싶었어. 당신의 유전자로 인해 이렇게 매일매일 꿈을 꾸고, 그 꿈을 멋지게 이루고 현실화하면서 사니까 그게 고맙고 감사해서……. 근데 그게 전부야."

맞다, 그게 전부였다. 굳이 유년 시절 몇 개의 추억까지 언급할 필요는 없어 딱 이 정도로 정의하고 정리해 말했다.

"나는 내가 3년 전에 결정하고 선택한 거 후회 안 해."

"정말 후회 안 해?"

"안 해."

저절로 쥐어지는 힘과 그 힘으로 손톱이 손바닥을 누르는 아픔에 기대, 하루는 이 순간을 참았다.

"그럼, 나는."

"무슨 소리야?"

하루는 자꾸 목 안에서 울렁거리며 치솟으려 하는 무언가를 삼키기 위해 바싹 마른 입안의 침을 간신히 삼키고 담담히 환을 바라봤다.

"그때의 나는 강하루가 보여주는 것만 보고 믿고 한 선택이었어. 내 의지는 전혀 반영이 안 된 반쪽짜리 엉터리 선택. 그래서 난 이번에는 지금처럼 제대로 다 아는 상태에서 제대로 선택하고 결정할 거야."

"뭘 다시 결정해?"

"강하루."

"……."

"너 없이 사는 반쪽의 삶이 아닌 강하루와 함께인 완전한 삶을 선택할 거라고, 이제부터."

"……."

"오늘부터는."

환은 말투는 눈빛만큼이나 단호했다. 그렇지만, 그렇다 해도 이미 다 끝난 일이었다.

3년 전에 한 선택이 최선이란 건 변하거나 틀리지 않았다.

"나, 너한테 아이 원한다고 한 적도 없어. 그건 지금도 같아. 내가 사랑하면서 살고 싶은 대상은 지금 이대로의 너야. 그냥 강하루, 너."

아이……. 그래 아이 때문이라도 우리는 안 되는 거였다. 그때나 지금이나.

"이대로의 나? 이대로라는 게 뭔데? 그게 어떤 난데?"

이대로의 강하루라는 말이 고마워야 하는데도 화가 났다.

환에게 이런 말을 듣고 이렇게 말을 할 수밖에 없는 자신에게. 그리고 알 수 없는 어느 미지의 대상에게까지 전부 화가 났다.

"어쩌면 그 병 때문에 아플 수도, 엉망으로 망가질 수도 있는 나? 어느 시점부터 내 의지로는 아무것도 못하고 주위 사람들에게 의존하고 의지해야만 하는, 인간이라면 마땅히 갖춰야 하는 자존감이라고는 전혀 없는 망가진 인형 같은 나! 아니, 싫어. 그건 사양이야. 그런 모습 당신한테 보이느니 병증이 나타나면 그 이후의 삶은 오롯이 내가 판단해. 그건 다른 누구도 아닌 오직 나만이 할수 있어."

"……."

하루는 단호하게. 흔들림 없이 뱉어냈다. 오래전 하루 스스로와 한 약속을.

"네 말처럼 어쩌면이야."

"……!"

하루는 어쩌면을 강조한 환의 시선과 다시금 마주했다.

"아직 일어나지 않은 일이고, 앞으로도 일어나지 않을 상황에 너는 어쩌면이라는 불확실한 단서를 달고 우리가 마땅히 함께할 시간과 인생을 너 혼자의 판단으로 놓쳤고 놓아버렸어. 나에게도 선택권이라는 게, 배우자로서 당연히 알 권리가 있었는데 너는 그조차도 네가 혼자 판단하고 날 버렸어. 날 네 인생에서 내쳤어……."

"그래, 어쩌면일 수도 있어!"

하루는 환의 말을 잘랐다. 또한 배려 없이 일방적인 독단으로 내쳤다는 소리에 억울하고 억장이 무너지는 듯했다. 그로 인해 내내 억누르고 있는 화가. 분노가. 대상이 불분명한 미움과 격노가 사납게 일렁였다.

"남궁환 네 상황이라면 그 확률, 그 가능성 완전히 무시할 수 있어! 순간순간 뒤돌아서 꺼내보지 않을 자신 있냐고! 그리고 그 일이 나 하나로 끝나는 일이야? 나 때문에 내 아이, 우리 아기에게도 나타날 수가 있다잖아!"

토로하면서. 절규를 하면서도 억울하고 분했다.

그 어쩌면이라는. 혹시라는 말에 아직까지 이렇게 흔들리고 동요하는, 조금 더 익숙해지고 성숙하지 못한 미성숙한 겁쟁이 자신에게.

"지금 누워서 아무것도 못하는 그 사람도 유전적 요인이 아니라 산발적인 거라잖아! 그 사람도 54세까지 멀쩡했다잖아! 그런데 지금은 어때? 어떤 줄 알아! 정원 작가한테 얻어 들은 정보, 그 사실만으로도 난 무서워 죽겠어! 저 우주 어딘가로 도망가고 싶어 미치겠다고!"

하루는 아무것도 모르는 환에게, 또 이 순간만이라도 모르는 척하고 싶은 자신에게 절대 잊지 않도록. 못하도록 강하게 외쳤다.

"그런데 나보고 그 어쩌면은 작고 낮은 가능성일 뿐이니까 대범해지라고! 유연하게 대처하라고? 도대체 이 세상 사람 누가 그렇게 오만하고 용감할 수 있는데!"

화가 나고 억울한 하루는 패악을 부리듯 환에게 소리를 질렀다.

한번 터져 버린 야속한 마음은 그대로 계속 비명으로. 절규로. 한탄으로 반복됐다.

"내가 어떻게 그래! 나 때문에 힘들고 아플 수도 있는 당신! 그리고 앞으로 태어날 우리 아기한테 병증이 나타날 수도 있다는데! 내가 어떻게 욕심을 부려! 내가 어떻게 널 사랑한다고 말해! 내가 어떻게! 어떻게!"

이 순간 전부는 아니라 해도 그동안 혼자 꾹꾹 누르고 숨기기 바빴던 막막함과 두려움이란 감정을 이미 질러 버린 비명과 함께 울음으로 토했다.

가슴이. 심장이 너무 아파서 아픔을 울음으로 대신하려는 또 다른 자신의 욕심과 복잡한 속내를 하루는 막아내지 못했다.

그냥 다 내버려 두었다.

이대로 이렇게.

환이 앞에 있다는 것도 잊어버린 채로…….

환은 하루가 울도록. 울 만큼 울 수 있게 두었다. 기다렸다.

내내 마음껏. 두려운 만큼 울지도 못하고 꿋꿋한 척 버텼을 강하루가 상상돼 그 앞에서 울고 싶은 만큼 울게 두었다.

오전 내내 병원을 돌아다니고 전화 상담을 받고 내린 환의 결론은, 하루를 삼켜 버린 두려움을 그 자신이 함께. 기꺼이 해야 한다는. 하고 싶다는 거였다.

이강은 분명 가족력은 아니라고 했다.

유전자 검사에서도 나타나지 않았고. 그렇지만 아버님의 경우가 돌연변이처럼 예측이 불가했고 산발적이라 하루와 이강은 두려움과 가능성을 떨쳐 내기 쉽지는 않은 듯했다.

선한 두 사람의 천성이 타인에게 피해를 주는 걸 병적으로 피하는 듯해 설득하고 이해시키는 게 어렵다는 걸 예상했다. 또한 상당한 노력과 인내, 시간이 걸린다는 것도…….

환이 어떤 말을 한들 하루 안에 내재된 걱정과 증폭되는 두려움, 미래의 대한 나쁜 상상을 지울 수 없다는 것도 알았다.

그에 대한 대처와 자세, 마음가짐은 너무도 기본적인 것들밖에는 없었다.

지금처럼 앞으로도 사랑과 믿음으로 함께하는 것. 항상 서로에게 기대는 것. 지금처럼 계속 이렇게 서로만을 희망하고 바라보는 것.

이미 자리한 두려움의 처방은 단지 그뿐이었다.

생각하고 생각해도 환이 하루에게 주고 싶은 건, 줄 수 있는 건 오직 사랑뿐이었다.

하루를 처음 본 그 순간부터 내내 그의 가슴에서 살아 숨 쉬던 말.

강하루에게 배우고 강하루로 인해 완성되어 갈 단어.

그 봄날의 사랑이 앞으로도 계속 이어질 것을 환은 믿어 의심치 않았다.

남궁환은 이미 강하루에게 깃들고 강하루에게만 길들여져 다른 대안이란 전혀 없었다. 동시에 그런 자신이라 행복했다.

환은 울고 있는 하루에게 다가가 온몸으로 하루를 안았다.

안아 든 하루와 침실로 향했다. 혼자 울 만큼 운 하루를 이제는 그의 품에서 다독이며 재우고 싶었다.

침대에 누운 환은 마주한 채로 하루를 꼭 안았다. 하루를 품에 가득 안고 보는 이 세상은 늘 이렇게 아름답고 안온했다.

서울 아파트에서 혼자 누울 때면 늘 하루가 보였다.

하루는 그의 눈을 손끝으로 누르며 훔쳤고, 콧날 위에서 어지럽게 돌아다니다 입술로 내려앉아 도장을 찍듯 키스를 하며 파고들곤 했다.

그 같은 상상에 늘 피곤하고 항상 상처받았다.

두 사람의 공간에 혼자인 사실이 고통스러운 게 아니라 강하루가 없다는 사실에 죽을 만큼 아팠다.

그런 환에게 어쩌면이란 가능성과 병증은 두려움이, 공포가 될 수 없었다.

남궁환에겐 사랑하는 사람과 사랑을 할 수 없다는 것이, 사랑을 고백하고 다짐할 수 없다는 것이 두려움이고 공포였다.

이렇게 하루를 안고 있는 이 순간이 행복이었다.

의심할 것 없는 선물이자 현실.

환은 그의 가슴에 꼭 맞는 하루의 등을 다독였다. 이대로 어서 잠들어 그 꿈속에 두려움을 전부 묻어두고 오라고 등을 조심스럽게 토닥였다.

그런 그의 마음이 전해졌는지 조금 지나 하루의 가는 호흡이 느껴졌다.

"푹 자…… 나 여기 있으니까."

호흡과 함께 늘 그리며 그리웠던 하루의 체향도 느낄 수 있었다.

"이렇게……."

이제야 비로소 집에. 집으로 돌아온 기분이 들었다.

"네 옆에."

하루는 어제저녁에 이어 주말 아침까지 완벽하게 준비한 환을 보며 한숨을 쉬었다.

언제 사왔는지 식탁 위엔 사골국과 색깔이 강렬한 두 가지의 김치가 자태를 뽐내고 있었다.

"이 날씨에 무슨 사골국이야?"

"밤새 진 빠질 정도로 울었으니까 보충하려면 이 정도는 먹어 줘야지."

지우고 싶은 진실을 아무렇지 않게 말하는 환이 짜증나 하루는 무섭게 노려봤다.

"알았어, 운 게 아니라 창과 함께 곡한 걸로 할 테니까."

"남궁환 감독님!"

"왜 그러십니까? 강하루 대표님. 참 대표님, 앞은 잘 보이십니까?"

눈을 치켜올린 하루는 무슨 소린가 해 환을 바라봤다.

"제 눈엔 눈이랑 얼굴이 퉁퉁 부은 붕어 한 마리가……."

하루는 더는 마주하고 상대하기가 싫어 일어나 방으로 향했다. 그런 그녀의 팔을 환이 낚아채 끌어안았다.

"어딜 가. 밥 먹어야지."

환은 하루의 정수리에 턱을 대고 쿡쿡 누르며 말했다. 그러면서도 안은 양팔엔 힘을 빼지 않았다.

"어서 밥 먹어, 더워지기 전에 갈 데 있어."

"……!"

아침부터 더운 날씨를 이길 보양 국물을 한 사발 마시고 정오 전에 도착한 곳은 그들이 다니던, 이번 영화로 다시 한 번 방문했던 두 사람의 학교였다.

환은 하루의 손을 잡고 그들이 처음 만났던 강의실 쪽을 향해 걸었다.

여름을 관통하는 학교는 봄에 본 모습과는 달랐다.

나무들은 더 무성해져 자신들의 가장 아름다운 한때를 자랑하기 위해 더 강한 초록의 기운을 뿜냈다.

두 사람이 걸어가는 길마다 전부 초록의 융단을 입고 있었다.

모든 건물들이 숨을 쉬기 위해 열린 창문은 자가 호흡을 하듯 시원한 바람이 불었다.

도착한 강의실은 역시나 바람만 불 뿐, 비어 있었다.

강의실에 도착해서야 손을 놓은 환은 창가로 향했다. 그리곤 늘 앉던 자리에 앉아 하루를 불렀다. 어서 와 강하루 전용석에 앉으라는 듯.

도발과 충동에 못 이겨 창가 환의 자리 바로 앞에 앉았다.

봄에도 앉았던 자리였다.

열린 창으로 그때와는 다른 따뜻한 바람이 불어왔다.

"내 대학 시절 4년이 이곳에서 시작해서 이 자리에서 끝났어."

뒤돌지 않고 앞을 보고 바로 옆 창문을 통해 밖을 보는 하루의 귓가에 환의 목소리가 들렸다.

"내 앞에는 항상 네가 있었어."

그랬다. 자고 있으면 늘 같은 목소리와 모습으로 깨우는 환이 뒤에 있었다.

"그래, 네 뒤에는 남궁환이란 남자, 내가 있었고."

그 소리에 하루는 상체를 돌리고 팔을 의자에 걸치고 환을 마주했다. 환은 그런 하루를 보며 연하게 웃었다.

"앞으로도 이 모습이면 돼."

환은 가볍게. 그러면서도 단정하고 규정하듯 말했다.

"네가 두려워하는 것들 내가 뒤에서 다 받쳐 줄 거야. 너를 긴장시키고 걱정시키는 것들도 내가 네 뒤에서 전부 나눠 받을 거고."

두려움이라고는 모르는 담담하면서도 든든한, 전아한 말투였다.

환은 한 손을 하늘을 향하도록 내밀며 손등으로 책상을 톡톡톡

하고 쳤다. 어서 손을 올리라는 듯. 하루는 그런 환의 손에 자신의 손을 포갰다.

그 손을 환이 꼭 잡아 쥐었다.

"그러면 넌 지금처럼 날 믿고 내 손을 잡아주기만 하면 되는 거야. 어려워하고 망설일 거 없어. 난 그런 너를, 강하루를 위해 런던에서 날아온 젠틀맨이니까."

하루는 전혀 하지 않던 행동을 하는 환이 우습고 고마워 지겨운 울음 대신 웃음을 보였다.

"네가 가진 두려움, 절대 가볍게 치부하지 않아."

"……."

"결코 가볍지 않을 테니까."

환은 하루의 손을 부드럽게 슬어주었다.

"그러니까 함께. 같이 나누자는 거야. 너랑 나 동일하게."

하루는 예민한 성격과 냉랭한 표정에 어울리지 않게 밀크남처럼 부드럽기만 한 환을 가만히 바라봤다.

"나는 나눌 준비 다 했어."

"그럼 난, 주기만 하면 되는 거야?"

"응, 넌 주기만 하면 돼, 대신 나 내버리지 말고."

그 사실이 엄청난 아픔이자 고통이었는지 환은 당부하듯 말했다.

"……버린 적 없어."

그의 상처받은 감정들이 고스란히 전해져 하루는 맹세하듯 말했다.

"한순간도."

한순간도 환을 잊은 적이 없었다. 지우고 잠든 적도 없었다.

늘 그의 근황을 살폈고 그의 작품에, 행보에 귀를 세우고 스크랩을 하는 마음으로 지냈다.

누군가 환의 가능성과 뛰어난 능력을 언급하면 그저 조용히 들었다. 조금 더. 조금만 더 이어지길 바라며……

"이 손 놓는 게 날 버리는 거야."

하루는 미안하고 고맙고. 또 행복한데 두려워서 아무런 말도 못했다.

"나 성질, 인격 대략 난감하고 대중적이지도 않아. 또 남자로선 제로인 결벽증에 강박증까지 부록으로 있어서 강하루가 버리면 나 완전 우주 미아야."

환은 엄청 심각하게 자신의 단점들을 나열했다.

"그건 이 얼굴로도 전혀 커버 안 돼."

"흠!"

하루는 잔인할 정도로 정직한 환의 자아 비판에 웃음이 났다.

"강하루."

"……"

대답 대신 환을 얼굴을 보고 또 봤다.

"이 자리는 영원히 내 자리야. 너도 그 자리 죽을 때까지 지켜."

아직 그 어떤 말도. 답도 자신할 수 없는 하루는 마주 잡은 환의 손을 더 꼭 잡고, 마주한 시선을 피하지 않았다.

아직은 이런 방법으로밖에는 응답을. 대답을 하지 못했다.

아직은……. 또한 지금은.

"천천히 해."

환은 그 자신이 함께한다는 사실에 대한 인정만. 약속만을 바랄 뿐 성급한 결론을 바라지 않았다.

"이 손만 안 놓으면 돼."

오컬트와 미스터리 스릴러라면 깜박 죽고 멜로물 범람하는 로맨스라면 질색하는 남자가 하루의 손등에 입맞춤을 했다.

남궁환에게는 커다란 시도이자 도전이라는 걸 알았다.

이 남자는 잘생김을 먹은 섹시한 남자이긴 해도 오냐오냐, 어화둥둥 해주는 착한 오빠 스타일은 아닌데 오늘은 대범하게 영화 속 순정남 캐릭터를 오마주했다.

하루는 마주 잡은 손을 들어 그 위에 얼굴을 기댔다.

순간 열린 창으로 따스한 미풍이 불었다.

그런 생각이 들었다.

오래전 그때, 발로 툭툭 차며 원하지도 않던 알람을 해준 그 순간부터 환은 하루에게만, 하루는 환에게만 속하고 포함된 사람들이라고.

사랑하는 사람이 아프고 상처받는 게 두려워 애써 외면하려 했지만 이미 서로의 아픔에 눈물 흘릴 각오를 했다고.

그렇게,

서로에게,

깃들고 길들여져 버렸다고.

강의실을 나와 하루의 손을 잡고 기분 좋게 걷던 환은 두 사람만의 벤치라고 명명한 벤치에 그녀의 다리를 베고 누웠다.

그때와 똑같이 짧은 벤치로 인해 환의 다리 절반은 밖으로 나온 상태였다.

"남녀 자리만 바뀌었지 딱 그 영화네, 노팅힐. 근데 그 영화 싫어했잖아. 여주한테 빌붙은 남주 신데렐라 영화라고."

"이건 아주 고전적인 신이야. 영화랑 상관없이."

환은 절대 카피와 오마주가 아님을 분명히 했다.

"넌 오컬트 좋아하니까 선 채로 하늘에서 짠하고 내려와야지. 그 짝눈으로 예리하게 째려보면서."

햇빛이 눈부셔 눈을 감은 환의 머리를 하루가 시원하니 청량감 가득한 손으로 넘겨주었다.

"아니면 여기 주위 건물들을 전부 부수고 이 의자만 공중에 둥둥 띄우던가."

"그건 SF코미디 장르고."

"그럼, 오토바이를 타고 의자에 앉아 있는 날 멋있게 채가면?"

"그건 강하루 좋아하는 미션 임파서블이네."

하루의 손이 이마를 지나 눈 주위에서 이리저리 배회하다 미간을 지나 콧날에 머물렀다.

환이 좋아하는 하루의 손장난이었다.

"나 톰 크루즈 싫어, 맷 데이먼으로 해. 난 그런 스타일이 좋아."

"그런 스타일?"

"응, 투박한 것 같으면서도 남자답게 생긴 그런 진중한 스타일."

청량감을 머금은 손가락은 콧날을 지나 인중을 거쳐 환의 입술선을 따라 그리려 했지만 환이 잡아채 가슴에 놓고 고정시켰다.

"나랑은 전혀 다른 스타일 같은데."

"다르지, 전혀."

"전혀 다른 나랑 왜 결혼했는데?"

환은 여직까지 감고 있던 눈을 부릅뜨고 하루를 올려다봤다.

"몰라서 물어? 남궁환이 매일 그림자처럼 따라다니면서 졸랐잖아. 결혼 그거 별거 아니니까 하자고. 영화 혼이 흐르는 동지적 중차대한 결합이라는 단어를 써가면서 회유하고, 또 매일 오만 인상에 신경질은 있는 대로 다 내면서 졸졸 따라다니고……. 언젠가이민 간 재욱이가 불러서 그러더라."

"뭐라고?"

"정말 죽도록, 소름 끼치게 싫은 거 아니면 그냥 결혼하면 안 되겠냐고."

"……!"

"남궁환 얼굴 하나로 위로받고 위안 삼으면서 나 혼자 희생해서 주위에 있는 사람들 짜증 안 나는 평화롭고 무탈한 세상에서살게 해달라고. 부탁 아니고 간청이라고."

환은 그 소리에 벌떡 일어나 강하루를 정면으로 바라봤다.

"무슨 세상?"

기가 막힌 환은 자신들의 각별한 러브 스토리를 고작 인류애적사랑으로 승화시켜 말하면서도 눈도 깜짝하지 않은 강하루를 지켜봤다.

"그런다고 결혼하는 여자가 어디 있어?"

"물론 단지 그것 때문에 결혼하는 여자는 없지. 네가 아무리 잘생김과 멜로물을 먹었다 해도."

"그건 또 무슨 말이야?"

환은 전혀 알아듣지 못하는 말을 하는 하루를 쏘아보며 물었다.

"있어, 그런 직구 표현이. 그보다 내가 남궁환은 떠맡은 이유는……"

"떠맡아?"

"들어봐. 그러니까 내가 박애 정신으로 희생 봉사하기로 한 이유는……"

"강하루……"

"무엇보다 감독으로서의 당신 능력과 자질을 인정했기 때문이야. 언젠가는 나 데리고 칸느든 베를린이든 세계 유수 영화제 다 데리고 갈 인재라. 거기에 점수를 후하게 준 거지. 아무래도 난 그때부터 제작자로서의 동물적인 촉과 능력이 탁월했던 거 같아."

강하루는 내내 쏘아보는 환을 무시하고 잡아당겨 도로 벤치에 눕혔다. 눕자마자 하루의 향기가. 짙은 체향이 다시금 환의 혈관을 타고 따라다녔다.

"그러니까 남궁환은 이제부터 열심히 좋은 영화 만들어. 내가 제작자이자 프로듀서로서 서포트 빵빵하게 해줄 테니까. 나 능력 있는 여자야."

하루는 환의 얼굴 위에 또다시 어지러운 손가락 그림을 그리기 시작했다. 터치는 깃털처럼 부드러우면서도 늘 그렇듯 쾌감을 불러일으킬 정도로 자극적이었다.

마치 온몸에 키스를 퍼붓듯, 은밀하니 에로틱한 느낌을 주기도 했다.

환은 그런 기적을 아무렇지도 않게 행하는 하루를 바라보며 말했다.

"……해주면 그렇게 할게."

"응?"

하루는 그림 그리는 걸 멈추고 환과 시선을 마주했다.

"키스해 주면 그렇게 한다고."

"여기서?"

"여기서."

"차에 가서 해주면 안 될까? 주차장이 바로 코앞인데."

하루는 주위를 살피지는 않았지만 그렇다고 기쁜 마음으로 기꺼이는 아닌 듯 주춤하며 물었다.

"여기서."

환의 단호한 요청에 하루는 살짝 난감한 표정을 하며 우물거렸다.

"시작하면…… 멈출 자신 없는데……."

"……!"

그 소리에 정신이 번쩍 든 환은 하루의 손을 잡고 인근 가장 가까운 건물을 찾아들어 갔다.

그 순간 눈에 들어오는 건, 오직 강의실 문밖에는 없었다.

적당히 그늘과 어둠이 깃든 강의실을 찾는 건 생각보다 쉽지 않앗다. 결국 정신없이 헤매다 찾아든 곳은 건물 비상구 창가였다.

환은 하루를 안아 들어 창가에 앉혔다. 그리곤 살짝 상기된 하루의 얼굴을 잡아 고정시켰다. 바로 그의 얼굴 앞 한 뼘도 안 되는 거리를 하고.

작은 얼굴이 오롯이 그만을 향해 두 눈을 반짝였다.

천진함과 함께 잔인한 정도로 유미적이고 유희적인 느낌이 강하게 드는 여자.

"나도 멈출 자신 없는데…… 그래도……!"

어느새 그의 목에 팔을 두른 하루의 입술이 성급하게 환의 입술을 찾아들었다.

청량한 손가락만큼 차가운 체리맛 입술은 미치도록 달콤했다.

파고들어 숨을 빼앗고 삼키는 스타일은 늘 그렇듯 공격적이면서도 그만큼 황홀했다.

거침없이 스며들어 충동하게 만들고 어느 순간 부드럽게 빠져나가는 유연한 가혹함도 여전했다.

역시나 몸도 마음도 강하루의 스타일에 단단히 길들여져 버린 환이었다.

아, 하는 사이 키스가 다시 깊어졌다.

어디선가,

기분 좋은 훈풍이 불어왔다.

9부

깃들면서 길들여지지 않는

깃들면서 길들여지지 않는.

하루는 손안에 든 책의 제목을 가만히 들여다보았다.

올봄 짧지 않은 여행에서 돌아온 정원 작가님이 가을에 낸 따끈 따끈한 여행 산문.

그가 여행지에서 기록하고 쓰고 모으며 가져온 글과 그의 일상 과 사회적 자리로 돌아와 보태고 추가하며 정성으로 다듬어진 글.

마치 이 세상 모든 이들과의 인연을 말하면서도 오직 단 한 사 람과의 인연을 지칭하는 이 책은 벌써부터 산문 부분에서 랭킹에 오른 핫한 신간이었다.

그가 길에서 만난 모든 사람과 사람들. 동물. 바람. 꽃. 음식. 사 연과 감정. 그로 인한 느낌 등 자신에게 깃들면서도 결코 부질없는 인연에 길들여지지 않으려는 정원의 노력이자 상실감을 잘 표현한 제목이었고 그래서 슬프고 시린 그를 꼭 닮은 글이었다.

글에서 하루는 분명 정원을 느꼈고 시호를 보았다.

정원은 시호에게 느끼고 받은 자신의 감정을 시호 모르게, 쉽게는 절대 알 수 없게 이 글 안에 숨은 그림처럼 꽁꽁 숨겨놓았다.

시호는 이 글을 읽었을까…….

읽었다면 찾았을까. 만약 찾았다면 느꼈을까…….

정원의 깊은 고뇌와 그보다 깊은 감정의 결을.

이 글의 모든 단어와 글. 표현과 문장. 행과 간 그 사이 어딘가 정원의 마음의 번뇌가. 그러면서도 어쩔 수 없는 사랑이 오롯이 깃들어 있다는 걸.

책은 그야말로 작가 특유의 쓸쓸한 산문집이며 절절한 사랑의 시이자 거짓 없는 고백서였다.

깃들면서 길들여지지 않는…….

제목부터 이시호를 연상케 했다.

정원이 시호에게 바라는 것. 겁 많은 정원이 만약이라는 그 가능성으로 인해 시호에게 온전히 마음을 열지 못하면서도 이미 그에게 온전히 깃든 시호와 또 그 마음을 경계하는 정원.

멀리서 보면 하나이나 가까이 보면, 너무도 먼 듯한 연인들.

정원이 조금만 덜 시호를 걱정하고 사랑하면 안 될까. 안타까움에 그런 생각마저 들었다.

"휴우……."

창밖으로 보이는 계절은 여전히 아쉽고 아픈 가을이었다.

여름의 끝자락 그분은 엄마의 곁으로 떠났다. 정말 어렵게 엄마의 곁을 지켜내셨다.

그 모든 일에 정원 작가님의 고민과 노력. 남모를 분투가 있었다는 걸 알았다.

하루는 끝까지 그의 모습을 보지 않았고, 볼 수 없었다.

모든 건 그 사람의 각본과 연출 아래 정원이 1인 프로듀싱한 일이기에 그 사람의 애초 기획대로 하루는 아픈 그분을 볼 수 없었다.

돌아가시기 전 그분은 창 영화사의 20주년 영화, 아직은 미개봉작의 첫 관객이셨다.

하루는 만족해하셨냐고 묻지 않았고 정원도 코멘트를 하지 않았다.

"하아……."

혼자가 된 정원에게 하루는 어떤 말이나 충고를 하려 하지 않았다.

오랫동안 두 사람의 가슴에 들어앉아 둘을 동일하게 짓누르던 상처이자 문제였기에 누군가를 위해, 누군가의 존재로 인해 그 두려움이 금세 퇴색하거나 닳지 않는다는 걸 알았다.

하루는 지금 노력을 하는 중이었다. 환과 함께.

달라진 것은 하루가 환을 손을 잡았고, 환이 하루의 오랜 두려움을 알았으며 그 두려움의 반을 그 자신이 가져가려 하고 있고 이미 얼마쯤은 가져갔다는 사실이었다.

지금의 선택은 그러하지만 그렇다고 정원에게 하루와 같은 선택을 하라고, 누군가 소중한 이를 옆에 두고 그와 함께 나누고 고민하라고 말을 할 수는 없었다.

정원은 근 10년 가까이 그 병과 함께였었다.

국내에 머물 때면 많은 시간을 그 사람을 옆에서 예민한 작가이자 진중한 아들의 시선으로 지켜보고 간호했다. 또한 그와의 대화를 기억하고 적으며 긴 간병일기를 기록했다.

그 가혹한 고통을 정면으로 마주한 정원에게 보지 않고, 겪지 않은 하루가 어떤 권유와 시도를, 한 발자국을 떼어보라 말할 수가 있을까……

그런 객기와 무모한 격려가 가능은 한 걸까 싶었다.

"무슨 생각을 그렇게 하십니까? 강 대표님."

옆을 보니 정원이 하루 옆 스툴 의자에 앉았다.

"다 끝난 거야?"

"응."

"어땠어? 인터뷰는."

"모든 질문에 답을 했으니 성심성의껏 했다고 봐야지."

"패스도 없었어?"

"안 했어."

정원의 시선은 방금 전 하루처럼 창 영화사 마당 언저리에 고정된 채였다.

옆에서 보는 정원의 얼굴엔 아직도 그 여름을 정주행해 관통한 이의 아픔의 흔적이 고스란히 남아 있었다.

정원은 언뜻 도락의 경지에 이른 이처럼 해탈한 듯 보였다. 그로 인해 걱정이 되면서 순간순간 무섭기도 하고 두렵기도 했다.

폐허는 폐허의 모습으로 위로하고 자생하며 재활한다는 말이 떠올랐다.

그분을 보내고 정원 작가님은 남은 계절을 내내 앓았다.

혹시나 하는 그 병증은 아니었지만 지독한 신열과 오한으로 그 사람과 정원만의 특별한, 부자인 그들만의 이별을 하고 있음을 알았다.

죽음을 기억하는 일은 삶을 썩지 않게 만드는 천연 방부제라고 했다.

이 말을 생각하고 되짚어보는 모든 이들이 그러하겠지만 정원과 하루는 삶을 결코 헛되이 방치하고 소비하지 않으리란 걸 알았다.

지금을 사는 이 현재가 얼마나 소중하고 아름다운지 그 여름의 끝 정원은 온몸으로 겪었고, 하루는 그런 정원을 통해 배웠다.

"그런데 우리 정원 작가님은 왜 여기 창 영화사에서 신간 인터뷰를 하셨을까나?"

하루는 정원의 아린 옆모습은 그만 보고 싶어 어딘가에서 헤매고 있을 정원의 의식을 깨워 이곳으로 불렀다.

정원은 바로 옆에 앉아 의심의 눈초리를 하는 하루를 보고 연하게 웃었다.

"창 영화사 지분을 갖고 있는 이로서 당연한 소임 아닐까?"

"하아! 정원 작가님이?"

하루는 전혀 사실이 아닌 대답에 코웃음을 쳤다.

"아니, 아니, 아니지. 내 안의 시나리오를 풀어볼까?"

"아니."

정원은 눈을 반짝이는 하루를 보더니 단박에 거절 의사를 밝혔다. 이미 늦었다. 하루는 발설하고 싶은 발동이 걸렸기에.

"정원 작가님은 어느 봄날 이곳에서 만난 사람으로 인해 책이 마무리되고 완성했기에 그 사람과 함께였던 이곳에서 인터뷰를 하신 거지."

"······."

"두 계절을 오롯이 그 사람과 함께였으니까. 아마 지금도 함께일걸요? 아닌가요?"

하루는 정원의 반응을 기다리며 놀리는 듯 물었다. 그러자 정원이 그런 하루를 가만히 보더니 말했다.

"가끔 그런 생각이 들어."

"무슨?"

"남궁환 감독은 대체 강 대표의 어디가 좋은 걸까 하고. 내가 보기엔 그 얼굴 같은 전아하고 단아한 여성미라고는 찾고 싶어도 도저히 찾을 수 없고, 볼 때마다 지금처럼 이상한 동자신이 씐 모습으로만 봐서."

"뭐라는 거야!"

"무슨 말씀이십니까?"

아주 적당하고 적절한 타이밍에 환이 구세주의 모습으로 나타났다. 환으로 인해 정원과 하루는 자리에서 일어났다.

이렇게 셋이 모이는 건, 장례식 이후 처음이었다.

좌청룡 우백호를 보듯 두 남자를 나란히 세워 바라보는 것만으로도 배가 잔뜩 불렀다.

이 둘의 실제 성격이 어떠하든 간에 잘생김과 멜로물을 먹은 남자들은 늘 옳았다.

"강 대표님이 얼마나 여성스러운데 그런 말씀을 하십니까?"

환의 타당한 질문에 정원은 시니컬한 표정을 짓더니,

"그처럼 특이한 안목으로 이번 영화 손익분기점은 넘길 수 있겠습니까?"

"작가님!"

하루는 너무도 위험하고 수위 높은 발언을 하는 정원을 무섭게 노려봤다. 정원은 이에 굴하지 않고 말을 이었다.

"제가 본 이번 영화는……."

이제는 떠난 그분으로 인해 현재는 유일한 관객이라 할 수 있는 정원의 평가를 하루와 환은 숨을 죽인 채 경청했다.

"확실히……."

"……."

"……."

"모 아니면 도입니다."

정원의 비평은 기막힌 반전이자 지극히 현실적인 답이었다.

"그런데……."

하루는 그런데로 운을 뗀 정원을 다시금 올려다봤다.

"그래도 제 식견으론 손익분기점은 넘을 것 같더군요."

"……!"

"뭐 아슬아슬은 하겠지만."

"작가님!"

정원은 그 말을 끝으로 눈을 부릅뜬 하루의 머리를 살짝 헝클어 트리고는 뒤돌아갔다.

하루는 그런 정원의 모습을 길게 좇았다.

가끔은 오빠라고 부르며 막 떼를 쓰고 싶다가도 정원의 쓸쓸한 눈동자를 보면, 그 오빠라는 이름이 혹여 정원에게 누군가를 배신 하는 일이 되고, 족쇄가 되며 부담스런 짐이 될까 욕심껏. 마음껏 부르지도 못했다.

늘 어느 정도의 거리를 유지하던 그들이었고 그 같은 거리감에 익숙한 두 사람이었다.

지금처럼 저 멀리 가는 정원에게 오빠, 하고 부를 수도. 불러줄 수도 있건만 하루는 생각만큼 그 이름을 부르지 못했다.

순간 정원을 좇는 하루의 얼굴이 잡아당겨져 환에게로 향했다.

"그쪽은 그만 보고 나 봐."

그의 양손으로 양쪽 뺨이 고정된 채 하루는 환을 올려다봐야 했 다.

"아무래도 검사를 해봐야겠어. 두 사람 가족이자 남매가 맞는 지."

하루는 환의 손을 뺨에서 억지로 떼어놓았다.

"무슨 소리야?"

"무슨 소리긴. 두 사람이 그냥 앉아만 있어도 화보가 되고 신이 되니까 보는 입장에서는 기분이 별로라는 거지. 내 여자는 나하고 만 그림이 돼야 하는데."

그렇게 불퉁한 얼굴을 하면서도 환의 시선은 하루의 머리 위를 지나 그 끝 어디쯤에 있을 정원의 그림자를 찾는 듯했다.

하루와 정원이 가진 거리감처럼 환도 정원과 기묘한 거리를 느끼는 듯했다. 그런 가운데서도 환이 정원에게 끌려 한다는 걸 알 수 있었다.

세 사람은 그렇게 이상한 주파수로 통하며 서로를 염려했다.

어쩌면 이 또한 서로가 서로에게 깃들고 길들여지는 과정인가 싶었다.

정원이 그렇게나 경계하는 그 지점 어딘가의 애매한 감정.

"인터뷰는?"

"본인은 잘했다고는 하는데 개인차가 있는 일이라……. 내 생각에 이번 기사 담당한 기자는 상당히 아쉬워했을 인터뷰야."

"왜?"

"책 아직 안 읽어봤어?"

"아직."

"읽어봐. 그럼 알아. 기자가 진짜 하고 싶은 질문."

하루는 그녀가 알고 짐작하는 걸 말하지 않았다.

독자들이 저마다의 개성과 감성으로 정원의 책을 읽고 느끼며 생각하길 바랐다.

지금 누군가를 사랑하고 사랑받는다는 게 얼마나 감사하고 행복한 일인지.

엄청난 축복이며 누군가의 숭고한 명령인지.

모두가 한번쯤 스스로에게 묻고 반성하길 바랐다.

읽는 이들의 행복과 각성을 위해 글을 쓴 작가는 지금 저렇게 아직까지 고민하고 주저하고 있지만 결코 나약하고 심약해서 그런 게 아니라는 것도 알아주길 바랐다.

사랑하기에…….

누구보다 걱정하고 아끼며 깊이 사랑하기에, 또 그만큼 신중한 정원이 여러 길 위에서 고민하고 있음을 시호가 알아주길. 기다려주길 기도했다.

다른 이들과는 조금 다른 정원의 교조적 사랑을 시호가 이해하고 보답아주길.

아직 어린 스물여섯의 시호에게 이런 부탁을 해 미안하면서도 정원이 처음으로 준 마음이기에 두 사람이 결국은 같은 길 위에 서길 바라고 희망했다.

"강하루."

"응."

하루는 자신을 부르는 환을 바라봤다. 늘 그렇듯 환은 부드러운 미소를 머금고 있었다.

"걱정하지 마."

"……."

"글 속에 마음이 담겨 있다면 형님의 그 사람도 알게 될 거야. 일차적으로는 책 속에 모든 언어가 전해줄 테지만 무엇보다 마음은 마음으로 전해지니까."

하루는 구구절절이 옳은 말만 하는 환을 멍하니 쳐다봤다.

"왜 그렇게 봐?"

"지금 형님이라고 했지?"

"응."

"남궁환이 그런 존칭도 하나 싶어서. 존칭과 경어는 마음에서 우러나야 하는 거잖아. 당신, 정원 작가님을 인정한다는 소리야?"

"난 강하루보다 당신 오빠를 더 신뢰해."

하루는 전혀 예상 못한 환의 대답에 조금은 어리둥절했다.

까다롭고 예민한 환은 타인에 대해 절대 쉽게 판단하고나 정의하는 부류가 아니었다.

깐깐하게 간을 보고도 평가는 절대 속단하지도 남발하지도 않았다.

"정원 작가님을? 무슨 근거로? 당신 정원 작가가 어떤 사람인지 잘 모르잖아. 그때 한번 만났다고 해도 잠깐이었는데……."

"그 때문이 아니야. 난 당신이 모르는 당신 오빠에 대해서 알거든. 바로 옆에서 똑똑히 들었으니까."

"무슨 말을 들었는데?"

호기심과 궁금함으로 더 가까이 다가간 하루를 환이 재미있다는 듯 쳐다봤다.

"그때 당신 오빠가……."

"……."

"강하루 제대로 뒤통수칠 생각을 하시더라고. 내가 다 통쾌할 수준으로."

"뭐어?"

"그러니까 강하루는 앞으로 다른 사람 아무도 믿지 말고 오직 남궁환만 믿고 살라는 거야. 원래 배신은 아주 가까운 사람에게

당하는 거니까. 물론 오빠도 예외일 수는 없어."

"가족도 믿지 말라고 하면서 당신은 믿어라!"

"그래."

하루는 황당한 억지 이론에 고개가 저어졌다.

"그게 말이 된다고……!"

고개가 돌아가는 순간, 환이 하루의 입술에 쪽 하고 입을 맞췄다.

"미쳤어!"

"그래, 나 강하루한테 미쳤다. 또 한 가지. 남궁환은 타인도 가족도 아닌 또 다른 강하루야. 다른 사람은 안 믿어도 자기 자신은 믿어야지 않겠어?"

"……!"

그야말로 미신이며 엉터리 궤변을 늘어놓던 환이 앞서가더니 뒤돌아서지도 않고 한 손을 펴 뒤로 내밀었다.

어서 빨리 달려와 자신의 손을 꼭 잡으라는 수줍은 주문이자 단호한 명령.

하루는 기꺼이 환을 따라잡았다. 그리고는 마침내 환의 손도. 그녀만을 위한 산소호흡기도 잡았다.

두려움을 잊게 하고, 잊게 해주려 하는 이 손을 잡으면,

그곳이 어디든,

갈 수 있을 것 같았다.

또 무엇이든 할 수가 있고, 될 수가 있을 것 같았다.

사랑하는 이 마음과 이 사람만 곁에 있다면.

에필로그

"그래서 어쩔 거야?"

"뭘?"

"일전에 말한 영화 말이야."

"그건 끝난 얘기잖아."

"끝나긴 뭐가 끝나! 아직 제대로 시작도 안 했는데! 이번 영화 정말 안 찍을 거야?"

"응, 안 찍어."

"……!"

하루는 뻗쳐오르는 흥분지수를 가라앉히려 했지만 좀처럼 제어가 되지 않았다. 벌써 세 번째였다. 오직 영화랑 영상매체로 제 존재를 확인하는 감독이 영화를 안 찍겠다고 선언한 게, 횟수로 2년.

처음엔 '모 아니면 도'라고 생각했는데 그해 '한국 장르의 보폭을 넓혔다'는 극찬과 함께 관객 수천만 가까운 엄청난 흥행 이후, 환은 번번이 새로운 영화에 대해서 함구는 물론 일절 감독으로서의 책임과 임무를 회피했다.

그렇다 해도 이번만큼은 절대 물러설 수 없었다.

시나리오가 좋아도 너무 좋았다.

"이번 시나리오 딱 당신 입맛이야. 시골 작은 마을에서 일어나는 미스터리한 사건을 운동선수, 무당, 연극배우인 세 남자가 각기 자신들의 개성과 능력으로 풀어가는 쫄깃한 이야긴데, 전체적으로는 복합 장르야. 시나리오도 우리 영화사에서 공을 많이 들여서 흠도 없고, 빈틈이 없어. 그러니까 당신이 맡아줘. 이 작품은 정말 개인적으로도 기대가 커서 다른 감독에게 주기는 너무 아까운……."

"관심 없어, 다른 감독한테 맡겨. 난 할 생각도 없고 하고 싶은 의지도 없으니까."

"그러니까! 왜! 대체 왜 그게 없냐고! 형사가 범인을 잡아야 형사인 것처럼 감독도 영화를 찍어야 감독이지! 당신 정말 첫 작품이 마지막 작품인 비운의 감독 되고 싶은 거야? 그래?"

"지금의 난 영화보다 더 중요한 일이 있어. 알잖아?"

"하아!"

환은 자신의 품 안에 꼭 안겨 있는 빈을 내용증명서처럼 내보였다.

올해 세 살이 된 남궁 빈은 태어나기 전부터 남궁환의 정신은 물론이고 모든 걸 지배한 유일무이한 베이비였다. 환의 분신이자 현재 살아가는 이유였고 희로애락이며 삶의 비타민이자 원동력.

남궁환의 2년을 전부 잡아챈 무서운 아기였다.

2년 전 가을, 환과 하루는 별다른 결혼식 없이 혼인신고를 했다.

혼인신고의 잉크가 마르기도 전에 임신을 알게 된 하루는 처음엔 놀랐고 걱정과 두려움에 빠져 얼마간은 고민하며 괴로워했지만 환의 변함없고 아낌없는 지원과 사랑으로 다음 해 남궁환을 찍어도 너무도 절묘하게 닮은, 예민함의 절정이자 정점을 찍는 공주님을 낳았다.

사실 임신을 알고부터 환의 백수 기질이 서서히 나타나긴 했지만 그때까지만 해도 아니겠지 하며 긴가민가했는데, 쓸데없이 초민감하고 극강으로 예민한 빈이 태어나고 나서는 대놓고 백수 생활과 보모 생활을 자처했다.

"빈이도 이제 다 컸어. 금세 어린이집 가고 유치원 입학할 거야. 그러니까⋯⋯."

"어린이집 안 보낼 거야. 유치원도 반드시 보내겠다는 생각 없어."

"뭐! 뭐라고?"

어이가 없다기보다 기가 막힌 하루는 혼자만의 원대한 계획을 세우고 있는 듯한 환을 쳐다봤다.

"아직 확정적인 건 아니지만 빈이 한 살 더 먹으면 빈이 데리고 세계 여행 떠날 거야. 우리 빈한테 이 세상을. 아빠의 프레임을 보태서 보여주고 싶어."

"⋯⋯!"

도무지 이해할 수 없는 사고 체계를 가진 남자였다, 남궁환은.

한창 물오른 감각과 재능을 갖고도 이렇게 빈에게만 목을 매고 있어 돌아버릴 것 같은데, 이제 밥맛 들기 시작한 아기를 데리고 세계 여행이라니. 자기가 무슨 정원 작가님도 아니고…….

영원한 반쪽이니 든든한 지원군이니 한 얘기들은 어느 시절의 케케묵은 소설이 된 지 오래였고, 현재 남궁환의 관심도는 오직 그의 딸, 빈이 전부였다.

"그전에 체력 단련 좀 시키고 이 예민한 성격이랑 입맛도 좀 다 듬어서 됐다 싶으면 바로……."

"됐다 싶은 거 좋아하네! 지금 그걸 말이라고 하는 거야! 남궁환 네 그 이상한 성격이 고쳐져? 자기 성격도 어찌 못하면서 뭐? 누가 누굴 케어하고 다듬어! 너랑 있으면 안 그래도 피곤한 빈이 성격만 더 요상해져! 어린이집은 보낼 거야! 그렇게 알아. 또 이번 영화, 당신이 꼭 찍어야 할 거야. 잊지 마. 당신 창 영화사랑 계약한 감독이야. 아직 두 작품 더 찍어야 그 계약 끝나."

"……."

"우리 둘 다 사회적 지위랑 체면도 있는데 내가 소송까지 하게는 만들지 마, 남궁환."

하루의 매서운 음폭과 기운에 눈치 백단인 초예민 베이비 빈이 더욱더 환의 품으로 파고들었다. 쪼그마한 게 아주 제 편은 본능적으로 알고 있는 듯했다. 그러자 딸내미의 그 같은 행동에 열이 받았는지 환의 얼굴 표정이 순식간에 굳어졌다.

"강하루, 내 말 잘 들어."

"무슨 말?"

"내 딸은 내가 키워. 그리고 난 말했어. 빈이 어린이집이든 유치원이든 안 보낸다고. 집에 멀쩡히 애 보고 키울 사람이 있는데 유치원에 보낼 이유가 뭐야? 난 내 딸 일반적인 커리큘럼에 맞춰서 키울 생각 없어."

"기가 막혀서 정말."

천재적인 재능을 타고났다는 평을 듣는 감독이 하는 말이란 게, 영화도 시나리오도 아닌 자기 딸은 자기가 키운다니라니…….

"그래, 키워. 누가 키우지 말래? 근데 일은 좀 하면서 감독이란 이름에 걸맞게 작품도 만들어내면서 키우라고요, 남궁환 감독님."

"창 영화사 소속 감독이 나밖에 없는 것도 아니잖아."

"있지! 있기는. 근데 감독마다 성향이나 작품 스타일이 다르잖아. 당신한테 당신만의 고유한 감각과 스킬이 있는 것처럼. 그러니까 제발 좀 그 비범한 재능을 널리 널리 온 세상에 펼치시라고요. 지금처럼 이 집 안에서만 발산하지 마시고."

"……"

"남궁환 감독님 닮아 쓸데없이 예민해서 번거로운 빈 아기씨는 제가 알아서 매우 평범하게. 무난한 인간상으로 성장하도록 혹독하게 훈육해서 훌륭하게 키울 테니까."

"그래 놓고 결국은 어린이집 보낼 거잖아."

"야! 남궁환!"

"목소리 낮춰. 빈이 놀라잖아."

환은 빈의 밀가루 떡 같은 뺨에 연신 입을 맞추며 미소를 보였다. 요사이 하루에게는 도통 보여주지 않던 특급 미소였다.

"빈아, 아빠랑 운동 가자. 네 엄마 열 좀 식히라고."

도대체가 대화가 되지 않았다. 남궁환과는.

환과 이런 문제로 치열하게 싸우게 될 줄은 전혀 몰랐다.

작품에 대한 방향과 후반 작업인 편집에 대해서 뜨겁게, 치열하게 논의할 줄 알았지, 지금처럼 세 살짜리 딸 때문에 톤이 높아질 줄은 예상하지 못했다.

예민함을 즐기는 두 부녀가 나가고 홀로 남은 하루는 흥행과 성공이 보장된 시나리오를 손에 쥐고 아쉽고도 안타깝게 쳐다봤다.

환의 감각과 재능으로 이 영화를 찍으면 천만 관객은 보장된 거나 다름이 없었다. 볼수록 아까웠다. 탐도 나고.

순간 테이블에 있던 하루의 핸드폰이 카쿵 하고 울렸다.

방금 전 자리를 피한 환에게 온 메시지였다.

언제, 어디서든 문자 앞에 반드시. 필수사항으로 찍어 보내던 빨간 하트도 없는, 지극히 단출하니 건조한 메시지였다.

「나 빈이랑 정원 작가님 집으로 가. 며칠 그곳에서 지낸다. 너 열 내리면 갈게. 빈이는 걱정 마. 나 닮아 쓸데없이 예민하고 번거로운 내 딸은 부자 삼촌 덕과 돈으로 내가 잘 거둬 먹이고 훌륭하게 입힐 테니까. 아, 잘 자라 강나루.」

"이…… 이…… 야! 남궁환!!!"

— THE END

❖ 작가 후기 ❖

계획은 그저 계획인가 봅니다. 제 경우에는요.

먼저 탈고한 〈오 마이 길버트〉보다 이 책이 먼저 나오게 됐네요.

이 책 준비는 오래전부터 하고 있었는데 계속 쓰지 못하고 있었습니다.

그 망설임과 주저함을 예원북스 실장님께서 단숨에 정리해 주셨습니다.

그냥 쓰라고요.

정답입니다.

고민을 해봐야 가슴만 피폐해질 뿐 남는 게, 담기는 게 없습니다.

그런 의미에서 무모하다 싶을 정도의 행동개시가 중요하죠.

책에서 루게릭이란 병증에 대해 깊이 파고들지 않은 건,

차기작이 정원 작가님의 산문 같은 사랑 이야기일 수 있어 중복을 염려해 아껴두었습니다.

개인적으로 제가 정원 같은 인간군에게 매력을 느낍니다.

그 모든 이유로, 2016년도 부지런히 고민하고 공부해서 다양한 책을 내려 합니다.

독자 여러분,

나이트에서 제 나이의 알바를 채용할까요?

그래서 전 또 목하 고민 중입니다.

—나이트 구직광고에

열 올리고 있는

다미레